光文社文庫

死神と天使の円舞曲《ワルツ》

知念実希人

JN180282

光 文 社

死神と天使の円舞曲《ワルツ》　†　目次

プロローグ

敷き詰められた落ち葉に足を取られ、男は大きくバランスを崩した。

「畜生《ちくしょう》！」

悪態をつきながら、懐中電灯で前方を照らす。そこには鬱蒼《うっそう》とした森が広がっていた。わだかまる闇はあまりにも濃く、深く、光が飲み込まれていく。

息を乱しながら男は歩を進めていく。かなり急な斜面に、ところどころ罠《わな》のように樹《き》の根が飛び出している。さっきから何度も転んで、軍手をつけた手は土まみれになっていた。

ちらりと腕時計に視線を落とす。時刻は午前二時を回ったところだった。まだ秋とはいえ、標高が高いこの地域の夜は冷え込む。五十過ぎの体にはこたえた。

「けど、仕方ねえよな……」

荒い息の隙間をついて、男はひとりごつ。毎年、この時期に行っている『副業』、それは安月給の工場勤めの男にとって、貴重な収入源だった。やめるわけにはいかない。

太い赤松《あかまつ》の根元を懐中電灯で照らした男は、思わず口元を緩《ゆる》ませる。そこに、『お宝』が生《は》えていた。赤ん坊の拳《こぶし》大のマツタケが。

男はマツタケを毟《むし》り取ると、バッグに押し込んだ。

赤松が群生するこの山に生える大量のマツタケ。男は毎年それを収穫しては、知り合いの青果業者へと卸《おろ》していた。

この山の所有者でない男に、マツタケを収穫する権利などない。私有地に無断で入り込んでいるのだから、不法侵入だ。しかし、これまで二十年近くこの『副業』を行っているが、一度たりとも咎《とが》められたことはなかった。

この地域の住民は、子供の頃から山には入らないように厳しく教え込まれる。山には死者の魂が彷徨《さまよ》っていて、迷い込んだ者を襲うと古くから言い伝えられているのだ。そのせいで、人々は山に入ることに忌避感を持っている。

馬鹿らしい。樹の根元を確認しながら、男は内心で吐き捨てる。

そんなの、子供が山で遭難しないようにするための戯言《ざれごと》に決まっている。

「まあ、いいか……」

男は鼻を鳴らした。馬鹿げた言い伝えのおかげで、俺以外の誰もこの山に大量のマツタケが生えていることを知らない。子供の頃、肝試しで山に入りマツタケを見つけた経験が、大人になって思わぬ収入源になっていた。

男がどこでマツタケを採っているか察している青果業者からは、「ほどほどにしとけよ」と忠告されているが、この『副業』をやめる気などなかった。この山の所有者も、ただ権利を持っているというだけだ。売り払ってしまいたいが、二束三文《にそくさんもん》でも買い手がつかないらしい。放っておけば、このマツタケはただ腐っていくだけだ。それを無駄にならないよう、苦労して俺が必死に収穫しているんだ。

胸の中で詭弁《きべん》を弄《ろう》しつつ、男はさらに森の奥へと進んでいく。長年の経験から、この先にある赤松の群生地に多くのマツタケが生えていることを知っていた。

さて、今年はどれだけ稼げるかな。ほくそ笑みながら進んでいった男は、ふと足を止めた。迷路のように並び立つ太い樹々の向こう側に、一瞬、光が見えた気がした。

誰かいる？　男は慌てて懐中電灯の電源を落とす。闇が全身にまとわりついてきた。自らの足すらも見えない世界で、男は息をひそめる。

この山の所有者だろうか？　いや、たしかこの山を持っているのは五十代の夫婦だったはずだ。こんな夜中に山奥に入るとは思えない。だとしたら……警察？

氷のように冷たい汗が、男の背中を伝う。

暗闇の中、必死に目を凝らす。暗順応《あんじゅんのう》した視界に、わずかに差し込む月光が樹々の輪郭《りんかく》を浮かび上がらせる。

次の瞬間、遠くにまた光が見えた。青く揺らめく光が。

懐中電灯の光じゃない。警察じゃないのか？

男はふらふらとした足取りで、光に向かっていく。理性が『逃げろ！』と警告を発しているにもかかわらず、なぜか引き寄せられていた。まるで、誘蛾灯《ゆうがとう》に吸い寄せられる羽虫のように。

樹々の間を縫って進んでいくにつれ、光の姿がはっきりと見えてくる。噴水のように、地面から一メートルほどの高さに青色の炎が立ちのぼっていた。

どこまでも澄んだ湖の水面《みなも》のごとく美しく揺れる火柱《ひばしら》に、男は魅了される。

これは、現実なのか？　それとも幻？

呆然《ぼうぜん》と立ち尽くしていた男の体が大きく震えた。甲高《かんだか》い音が聞こえた。断末魔の悲鳴のような音が。

男は辺りを見回す。しかし、音が樹々に反響し、どこから聞こえてくるのか見当もつかなかった。

恐怖をおぼえ、両肩を抱く男の脳裏に、幼い頃、祖母から聞かされた話が蘇《よみがえ》る。

――いいかい、山には入っちゃいけないよ。山にはね、死んだ人の魂が彷徨っているんだ。そして、生きている人間を見つけては、あの世に引きずり込むんだよ。

そんなことあるわけがない。下らない迷信だ。必死にそう言い聞かせるが、全身に降り注ぐ何十人もの悲鳴が折り重なっているような音の前に、自信が崩れ去っていく。

逃げなくては。いますぐにここから逃げなくては。男は身を翻《ひるがえ》そうとする。そのとき、青く揺らめく炎の中に影が見えた。男の手から、マツタケが入ったバッグが零《こぼ》れ落ちる。

それは一見すると人間のようだった。しかし、その両眼はソフトボールのように巨大で、口元は嘴《くちばし》のように伸びていた。

昆虫の顔を持つ人間のようなその生物の視線が、男をまっすぐに射抜く。

『誰だ……お前は……』

やけにくぐもった声が鼓膜《こまく》を揺らした瞬間、男の喉から絶叫が迸《ほとばし》った。

身を翻すと、全力で走り出す。闇の中、何度も転倒し、樹の幹に衝突するが、それでも男は走り続けた。

あの化け物に捕まったら、地獄の底へと引きずり込まれてしまう。

背後から怪物が迫ってくる恐怖に怯《おび》えつつ、男はただひたすらに足を動かし続けた。

第一章　黒猫と薔薇《ばら》の折り紙

1

マウスに置いた前足を動かす。ディスプレイに映るカーソルが移動し、お目当ての記事のリンクの上まで移動したところで、僕はニュッと出した前足の爪で左クリックをした。

画面が切り替わっていくのを眺めていると、視界の隅にマウスが入ってくる。

マウス……、ネズミ……、獲物……。

体の奥底に眠っている狩猟本能が掻《か》き立てられていく。

「んにゃー！」

僕は大きく鳴き声を上げると、長い尻尾《しっぽ》が生えたネズミのような機器に飛び掛かった。両前足の肉球でマウスを挟み込むと、鋭い爪で固定し、後ろ足で連続キックをお見舞いする。

獲物を弱らせるためのひとしきりの攻撃を終えた僕は、マウスに思いきり嚙《か》みつく。鋭い牙《きば》に伝わってきた冷たく硬い感触が、沸き立った肉食獣としての本能を一気に冷ましていった。

　ああ……、またやってしまった。

　放したマウスを眺めると、その表面に爪と牙の跡がしっかりと残っていた。

　これがバレたらまた怒られてしまう。夕食のカリカリに鰹節《かつおぶし》をかけてもらえなくなってしまう。

　僕はとりあえず、ざらざらの舌でマウスを舐《な》めてみるが、当然それで跡が消えるはずもなかった。

　ん？　ああ、自己紹介が遅れちゃったね。

　僕はネコだ。名前はクロという。

　え、ネコがマウスを操作してパソコンを見るわけがない？

　いやいや、君たちはネコという生物の知能を侮《あなど》っているよ。ネコは名前を呼んでも、あまり返事をしなかったり、近づいていったりしないから、犬よりも知能が劣っていると思い込んでいる愚か者もいるようだが、それは大きな間違いだ。

　ネコの知能は犬なんかより遥《はる》かに上だよ。ただ、プライドもなく尻尾を振り振り人間に媚《こ》びる犬なんかと違って、気高いネコは気が向かなければ返事なんてしないし、わざわざ愛嬌《あいきょう》を振りまいたりもしない。

　孤高の存在である僕たちは、自分が甘えたいときだけ甘えるのだ。もし人間の都合でプリティな僕たちを愛《め》でたいなら、それに見合ったプレゼントを差し出すべきだ。そう、お刺身とか、ネコ用のおやつなどのプレゼントを。

ああ、そういえばこの前もらった、細長い包装に入ったゼリーみたいなおやつは美味《おい》しかった。本当に美味しくて、もうなんていうか……、ヘブンって感じだった。

口から溢《あふ》れた唾液がデスクに落ちる。僕は慌てて前足で口元を拭った。

あ、なんか話が逸《そ》れちゃってたね。

ネコは犬なんかと違って優《すぐ》れた動物だけど、僕はたしかに普通のネコじゃない。

僕の本質は、ノーブルでブリリアントでエレガントな、スピリチュアルな存在だ。つまり、高貴な霊的な存在ってことだよ。

人間は僕たちのことを『死神』とか『天使』とかって呼んでいる。まあ、人間になんと呼ばれようが、気にしないから好きにして。

本当なら、この地上の生物に僕たちの存在は知覚すらできない（なんか第六感みたいなのでなんとなく気づく生き物もいたりするけどさ）。

僕も『我が主様《あるじさま》』から授かった、高貴な真名《まな》があるんだけど、人間にはそれを発音することはおろか、聞き取ることもできない。だから、僕のことはクロって呼んでいいよ。大切な友達からもらった名前だからさ。

僕の仕事は、命を失い、肉体という檻《おり》から解き放たれた人間の魂を、『我が主様』の元へと導く『道案内』だ。……それが僕の大切な仕事のはずだったんだ。

ただ、最近になっていろいろと問題が起きてきた。僕たちの『道案内』に従わない魂が増えてきたんだよ。

強い『未練』を持った状態で命を失った人間は、『我が主様』のところへ行くことを拒《こば》んで、この地上に残ろうとする。それを僕たちは『地縛霊《じばくれい》』と呼んでいる。

肉体という鎧《よろい》を捨てた魂はとっても脆《もろ》い。長い間、『地縛霊』として地上を彷徨っていると、そのうちにボロボロになっていき、最後には消えちゃう。

『我が主様』の元に魂を導くために生まれた僕たちにとって、それは大問題だった。

でもね、僕は仕方ないと思っていたんだ。だって、高貴な霊的存在である僕たちは、生きている人間には直接は干渉できないんだもん。

けど、そんなときに馬鹿な同僚が口を滑《すべ》らせたんだ。

『実体を持って地上に降りて、生前の人間に接触でもしない限り、「地縛霊」になるのを防ぐことなんてできませんよ』ってね。

で、それを聞いた上司は『面白い提案だ。なら、君に任せよう』ってことで、その同僚に犬の肉体を与えて、地上に降ろした。

それは別にいいんだよ。彼の自業自得だからさ。ただ、問題は彼が首尾よく、数人の『未練』を解消し、『地縛霊』になることを防いだことだ。

それを見て気をよくした、というか調子に乗った上司は、他にも『道案内』たちを地上に降ろすことにした。そして、選ばれたのが……僕だ。

本当なら優秀な『道案内』である僕が選ばれるはずがないんだ。それなのに、最初に地上に降りた彼が、あろうことか僕を上司に推薦したらしい。

あの馬鹿犬、いつかあの黄土色《おうどいろ》の毛を爪で毟り取ってやるからな。

思い出して腹が立ってきた僕は、マウスパッドでバリバリと爪を研いで苛立《いらだ》ちを発散させる。

ひとしきり爪研ぎでストレスを解消した僕は、大きく息をついた。

というわけで、僕はエレガントな黒猫となってこの地上に降り立ったんだ。

もちろん、あの馬鹿犬よりも遥かに優秀な僕は、手際よくいくつかの『地縛霊』を『未練』から解き放った。……その中には、僕の大切な友達もいた。

まあ、そんなこんなで僕は山々に囲まれたこぢんまりとしたシティで、人々の『未練』を解消し続けているというわけだよ。アンダースタン？

僕は瞳孔《どうこう》を縦長に細めてディスプレイを見る。そこには、この地域のローカルニュースが映し出されていた。

地上に降りてからの一年ほどの経験で、こういう情報が意外に役に立つことを知っていた。なにか事件が起きるところには、様々な愛憎が渦巻く。そして、その強い感情が『未練』へと変化していくことはよくある。

僕は特に自殺や、死傷者が出た事故を探していた。そのような状況で命を落とした人間は『地縛霊』になりやすい。事件現場に行って『地縛霊』がいないか確認し、もし見つけたらその『未練』を解消して、『我が主様』の元へと向かうように促《うなが》すんだ。

逆に、死傷者が出ても地震、洪水、山崩れなどにはあまり注目はしない。自分たちが世界の中心と言わんばかりにふるまっている人間だが、その一方で（特にこの日本という国に住む人々は）大自然に対する畏敬《いけい》の念も強く持っている。なので、自然災害で命を落とした人々もそれは運命だと受け入れ、『地縛霊』と化すほどに『未練』を強く持つことは極めて稀《まれ》だ。

ということで秋の昼下がり、僕は日課のネットサーフィンにいそしんでいた。ときどき、ネット通販の買い物リストに、そっとネコ用のおやつを入れたりしながら。

いまディスプレイに映っているのは、数日前、他人の山に不法侵入し、マツタケを採っていた男が転倒して大怪我《けが》をしたというニュースだった。

馬鹿にゃことをする奴《やつ》もいるもんだ。

呆《あき》れつつキーボードを爪で押して、記事をスクロールしていった僕は、そこに書かれていた内容に目をしばたたく。

『男性は山の奥で人魂《ひとだま》に襲われ、逃げた際に転倒したと述べている。この地域には死者の魂が青い炎になって山の中を彷徨い、人を見つけては襲って命を奪うという伝説が残っていて、二ヶ月ほど前から多くの場所で目撃情報が……』

にゃんだ、これ？　一通り記事に目を通した僕は、大きなため息をつく。

いくらローカルニュースとはいえ、こんな馬鹿げた内容を載せるなんて。真面目に読んで損した。やれやれとウィンドウを閉じようとした僕は、マウスをクリックしかけたところで爪の動きを止める。

胸の奥がざわついた。ネコではなく、僕のスピリチュアルな存在としての本能が反応している。

人魂……、魂……、彷徨う……。まさか、『地縛霊』?

そこまで考えたところで、僕は首を大きく振る。魂は人間には決して見ることができない。この記事に書かれている人魂が『地縛霊』のはずがない。

けれど、山の中を彷徨っている死者の魂となれば、さすがに『道案内』としては無視するわけにはいかない。念のため、時間を見つけて調べてみるとするか。

そう心に決めた僕は、ニュースの一覧に戻る。そのとき、サイトの情報に『速報　市内で不審火』と赤いテロップが表示された。

僕はそのテロップにカーソルを合わせてクリックする。市内にある民家で火事が起こり、全焼したというニュースだった。記事によると老夫婦が重傷を負ったが、命に別状はないらしい。

……またか。僕は胸の中でつぶやく。

この三週間ほど、僕が住むこの街で不審火が続いていた。警察は同一犯による連続放火事件として捜査をしているらしい。これまで、学校や公園、河川敷《かせんじき》などが燃えたが、いままでのところ死者は出ていない。

誰も死んでいないので、最初の頃は特段気にしていなかったのだが、ここまで連続して起こるとさすがに気味が悪い。これまでは小火《ぼや》で済んでいても、いつ大きな火災になるか分かったもんじゃない。放火が相次いでいることはこの街に住む大部分の者が知っているだろう。もし、火災で命を失った場合は、自然災害に巻き込まれたときのように運命として受け入れることはできず、放火犯への怒りと生への執着《しゅうちゃく》が『未練』となり、『地縛霊』になる可能性もある。

どうせ今日は、消防とか警察が現場にわらわらいるんだろうな。それなら、二、三日経《た》って、少し落ち着いてから現場を見るとするか。その頃には、警察も放火犯についての情報をいろいろ集めているだろうし。

脳裏に特徴のない顔をした男の顔が浮かぶ。街にある警察署に勤める刑事だ。

地上に降りてすぐの頃に巻き込まれた連続殺人事件を調べたとき、その刑事に『催眠術』をかけ、捜査の進展について聞き出したり、体を操ったりして調査に利用したりしていた。

あそこまで催眠にかかりやすい単純な男が刑事だなんて、とっても幸運だ。今回もとことん利用させてもらおう。

そんなことを考えていた僕の耳が、ピンと立つ。人間なんかよりも遥かに優れた聴覚が、玄関のドアが開く音をとらえていた。

にゃんで⁉　まだ帰ってくる時間じゃないのに。

僕は慌ててマウスを操作して、パソコンの電源を切る。『シャットダウンします』とディスプレイに表示された。

早く消えろ！　念じる僕の鼓膜を、階段を上がってくる足音が揺らす。次の瞬間、勢いよく部屋のドアが開いた。

「ただいま、クロ」

快活な声とともに、キュロットスカートをはき、ジージャンを羽織った若いレディ、白木麻《しらきま》矢《や》が入ってくる。

「あれ、またクロ、パソコンのキーボードに乗っているんだ。ごつごつしていて眠りにくくない、そこ？」

呆れ声で言いながら、麻矢は持っていたバッグをベッドに放り、近づいてきた。

僕は「にゃー！」と一声鳴いて、麻矢を迎えつつ、ディスプレイがブラックアウトしていることを確認する。

「なんかさ、最後の授業が休講になったから、早く帰ってきちゃったんだ」

麻矢は僕のあご下をくすぐるように撫でる。絶妙の力加減に、思わず喉からゴロゴロと音が漏れた。

地上に降りてすぐ、僕はあるレディと出会った。そのときすでに命を失い、地縛霊と化していた彼女は、麻矢の体を借りて、僕とともに連続殺人事件の真相をあばいた。

そして、『未練』が消えた彼女は、『我が主様』の元へと旅立っていき、僕はこの部屋で麻矢とルームシェアをすることになった。

そう、麻矢は僕の飼い主ではなく、あくまでシェアメイトだ。プライドのない犬なんかと違い、誇り高いネコは決して『飼われる』ことはしない。この部屋をネズミやゴキブリなどの外敵から守り、さらにはこのどこまでも可愛《かわい》らしい姿で人間を癒す対価として、人間から食事をもらっているんだ。

ネコと人間は対等な存在。いや、基本的に人間はネコの下僕《げぼく》なのだ。

「さて、ちょっとどいてね」

椅子に座った麻矢は、僕を抱き上げて膝の上に乗せる。キュロットスカートの生地を通して伝わってくる柔らかさも温かさも申し分ない。僕はその場で丸くなった。

電源を入れようとパソコンに触れた麻矢は、首をかしげる。

「クロ、パソコンに寄っかかって休んでいたの？　なんか、やけにあったかいんだけど」

そうそう、寄っかかって休んでいたんだよ。決して、パソコンでニュースを見ていたなんてことはないよ。僕は内心の動揺を押し殺しつつ、眠ったふりをしてごまかす。

「……そういえば最近、なんか検索した覚えがない履歴が残っていたりするんだよね。もしかして、クロがパソコン使っていたりして」

冗談めかした麻矢の言葉に、尻尾の毛がぶわりと膨《ふく》らむ。

僕が普通のネコではないことは、人間に知られてはならない。僕たちのような高位のスピリチュアルな存在がいることがオフィシャルになったら、人間たちは大混乱になるだろう。あくまで『道案内』である僕たちは、地上にできる限り影響を及ぼさないことが原則だ。

麻矢の大きな瞳に見つめられ、自信がじわじわと萎《しぼ》んでいくのをおぼえながら、僕は視線を彷徨わせる。とりあえず、逃げ出した方がいいのかな？

「なわけないか」

快活に言った麻矢がパソコンの電源を入れるのを見て、僕は黒く光沢《こうたく》のある毛で覆われた胸を撫で下ろす。

なんとかごまかせたみたいだ。やっぱり僕の擬態《ぎたい》はパーフェクトだね。

前足を舐めて毛づくろいをはじめると、「あれ？」という声が降ってきた。

「なんで、ネコ用のおやつが買い物かごに入ってるの？　私、入れた覚えがないんだけど」

僕は麻矢の膝の上から飛び降りると、小走りでベッドの下へと避難した。

2

ベッドに横たわる麻矢が、小さな寝息を立てている。掛け時計の針は、午前二時過ぎを指していた。

枕元に立った僕は、麻矢の顔の前で前足を振る。しかし、麻矢が反応することはなかった。よし。麻矢が熟睡していることを確認して、ベッドからデスクに飛びうつった僕は、その向こう側にある窓に近づくと、クレセント錠を前足で下ろして、窓をほんの数センチだけ開いた。振り返った僕は、麻矢がしっかり眠っていることをもう一度確認する。こうやって深夜に外出していることを、決して麻矢に知られるわけにはいかないのだ。万が一、バレたりすれば僕は拷問《ごうもん》を受けることになる。

お風呂という拷問を。

前回、外出がバレたときは、問答無用で捕まえられ、そのままバスルームという名の地獄へと連れていかれた。そして、お湯を浴びせかけられ、泡だらけにされるという、ひどい人権侵害、いや猫権侵害を受けたのだ。

窓のわずかな隙間にゅるりと体を滑り込ませ、屋根の上に出る。僕は屋根の端まで進むと、二メートルほど離れた位置にあるブロック塀にぴょんと飛びうつった。

軽い足取りでブロック塀の上を歩き、深夜の散歩……じゃなくて調査をはじめる。

この一年間、散歩をくり返したことで、この街のことは隅から隅まで頭に入っていた。目的地まで最短距離で向かうことができる。

細い足場を進んでいくと、古びた一軒家の庭にいるハチワレの雄《おす》ネコと目が合った。顔見知りのご近所さんだ。

僕が視線を合わせると、彼は尻尾を立てた。親愛の情を表す態度だ。

基本的にネコ同士は鳴き声でコミュニケーションを取らない。あれは、ネコがその美しい身体で示すジェスチャーの機微《きび》をなかなか理解できない人間に、しかたなくやっているものだ。人間はちょっと言葉に頼りすぎている。彼らもネコのように、全身から醸《かも》し出す雰囲気でコンタクトを取るという高等技術を身につけるべきだ。

ハチワレの彼とのアイコンタクトを終えると、僕はブロック塀から下りて歩道を進んでいく。途中の空き地にいた三毛の雌ネコが、こちらを見て目を細めた。

街にいる大半のネコと、僕はよい関係を築いている。ネコは自らのテリトリーを持つ生き物だが、僕に限ってはこの街のどこを通ってもほとんどトラブルになることはない。それは僕がこの界隈《かいわい》のボスだからだ。

人間が『地縛霊』になることを防ぐためには、できるだけ街を歩き回って、情報を集める必要がある。他のネコのテリトリーをわざわざ避けてそれを行うと、とても時間がかかり、大切な昼寝の時間も取ることができない。

なので僕は数ヶ月前、この周辺のボスとして君臨していた巨大なサビ柄のネコに挑戦した。メインクーンの血が入っているというボスネコは、その巨体を利用して体当たりをくり出してきた。その攻撃に何度か弾《はじ》き飛ばされ、大きなダメージを負ったが、しょせん相手はたんなるネコ。高貴なスピリチュアルな存在である僕の相手ではなかった。

僕はブロック塀のすぐ前に陣取り、勢いよく迫ってくるボスネコの体当たりをエレガントにかわした。頭から塀に激突したボスネコが、脳震盪《のうしんとう》でふらふらになったのを見た僕は、その顔面に追撃のネコパンチをお見舞いし、さらに倒れたところを馬乗り……、ではなくネコ乗りになって首元に牙を軽く食い込ませて、相手を服従させたのだった。

というわけで、僕は現在、この周辺のネコのトップだ。犬などと違い、集団生活を送らないネコに明確な上下関係とかはないものの、僕がテリトリーに入ったくらいで抗議の唸《うな》り声を上げるネコはいなくなった。また、他のネコたちの精神への干渉もかなり容易になっている。必要ならば、野良猫たちを操って、情報収集をすることも可能だ(僕は野良猫ネットワークと呼んでいる)。

僕たちは、同じ種族の生き物なら、かなり簡単にコントロールできる。特に地域のボスとして君臨しているならなおさらだ。

先代のボスネコを倒してからというもの、仕事はとてもやりやすくなっている。死闘で負った傷を麻矢に見つかり、動物病院という名の地獄へと連行される代償を払った甲斐《かい》があったというものだ。

ふと視線を上げると、美しい星空が広がっていた。散歩には最高の夜だ。僕は軽くステップしながら、前方にそびえ立つ山へと向かって進んでいった。


『最悪の夜だ……』

霊的存在が使う言葉である『言霊《ことだま》』で愚痴をこぼしながら、僕は足を動かす。辺りには鬱蒼とした森が広がっている。四本の足は土まみれになっていた。

嬉々《きき》として泥の中を転げ回ったりする犬と違い、ネコは綺麗《きれい》好きの上品な動物だ。艶《つや》のある美しい毛が汚れることはストレスになる。

山に入ってからすでに三十分ほど経っている。雑草が視界を遮《さえぎ》り、樹々が行く手を阻《はば》み、落ち葉の絨毯《じゅうたん》で覆われたこの森の中を、僕は『人魂』が目撃されたという場所を目指し、ひたすら進んでいた。

森などに住み、鳥や虫を襲って食べている野良猫と違って、僕は食事を用意する人間と温かい寝床を持つシティボーイだ。こんな森の中を歩くことなどに慣れてないし、慣れたくもない。

それに、待ち伏せ型の狩りに特化したネコの体は、整備された街中ならまだしも、険《けわ》しい山道を長時間歩くようにはできていない。

『こういうのは、あの馬鹿犬の仕事だよ』

再び愚痴がこぼれてしまう。月光も樹々の葉に遮られてわずかしか差し込んでこず、辺りは漆黒に覆われている。しかし、もともと夜行性であるネコの目にははっきりと辺りの様子を見て取ることができた。

……なんにもにゃいな。

たとえ遠くでも、こんな暗い森のどこかで青い炎が上がっていたりすれば、暗闇を見通すこの双眸《そうぼう》なら間違いなく気づくはずだ。

きっと、『人魂』というのは、怪我をした男の見間違いだったのだろう。というわけで、さっさと帰って足についた土を落とそう。もし朝までにしっかりと落としきれないと、麻矢に見つかってまたお湯責めの刑になりかねない。

まずは、ベッドの下に隠してある麻矢のTシャツで体についた汚れを拭いて、残りはしっかりと毛づくろいで……。そんなことを考えていた僕の体に震えが走る。

いまのは……。意識を集中させると、柑橘《かんきつ》類が腐ったような甘ったるく不快な臭いが鼻先をかすめた。

ネコの嗅覚《きゅうかく》は、人間より遥かに優れている。けれど、この臭いはネコの鼻が反応したのではない。ハイレベルの霊的存在である僕の本質が感じ取ったものだ。

これは『腐臭《ふしゅう》』。強い『未練』を持ち、さらに自らの死を意識した人間の魂が発する悪臭だ。この『腐臭』を撒《ま》き散らしている人間が命を落とすと、高い確率で『地縛霊』と化す。

どこだ、どこからこの臭いは漂ってくる？　せわしなく首を回しながら、僕は鼻をひくつかせる。

あっちだ！　僕は肉球で地面を強く蹴って駆け出す。空を駆ける天馬《ペガサス》のごとくエレガントに、僕は走り続けた。『腐臭』がどんどん濃くなっていく。この臭いを発している人物が命を落とせば、間違いなく『地縛霊』と化すと確信できるほどに。

やがて、左右に立ち並んでいた樹々が途切れ、一気に視界が開けた。雑草が生えた空間の向こう側に、五メートルほどの崖がそびえ立っていた。

首を反らした僕は目を見開く。崖の上には鉄製の手すりがあり、その向こう側に男が立っていた。輪になったロープを両手で持ち、顔の前に掲げている男が。

ロープの端は手すりにしっかりと結ばれている。男が輪を首にかけ、崖から飛び降りれば、間違いなく頸椎《けいつい》が脱臼《だっきゅう》し、即死するだろう。

ほぼ垂直の崖をのぼるのは、いかにネコの体でも難しい。どうやってあそこまで行けばいい？　せわしなく辺りを見回した僕の視界に、男が立っている場所から森に向けて延びている、石造りの階段が飛び込んできた。きっと、このまま麓《ふもと》の街まで続いているのだろう。

わざわざ森の中を歩いてくることなかった。こんな階段があるなら、早く教えてくれ。

胸の中で文句を言いながら、僕は階段に向かって走っていく。一メートルほどの高さにある階段に飛び乗った僕は、二段飛ばしで駆け上がった。

震える両手で持つロープをいまにも首にかけようとしている男に走り寄った僕は、四肢《しし》に力を込めた。

「にゃおおおーん！」

咆哮《ほうこう》を上げながら、思い切りジャンプする。僕の声に驚いて振り向いた男に、両前足を向けて勢いよく突っ込んでいった。体重を乗せたダブルネコパンチが、男の顔面に炸裂《さくれつ》する。完全に不意を突かれた男は、僕の肉球の直撃を受けて大きくバランスを崩した。

傾いていく男の顔の上に、僕は優雅に着地する。数瞬後、重い音を立てて男は倒れた。

『僕の目の前で「地縛霊化」なんて、絶対にさせないからな』

霊的存在の言葉である『言霊』を発しながら、僕は男の顔から降りる。しかし、男は全身を脱力させ、地面に横たわったままだった。

……そういえば、倒れた際にかなり強く頭を打ったような。まさか、死んで……ないよね？

自分の手、もとい、足で『地縛霊』を生んでしまったかもという恐怖をおぼえながら、男の顔を覗《のぞ》き込む。瞼《まぶた》がぴくぴく震えていて、その下で眼球が動いているのが見て取れた。男の吐く息が、僕のひげをわずかに揺らす。

僕はふわふわの毛に包まれた胸を撫で下ろす。

計算通り計算通り……。そう心の中で唱えた瞬間、僕は口を大きく開き、空中を見つめたまま固まってしまう。フレーメン反応という、ネコの本能だ。おかしな臭いを感じたとき、無意識にこうやって固まってしまうのだ。

なんか、すごく間抜けな顔になるから嫌なんだけどさ……。

フレーメン反応から解放された僕は、大きく顔を振ると、ひげの付け根である口元のウィスカーパッドと呼ばれる部分を引きつらせる。それほどに、男から漂ってくる『腐臭』はひどいものだった。様々な果物をゴミ箱に詰め込んで蓋をし、そのまま炎天下で一週間放置したあと開いたかのような、おぞましい臭い。

なんとか自殺を止められてよかった。ここまで強い臭いを発生させるほどの『未練』に縛られたら、解放するのはそう簡単なことじゃない。

肉体という容《い》れ物から出た魂は、脆く儚《はかな》い存在だ。長い時間、地上に縛られていると、潮風に晒《さら》される鉄のように劣化し続け、やがては消滅してしまう。

まあ、そうならないように僕が、こうしてわざわざ獣の姿になって、『地縛霊』になる前に『未練』を解消してあげているんだけどね。

さて、それじゃあ仕事にかかろうかな。まずは……。

周囲を見回した僕は、崖の手前に革靴が綺麗に並べられ、そのそばに『遺書　平間大河《ひらまたいが》』と書かれた封筒が置かれていることに気づいた。

『これまたステレオタイプなことで』

まだ気を失っている男に言霊で話しかけると、僕は軽い足取りで遺書の方へと近づいていく。

とりあえず、男の名前は分かった。あとは、ここに書かれている内容を読めば、そこの、平間大河という男がどんな『未練』を抱えているかが分かるだろう。読めば分かる……はずにゃんだけど……。

僕は封筒を開けようとするが、しっかりと糊《のり》付けされていて、なかなか開かない。肉球でこすってみたり、爪を立ててみたり、牙を立ててみたりするのだが、封筒の端が破けるだけで、中に入っている便箋《びんせん》を取り出すことができなかった。

『ああ、もう面倒くさい！』

あまりにもネコのことを考えていない造りに腹を立てた僕は、前足を払って遺書を崖の向こう側へと捨てる。

そもそも僕はネコになる前、ヨーロッパで『道案内』の仕事についていることが多かった。だから、あまり日本語の文章を読むのが得意じゃない。

ひらがな、カタカナ、漢字の三種類も文字を使うって、日本人、なに考えているんだよ。

僕は大きく左右に尻尾を振りながら、男に近づいていく。犬と違い、ネコが激しく尻尾を振るのは苛立ちのサインだ。

ジャンプした僕は、男のみぞおちに着地する。男の口から「ごふっ」と音が漏れるのを聞いて、いくらか気が晴れた。

さて、それじゃあ、文字なんかじゃなく君自身の心に『未練』を語ってもらおうかにゃ。

僕は男の腹の上で香箱座《こうばこずわ》りをすると、瞼を下ろして集中する。ハイレベルな霊的存在としての能力を使うために。

失神しているのは好都合だ。眠っている人間と精神を同調させることで、その人物が見ている夢に入り込んだり、記憶を覗き見したりすることができる。

起きている人間だと、相手の意識に干渉して心の壁を払う、俗に言う『催眠術』をかけないといけないから面倒くさいんだよね。

さて、それじゃあ君の過去を見させてもらうよ。大丈夫、別に大きな副作用とかはない。ちょっと頭が重くなるだけさ。

僕と男の意識がじわじわと融《と》け合っていく。次の瞬間、流れ込んできた記憶の奔流《ほんりゅう》に僕は飛び込み、身を任せた。

3

心臓の鼓動が鼓膜を揺らす。全身の汗腺《かんせん》から冷たい汗が噴き出してくる。

こんな状態になっているのは、麓から延々と続く階段をのぼり続けているからだけではなかった。

口を開けて荒い息をつきながら、平間大河は横目で隣を歩く浴衣《ゆかた》姿の少女を見る。すっと通った鼻筋と、切れ長の瞳、そして長い睫毛《まつげ》が横顔だとよく目立った。背中まで伸びる黒髪は、いまは団子状に結ってある。その美しさに、大河は思わず息を呑《の》み、足が止まってしまう。

「どうしたの、大河君？」

大河の視線に気づいた少女、柏木美穂《かしわぎみほ》は微笑《ほほえ》む。

「いや、疲れてないかと思って……」

慌てて目を逸らすと、美穂は快活に笑った。

「これくらいで疲れるわけないじゃない。いつものぼっているんだからさ」

この古びた階段は、街の外れにある山の中腹の小高い丘に続いている。そして、この山を所有しているのが美穂の父親だった。

かつてこの山には炭坑があったらしい。いまあるこの幅の広い階段も、その頃に石炭を運ぶのに使われていたということだ。しかし、昭和の初期には石炭は掘り尽くされ、いまはこの山に入る者はほとんどいない。麓にある入り口も茂みに隠れてしまっているため、この階段自体、ごく限られた者たちにしか知られていなかった。

この山の所有者の娘である美穂と、幼馴染《おさななじみ》の大河は、その『ごく限られた者』だ。子供の頃から、大人に内緒でよくここをのぼっていた。

「大河君は疲れたの？　バイトのしすぎで体力が落ちたんじゃない？」

美穂はからかうように言う。たしかに、数ヶ月前から必死にバイトをして貯金をしている。しかしだからと言って、階段を上がったぐらいで消耗するほど体力は落ちていない。

いま息切れしているのは、緊張しているからだ。十七年の人生で、いまだかつて味わったことがないほどの緊張。

「少し座って休もうか？　まだ、時間があるしさ」

美穂の提案に、大河は「いや、大丈夫だ」と首を横に振ると、再び足を動かす。ここで休んだら、何週間も前からずっと綿密に練っていた計画が台無しになる。

「はいはい、いつも強情なんだから」

呆れ声で言いながら、美穂もついてきた。数分後、二人は目的地に到着する。そびえ立つ崖の上にある、手すりで囲まれたバスケットコートほどの面積の広場。

奥の岩壁には、かつて炭坑の入り口だった洞窟《どうくつ》が、大きく口を開けている。大河が生まれる少し前、肝試しで近所の子供数人が洞窟に入り込み、命を落とすという事故があったらしい。それ以来、この洞窟には死んだ子供の魂が彷徨っているという噂《うわさ》が流れ、絶対に中には入らないように、大河も親から強く言われていた。いまも木製の柵に『危険　立入厳禁！』と記された看板がかかっている。

そもそも、この洞窟だけでなく、街には遥か昔から「山に入ると、幽霊に襲われてあの世に引きずり込まれる」という言い伝えがある。子供たちは親からその話を何度も聞かされ、山に入ることを恐れるようになるのだ。

ただある程度成長すれば、その言い伝えが、子供が山で遭難しないよう教育するためのものだと分かる。だから、高校生になった頃から、大河と美穂は、ときどきこの広場に来るようになっていた。

ここは特別な場所だから。

肩で息をしながら、大河は懐中電灯を消す。美穂が「うわぁ」と歓声を上げた。

眼下に美しい夜景が広がっていた。山の中腹にあるこの広場からは、麓の街を一望できる。だから、大河たちはこの広場のことを『展望台』と呼んでいた。辺りに全く明かりがない空間から見る夜景は、まるで山々に囲まれた巨大な湖に、宝石がちりばめられているかのようだった。

「綺麗だね、大河君」

そんな言葉とともに、大河の手が握られる。横を向いた大河の瞳に、空から降り注ぐ淡い月光に映し出された美穂の姿が映る。

「ああ、綺麗だ。とっても綺麗だ」

美穂の柔らかい手を、大河は力強く握り返した。

高校に入ってすぐ、大河は同級生の女子と交際をはじめた。しかし、付き合いはじめて半年ほど経ったとき、あっさりと「他に好きな人ができたから別れて」と捨てられた。

つらい破局で落ち込む大河を支えてくれたのが、幼馴染の美穂だった。何度も彼女に話を聞いてもらい、慰められるうちに、美穂に惹《ひ》かれていることに大河は気づきはじめた。

美穂が美しいことには昔から気づいていた。多くの男子が美穂に交際を申し込んでは、断られていることも知っていた。しかし、自分が美穂の恋人になるなどと考えたことはなかった。幼い頃からともに育った美穂は、大河にとって大切な家族のような存在だったから。

だから、美穂への恋心が胸で成長していくのをおぼえつつ、同時に恐怖を感じていた。もし告白などしたら、幼馴染という自分たちの関係が壊れてしまうかもしれない。もう、美穂の隣にいることができなくなってしまうかもしれない。そう思って、必死に耐えた。

しかし、それは長くは続かなかった。幼馴染としてではなく、恋人として美穂の隣にいたい。その想いを抑えきれなくなった大河は、一年前にこの展望台で美穂に告げた。「美穂が好きだ。俺の恋人になって欲しい」と。

驚きの表情を浮かべて数秒間固まったあと、美穂は切れ長の目を潤ませ、微笑みながら「うん、ずっと待ってた」と頷《うなず》いてくれた。

一年前の甘酸っぱい記憶を反芻《はんすう》しつつ、大河は美穂と見つめ合う。そのとき、美穂が「あっ」と声を上げて、街の中心部を指さした。

「あそこが神社だよね。光ってる」

視線を向けると、まるで滑走路の誘導灯のように赤い光の線が二本、平行に走っていた。境《けい》内《だい》に並んでいる提灯《ちょうちん》の明かり。今夜は神社で夏祭りが催されている。大河たちもついさっきまで、境内に並ぶ屋台で、焼きそばや綿あめを買ったり、金魚すくいや射的をしたりして楽しんでいた。

「ここから見ると、あんなに小さく見える。イルミネーションみたい」

目を細める美穂を見つめていると、階段をのぼり終えたことで収まっていた心臓の鼓動が、再び加速していく。

「けどさ、まだ予定の時間まで間があるよ。ちょっと早く来すぎたんじゃない？　大河君が急《せ》かすから。もう少し、縁日を楽しみたかったのにさ」

芝居じみた仕草で美穂は軽く睨《にら》んでくる。

「念のため、早く到着しておいた方がいいだろ。それに……」

舌がこわばって、そこで言葉が途切れてしまう。美穂は「それに？」と小首をかしげた。

「ちょっと……、美穂に話しておきたいことがあるんだ」

「なにか大事な話？」

美穂の表情に、かすかな緊張が走る。大河はからからに乾燥した口腔《こうこう》内を舐めて湿らせると、唇を開いた。

「俺さ、高校卒業したら料理人になるって言っていただろ」

大河の実家は、小さな定食屋を営《いとな》んでいた。将来はその店を継ぐつもりだったが、その前に修業をして、この街にはまだない本格的なコース料理を出せるレストランを開くのが大河の夢だった。

「それでさ、来年から有名なイタリアンレストランに就職できることになったんだ。そんなに給料は高くないし、かなり厳しいらしいけど、料理の腕は間違いなく磨ける。数年すれば、十分に自分の店が持てるくらいの実力がつけられるはずだ」

美穂の目が大きくなる。その顔に、蕾《つぼみ》が花開くように笑みが広がっていった。

「うわあ、おめでとう！　大河君、ずっと一流レストランに就職するのを目標にしていたもんね。これで、夢に向けて一歩踏み出せるね」

「ああ……」

曖昧《あいまい》に頷いた大河の態度に、美穂の顔から笑みが引いていく。

「どうしたの？」

「俺が就職するレストラン……東京にあるんだ」

「東京……」

美穂の表情がこわばる。長野県にあるこの街は交通の便が悪く、東京まで出るのに数時間はかかる。どう考えても頻繁《ひんぱん》に帰ることはできなくなってくる。

「そっか、東京……か」

気を落ち着かせるように、美穂は胸元に手を当てた。

「そうだよね。せっかく修業するなら、都会のレストランの方がいいよね。うん、私は大丈夫だよ。遠距離恋愛になっちゃうけど、電話で話せれば寂しくないし、ときどき東京に会いに行って、ついでに観光するのも悪くないしね」

大河が「そのことだけど……」とつぶやくと、美穂の表情が不安げに歪《ゆが》んだ。

「もしかして、別れたいの？　やっぱり遠距離恋愛は無理？　大切な話って、別れ話？」

「違う！　そんなんじゃない！」

「じゃあ、……なに？」

祈るように胸の前で両手を組みながら、美穂が見つめてくる。大河は喉を鳴らして唾を飲み込むと、震える唇を開いた。

「一緒に東京に来て欲しい」

「……え？」

まばたきをくり返しながら、美穂は呆《ほう》けた声を漏らす。

「だから、美穂と一緒に東京に行きたいんだ。最初は修行なんで、そんなに給料はもらえないけど、二人で生活するくらいならなんとかなるはずだ。それに、いま必死にバイトをして貯金をしているから、それで小さな部屋を借りて……」

「ちょ、ちょっと待って、それって……」

戸惑った様子で視線を彷徨わせる美穂の前で、大河は両拳を握りしめ、腹の底に力を込める。

想いを伝えるために。

「俺と結婚して欲しい」

目の前の女性以外に、生涯をともにするパートナーはあり得ない。彼女と手を取り合い、力を合わせて人生を歩んでいきたい。美穂と交際をはじめてからずっと、そんな想いを胸に秘めていたが、伝えられずにいた。

けれど、東京での就職が決まったことで、決心がついた。愛する人と何年も離れ離れで過ごすなど、耐えられるわけがない。

だから今夜、二人にとっての思い出の場所であるこの展望台でプロポーズをすると決めた。

特別な夜だから。

気を抜けば膝から崩れ落ちそうな緊張をおぼえつつ、美穂の答えを待つ。

「本気……？」

美穂の半開きの口から、かすれ声が漏れた。

「本気に決まっているだろ。いや、もちろんすぐに籍を入れたりとかじゃなくてもいいよ。ただ、とりあえず東京で一緒に住んで……」

「……何人？」

ぼそりと美穂がつぶやく。意味が分からず、大河が「え？」と目をしばたたくと、美穂ははにかんだ。心から幸せそうに。

「子供は何人欲しい？」

「それって……」

「うん。私も大河君と一緒に東京に行く」

「本当にいいのか？　長野の大学に行く予定だっただろ。それに、結婚式とか婚約指輪とかもすぐには……」

早口で言う大河の唇に、美穂は指先で触れた。

「そんなこと関係ない。大河君と一緒にいられたらそれでいい」

「美穂……」

胸がいっぱいになり、言葉が継げなくなる。美穂は涙が浮かぶ目元を拭うと、いたずらっぽく笑った。

「で、まだ答えを聞いていないんだけど、子供は何人欲しいの」

「え、子供って、まだそこまで考えてはいなかったんだけど、三人くらい……」

「三人ね。なら私は、男の子が二人に、女の子が一人がいいかな。五人家族になったら楽しそうだよね」

「ああ、楽しそうだな。娘か……」

美穂にそっくりな幼児が微笑んでいる姿を想像し、思わず口元が緩んでしまう。

「でも、娘ができても私を大事にしてね。そうしたら、ずっと大河君のそばにいてあげるから。約束してくれる？　私を一番大切にしてくれるって」

美穂は小指を立てた右手を差し出してくる。大河はその指に自分の小指を絡《から》めた。

「約束するよ。美穂のことを大切にする。美穂さえいてくれればいい。だから、ずっと一緒にいてくれ」

美穂は「うん」と涙声で答えながら頷いた。

「ああ、そうだ」

歓喜と安堵《あんど》で強い脱力感をおぼえていた大河は、手にしていたバッグを探る。

「あのさ、本当ならこういうとき指輪を渡すものなんだろうけど、いまは買えないから代わりにこれ、もらってくれないかな」

「薔薇……？」

大河が取り出したものを見て、美穂はまばたきをする。

「ああ、近所の花屋で買ったんだ。よかったらもらってくれるかな」

花屋の店主が見繕ってくれた数本の薔薇の花束を差し出しながら、大河は片膝をついた。

「なんかこういうの、大河君に似合わないね」

からかわれるように言われ、大河は口をへの字に歪めた。

「似合わないことぐらい自分でも分かってるよ。いらないなら……」

「ううん、嬉《うれ》しい」

花束を持つ大河の手に、美穂は自分の手を重ねた。

「本当に嬉しい。生まれてからいまが一番幸せ」

花束を受け取った美穂は、それを抱きしめるように胸の前に持ってくる。

俺もだよ。月明かりに照らされるその姿を見上げながら、大河は胸の中でつぶやいた。

「あっ、でも……」

美穂は花束の中から縞《しま》模様の薔薇を一本抜いた。深紅の中に淡いピンクが混ざった花弁が美しいので、大河が「これも入れてください」と自ら選んだ花だった。

「これはいらないかな」

「え、なんで？」

「縞模様の薔薇の花言葉って、『別れ』を意味するものなんだ」

「あっ、悪い。知らなくて」

慌てて美穂が持っている薔薇を受け取る。茎のとげが掌《てのひら》に刺さった。「いてっ」と声を上げて、薔薇を落としてしまう。

「大河君、おっちょこちょいだよね」

美穂は小さな笑い声を上げる。大河はうなだれながら、落ちた薔薇を拾ってバッグに戻した。

「なんか、ごめんな。せっかくのプロポーズなのに、こんなグダグダでさ」

「そんなことないよ。すごく嬉しかった。それに……」

美穂がそこまで言ったとき、笛を吹くような音が響き渡った。大河と美穂は、同時に街の方を振り向く。

街の外れから天に向かって、光の軌跡がのぼっていく。次の瞬間、内臓を震わすような爆音と共に、夜空が鮮やかな紅《あか》い光に彩られた。

夏祭りの終わりを告げる花火。

次々と大玉が打ち上げられては、大輪の花を咲かせていく。その光景に見惚《みと》れていた大河の肩に、美穂がこつんと頭を当て、囁《ささや》いてくる。

「ほら、グダグダなんかじゃない。とってもロマンティック」

「ああ、そうだな」

大河は美穂の肩に手を回す。

漆黒の空をキャンバスに描かれる鮮やかな光の芸術を、大河と美穂は並んで眺め続けた。


「どういうことですか⁉」

声を裏返した大河は、ローテーブルに両手をついてソファーから腰を浮かす。カップからわずかに紅茶が零れる。

「いま言った通りだ。美穂は東京には行かない」

テーブルの向こう側のソファーに腰掛けた中年男性、美穂の父親である柏木雄大《ゆうだい》は低くこもった声で言った。恰幅《かっぷく》がよい体を和服に包んだ雄大に睨みつけられ、大河は言葉に詰まる。

夏祭りの夜、展望台で美穂にプロポーズしてから半年近くが経った日曜日、大河は美穂の実家に呼び出され、応接室へと通されていた。

サッカー場ほどはありそうな土地に建つ洋館。かつて柏木家が裏の山から取れる石炭で潤っていた時代に、もともとあった平屋の日本家屋を強引に改装して建てたものだということだ。大河は幼い頃、よく美穂と遊んでいた。その際はこの家の広さに憧れていたが、いまはそれが圧迫感となって背中にのしかかってくる。

「東京には行かないって、どうして……？」

大河は呆然とつぶやきながら、雄大の隣で俯《うつむ》いている美穂に視線を向ける。しかし、彼女が答えることはなかった。その両手はテーブルに置かれた折り紙をしきりに折っている。

子供の頃から、美穂は折り紙が得意だった。よく、ライオンやクマなどの動物を折っては、それをプレゼントしてくれた。そして、高校生になっても、彼女はときどき折り紙を折っていた。特に、なにかつらいことがあったときに。

——折り紙って手元に集中しないといけないから、嫌なことを忘れられるんだよね。

かつて美穂から聞いた言葉を思い出し、彼女に強いストレスがかかっていることに気づく。

それはきっと、急に雄大が「美穂は東京には行かない」などと言い出したことと関係しているはずだ。

半年前、美穂にプロポーズをしてから数日後には、大河は雄大とその妻である聡子《さとこ》に会って、美穂との結婚と、高校卒業後に二人で東京で暮らすことを許して欲しいと告げた。

当然、まだ成人もしていない二人の結婚、そして大切な一人娘が親元を離れることに雄大は難色を示した。せめて美穂が地元の大学を出てからにするべきだと、何度も説得された。しかし、美穂自身がそれを拒絶し、一時期、父娘《おやこ》は険悪な雰囲気になりさえした。

しかし、子供の頃から大河を可愛がってくれていた聡子が、「大河君なら間違いないわよ」と粘り強く説得してくれ、また美穂からも強く懇願されて、最終的には雄大も折れた。

すべてが順調なはずだった。バイト代も二人の暮らしをするのに十分なほど貯《た》まったし、美穂は東京にある女子大への推薦入学を決めていた。来月には美穂と一回東京へ行って、二人で住む新居を探す予定だった。なのに、どうして……？

「どうして……？」

心の声が、無意識に口から零れる。その瞬間、雄大の唇が大きく歪んだ。

「どうしてだと⁉　お前のせいで美穂は……」

怒鳴り声を上げつつ、ソファーから腰を上げかけた雄大の手首を、美穂が素早く摑《つか》んだ。彼女が折っていた折り紙が、床に落ちる。

「……お父さん」

俯いたまま、美穂が低い声でつぶやく。これまで聞いたことのないほど、悲愴《ひそう》感に満ちた声。

大河は身の置き所がないほどの胸騒ぎをおぼえる。

雄大は痛みに耐えるような表情を浮かべると、崩れ落ちるようにソファーに臀部《でんぶ》を戻し、腕を組む。

部屋に下りた沈黙に息苦しさをおぼえた大河は、雄大の右隣にいる聡子を見る。話し合いがはじまってからまだ聡子は一言も発していない。昔から何かと可愛がってくれて、美穂との結婚にも好意的だった彼女なら、助け舟を出してくれるかもしれない。

目を伏せていた聡子が顔を上げる。その瞬間、大河は思わず身を引いた。聡子からの刃物のような鋭い視線に射抜かれて。

大河を睨みつけるその瞳は充血し、激しい怒りが浮かんでいた。

いったい、何があったというんだ。あんなに結婚を喜んでくれていたはずなのに。大河がめまいをおぼえていると、正面に座る雄大がゆっくりと口を開いた。

「大河君、君が勤めるレストランについて調べさせてもらった。初任給はかなり低いようだね。たしか、十二万円くらいだったたな」

「はい……」

痛いところを突かれ、大河は首をすくめる。

「そこから、税金やらなんやらを引かれると、手取りはさらに少なくなるはずだ。そんな雀《すずめ》の涙のような給料で、家族を養っていくつもりなのか？」

「でも、福利厚生はそれなりにしっかりしています。通勤手当とか、住居手当もつきますし、毎年昇給が……」

「昇給？」雄大が声を被《かぶ》せてくる。「もともとの給料が少ないのに、昇給なんかしても焼け石に水だ。そもそも、君はそのレストランで腕を磨いて、数年で辞めるつもりなんだろ。それなら、昇給なんて意味がない。それとも、ずっとそこで働くつもりだったのか？　私たちに伝えたプランはでたらめだったのか？」

重箱の隅をつつくかのような難癖に、頬が引きつる。

「でたらめなんかじゃないです！　ちゃんと一流のシェフになって、この街でイタリアンのレストランを開きます」

「あの古臭《くさ》い定食屋を本当にそんなものにできると思っているのか？」

いまは亡き祖父母が立ち上げ、両親が必死に守ってきた定食屋を揶揄《やゆ》され、頭に血がのぼる。相手が義理の父となる男とはいえ、怒りを抑え込むことはできなかった。抗議の声を上げようとした瞬間、「お父さん！」という美穂の鋭い声が響き渡った。

「そんな失礼なこと言わないで」

はっとした表情を浮かべた雄大は、目を伏せると「すまなかった……」と蚊《か》の鳴くような声で謝罪をした。

「いえ……、気にしないでください。ただ、僕は絶対に腕を磨いてこの街に戻ってきます。だから、美穂さんと一緒に東京に行くことを許可してください。お願いします！」

ここが勝負所だと感じた大河は、テーブルに額《ひたい》がつきそうなほどに頭を下げる。

「だめだ。美穂は東京には行かない」

頭頂部にはっきりした拒絶が浴びせかけられた。

「どうしてですか？　この前まで、許してくれていたじゃないですか」

「……状況が変わったんだ」

雄大は両拳を握り込んだ。その口元から歯ぎしりの音が漏れる。

「変わったって、何がですか？」

「君の給料がそんなに低いとは知らなかった。それに料理人は誰でもなれるものではないはずだ。君が成功する保証なんて全然ない。いくらバイトでいま貯金があっても意味なんかない。家族を養うためには、しっかりと生活の基盤を作る必要があるんだ。君の人生設計はあまりにも甘すぎる。そんなギャンブルにうちの娘を巻き込ませるわけにはいかない」

人工音声のように抑揚《よくよう》のない口調で、雄大はまくしたてる。

「じゃあ、僕はどうすれば……」

頭痛をおぼえた大河がこめかみに手を当てると、美穂が大きく息をついた。

「ねえ、大河君はこの街に戻ってくるんだよね。この街でレストランを開いて、私たちと一緒にずっと過ごしてくれるんだよね」

美穂は哀《かな》しげに微笑みながら見つめてくる。大河は「もちろんだ」と大きく頷いた。

「それなら私、……ここで待ってる」

「待ってる……？」

「うん」美穂は小さくあごを引いた。「大河君が一人前になって戻ってきてくれることを、私たちこの街でずっと待ってる。だから、早く迎えに来て」

「美穂……」

「私も一緒に行きたかったけど、それじゃあ大河君に迷惑をかけちゃう。だから、……ごめんね」

涙を浮かべた瞳で見つめられた瞬間、大河は強い脱力感をおぼえた。婚約者の両親に反対されているだけなら、どんな手段を使っても美穂を東京へ連れていくつもりだった。しかし、本人の口から「待っている」と言われては、もはやどうすることもできなかった。

「そういうことだ。美穂は東京には行かない。分かったら帰ってくれ」

追い出すように雄大が話を切り上げる。なぜここまで邪険に扱われなくてはならないのか腹が立ったが、もはや言い争いをする気力もなかった。夢見ていた、愛しい女性との新生活が泡と消えた衝撃に、ただ打ちのめされていた。

「……分かりました」

立ち上がるが、足に力が入らずふらついてしまう。美穂が慌てて手を伸ばしてきた。

「美穂！」

聡子が悲鳴じみた声を上げる。美穂は弾かれたかのように手を引いた。

体勢を立て直した大河は、血が滲《にじ》むほどに強く唇を噛んだ。

美穂は俺を支えようとしてくれただけだ。なのに、そんな声を出すなんて……。

レストランの給料が低いことが、そこまで許せなかったというのだろうか。いまは買い手もつかない山を持っているだけとはいえ、かつて石炭採掘で栄えた家の一人娘が、定食屋の息子と結婚するなど許せないということなのだろうか。

あまりに理不尽だ。俺なら、誰よりも美穂を幸せにできるはずなのに。

「失礼します」

両拳を握りしめた大河は、部屋を出て大股で玄関へと向かう。靴を履き、玄関の引き戸を開けようとした大河に、「待って！」と声がかかる。振り返ると、美穂がおずおずと廊下を歩いてきていた。

「なんだよ？」

苛立ちが、口調を強めてしまう。美穂の顔に怯えが走るのを見て、罪悪感が怒りを抑え込んでいった。

「ごめん。ちょっと、あまりにも急でさ。ようやく美穂と一緒に住めると思ったのに……。そのために睡眠時間を削ってまでバイト頑張ったのに……」

自らの口から零れた女々しいセリフに、強い自己嫌悪をおぼえ、大河は口を固く結んだ。

「ごめんね。本当にごめんね……」

瞳から溢れた大粒の涙が美穂の頬を伝う。大河は慌てて胸の前で両手を振った。

「別に美穂が謝ることじゃないだろ。親父《おやじ》さんが決めたことだし、それに俺の給料が少ないのは本当だしさ」

そこで言葉を切った大河は、辺りを見回すと、声をひそめた。

「なあ、本当に東京には一緒に行けないのか？　俺、美穂とずっと一緒にいたいよ。もし、美穂がいいなら、なんというか……駆け落ちとかも……」

美穂の目が大きく見開かれる。青ざめていた頰がかすかに上気する。その反応に大河は勢いづいた。

「そうだ、そうしよう。二人で東京に行こうぜ。そうしたら、親父さんたちだって連れ戻しに来たりはできないよ。俺が一人前のシェフになれば、胸を張って戻って……」

美穂は指先でそっと唇に触れて、大河のセリフを遮る。

「ねえ、大河君、私のこと大切に想ってくれる？」

「なに言っているんだよ。当たり前だろ」

「誰よりも？」

訴えかけるような美穂の眼差《まなざ》しに圧倒された大河は、喉を鳴らして唾を飲むと、大きく頷いた。

「もちろん、誰よりもだ。美穂以上に大切な人なんて、いまもこれからも絶対にいない。美穂さえいてくれれば俺はなにもいらない」

偽《いつわ》ることない気持ちを、言葉に乗せて伝える。美穂は「嬉しい」と手で目元を覆った。

「なら……」

大河が前のめりになると、美穂は静かに首を横に振った。

「でも、ダメ。ううん、だからこそ、私は大河君と一緒に東京には行けない」

「どうして⁉」

「一流のシェフになるために頑張る大河君の足を引っ張るから。私がそばにいたら、きっと迷惑をかけちゃうから」

美穂は力強く目元を拭った。手の甲についた涙が、電灯の光を乱反射する。

そんなことない。美穂がいてくれればどんなにつらくても頑張れる。だから、一緒に来てくれ。

そう言いたかった。しかし、強い決意のこもった美穂の表情を見て、喉元まで出かかった言葉が消えてしまう。

「それに、ここには大切な人がいるの。その人を守らないといけない」

幸せそうに微笑む美穂を前にして、大河は唇を噛む。母親である聡子は体が弱く、病気がちだ。美穂を生んだときもかなりの難産で、一時は命が危うかったと聞いている。だから、聡子と雄大は、一人娘の美穂に溢れんばかりの愛情を注いでいた。

「俺は美穂のことを一番大切だと想ってる。自分よりもずっと大切だ。でも、美穂はそう想ってくれないのか？」

思わず零れた恩着せがましい言葉に顔をしかめる大河に、美穂は柔らかく微笑みかけた。我が子を眺める母親のような微笑。

「私にとって大河君は、自分よりもずっと大切な存在。でも、同じくらい大切な存在が私にはいるの」

そこまで両親のことを……。これ以上、食い下がっても無駄だと悟った大河は、「分かった」とかすれ声で言うと、身を翻した。外に出ようとしたとき、背中が柔らかく温かい感触に包まれる。

「待ってる」

大河の背中に抱き着いた美穂が、耳元で囁いてくる。

「私、大河君をずっと待ってる。大河君とずっと一緒に過ごせるように、私も頑張る。だから、私たちを迎えに来てね。約束だよ」

涙声で言いながら、美穂は大河のシャツの胸ポケットになにかを押し込む。大河はそれを摘《つ》まむと、顔の前に持ってきた。

「薔薇？」

それは、折り紙で折られた赤い薔薇だった。

「うん、赤い薔薇の花言葉は、『あなたを愛しています』。……私の気持ち」

「愛して……」

つぶやきながら、大河は両手で包み込むように折り紙を持つ。ほんのかすかに、掌が温かくなった気がした。

大河は胸元に回された美穂の手に、自分の手を重ねる。毛羽立っていた気持ちが、癒されていく。

そうだ、俺は美穂を失ったわけじゃない。たしかにいまの俺は、美穂と釣り合う男じゃない。なら、一人前になって戻ってきて、彼女と結婚すればいいだけだ。

そう、必死に頑張って、俺は美穂を迎えに戻る。

強い決意が体温を上げていく。

「必ず迎えに来るから、待っていてくれよ」

力強く言う大河の肩に、美穂は「うん」と頭を載せた。


「……久しぶりだな」

古びた木製テーブルの表面をなぞる。たまった厚い埃《ほこり》が指先を汚した。

高校を卒業してから六年後、大河は実家の定食屋に帰ってきていた。ここに戻るのは四年ぶりだった。両親の葬式以来、四年ぶり。

大河が東京に出てから二年後、両親が交通事故で亡くなった。大河に会いに車で東京にやって来た帰り道、高速道路を逆走してきた車と正面衝突し、二人とも即死だった。

事故の相手は身寄りのない高齢の男で、任意の自動車保険にも入っておらず、さらに彼自身も事故死していたため、大河はほとんど補償を受けることができなかった。

この街で執《と》り行われた葬式に、美穂は来なかった。喪主を務めていた大河は、代わりにやって来た彼女の両親に、「どうか一目でいいから、美穂さんと会わせてください」と懇願した。

突然、大切な家族を喪《うしな》った大河にとって、美穂だけが生きる支えだった。将来、家族となる美穂に、何よりも大切な女性に会いたい。その衝動をこらえることができなかった。

しかし、喪服に縋《すが》りつきながら頼み込む大河を、雄大は無造作に振り払った。

「君が一人前になるまで、美穂とは一切接触しない。そういう約束だったはずだ」

たしかにそういう約束だった。会うことはおろか、電話もメールも禁止され、もしそれを破ったら婚約は破談だ。そう告げられていた。

ただ、週に一回、手紙を交わすことだけは許されていた。だから毎週、大河は自らの近況と、美穂への想いを便箋にしたためて送っていた。美穂からも毎週、身の回りで起きたことをこと細かに書いた手紙とともに、折り紙の花が送られてきた。それらはいつも、愛や慕情の花言葉を持つ花を折ったもので、その意味を調べるのが大河の毎週の楽しみになっていた。

雄大に袖にされた大河は、膝から崩れ落ちた。いきなり両親を喪い、警察からの説明、死亡診断書の提出や相続にかかわる手続き、さらに葬式の準備と、哀しむ暇もないほどの負荷に苛《さいな》まれていた。

頭を抱えてうずくまる大河を見て、さすがに哀れに思ったのか、近づいてきた聡子がそばでしゃがみ込み、そっと背中に手を添えてくれた。

「ごめんなさいね、主人がひどい態度を取って。けど、それも全部、あなたの修業の邪魔をしたくないからなの。あなたが一人前になって、美穂としっかりと幸せな家庭を築いて欲しいだ

「また、ここを客でいっぱいにするからな。父さんと母さんがいた頃みたいに」

だから今日、実家の様子を確認するため、こうして街に戻ってきていた。

屋をオーナーが出資して改装し、イタリアンレストランとして来年に開業する契約を交わした。

それはまさに、大河が思い描く未来そのものだった。話はとんとん拍子に進み、実家の定食

開かないかと提案された。大河をメインシェフとして。

それを機にオーナーと話し合いを持ったところ、のれん分けのような形で、故郷に二号店を

は一流のシェフだ』と。

そして三ヶ月前、師と仰《あお》ぐチーフシェフから告げられた。『もう、教えることはない。お前

れ、シェフに必要な技術を徹底的に叩《たた》き込まれた。

て、ただひたすらレストランで働き続けた。真摯《しんし》な努力が認められ、厨房《ちゅうぼう》に立つことを許さ

両親の葬式を終えてから四年間、この街に戻ってくることはなかった。美穂との将来を夢見

た。

漆黒に染まった絶望の中、かすかな光明が差すのをおぼえつつ、大河は再び故郷をあとにし

修業していることを認めてくれている。

二年前に比べて、二人の態度がいくらか軟化《なんか》している。きっと美穂と結婚するため、必死に

に目を逸らしていた。

柔らかい声に、大河は顔を上げる。聡子は慈愛に満ちた笑みを浮かべ、雄大はばつが悪そう

け」

時間に浸食された空間に、覇気がこもった声が響き渡る。埃っぽかった空気が外気と入れ替わっていくのを感じながら、大河は頬を両手で張ると、全ての窓を開けていく。

わずかにカビの臭いが漂っている薄暗い厨房に入ると、過去の記憶が蘇ってくる。父はいつも、ここで額に玉のような汗を浮かべながら調理をしていた。そして、できあがった料理を母が腹を減らした客へと運ぶのだ。

「さて、やるか」

大河は厨房の明かりをつけ、シンクの蛇口をひねる。電気・ガス・水道などは契約し直し、再び使えるようにしていた。

ボストンバッグから新品のたわしと洗剤を取り出し、シンクにこびりついた水垢《みずあか》やカビを落としていく。やがてくすみが消え、金属の光沢が戻りはじめた。

ここをレストランに改装したとしても、水回りに大きく手を加えるつもりはなかった。祖父、父と引き継いできた店の魂は、ここにある。いかに外観や内装、出すメニューが変わっても、料理が生まれるこの場所さえ残っていれば、家族が守ってきた店は生き続ける。

「家族、か……」

その言葉が口から漏れると同時に、腹の底が温かくなっていた。この街に戻ってきたら、まずこの厨房を蘇らせるつもりだった。そうしないと、料理を作ることができないから。

大切な人に捧《ささ》げる料理を。

たしか、近くに鮮魚店があったはずだ。掃除を終えたらすぐにあそこに行って、新鮮な魚を見繕って……。

唇をほころばせながら、大河はたわしを持つ手を動かし続けた。

嫌な天気だな。厚い雲に覆われた空を見上げる。ほんの数十分前までは晴れ渡っていたのに、一雨来そうだ。

本当なら、晴れていた方が良かった。けれど、他の日に持ち越すことはできなかった。一刻も早く彼女に会わずにはいられなかった。

時刻は午後五時になろうとしていた。思ったより厨房の掃除に時間がかかってしまったが、なんとか夕食の時間には間に合いそうだ。

大河は左手に持っているエコバッグに視線を向ける。中にはプラスチックのタッパーが収められていた。

まずはこれで六年間の修業の成果を見てもらい、その後……。

この日のために新調したスーツのポケットに手を入れ、そこに入っている物を確認する。

今日のために六年間、苦しい修業に耐えてきた。何度、レストランを辞めようと思ったか分からないが、今日のことを想像して思いとどまってきた。

数十メートル先に目的地が見えてくる。高い生垣に囲まれた広大な土地に建つ洋館。裏には二階建ての洋館よりも高い大樹が生えている。胸の奥で弾ける衝動に逆らえず、大河はアスファルトを蹴って走り出した。

巨大な門扉《もんぴ》の前までたどり着いた大河は、乱れた呼吸を必死に整えると、額に浮かぶ汗をハンカチで拭った。

インターホンに震える手を伸ばしていく。早鐘《はやがね》のように加速した心臓の鼓動が、鼓膜にまで響いた。

人差し指がそっとボタンを押し込む。ピンポーンという軽い音が響くが、反応はなかった。

数十秒待ってから再びボタンを押すが、やはり返事はない。

留守……？　強い決意とともにここに来ていただけに、失望は大きかった。体から力が抜けていく。

今日、ここを訪れることは事前に伝えていないので、留守でもおかしくはない。もちろん、連絡をしておきたかったのだが、その方法がなかったのだ。手紙に書こうとも思ったが、美穂の父に読まれる可能性を考え、思いとどまっていた。

うなだれていると、鼻先で水滴が弾けた。大河は空を仰ぐ。厚く重なった雲から小雨が落ちてきていた。すぐに雨粒は大きくなっていき、糊の効いたスーツを濡《ぬ》らしていく。

大河は緩慢《かんまん》にエコバッグから取り出した折り畳み傘をさす。

ここに着いてから取るべき行動を、繰り返しシミュレートしてきたが、留守だという可能性が完全に頭から抜けていた。

帰って出直そうか。それともここで待っているべきだろうか。迷っていると、雨音に混じりかすかに背後から足音が聞こえてきた。

「大河……君……？」

全身に電気が走った気がした。懐かしい声。夢の中で何度も聞いた愛しい声。

振り返ると、そこに淡い空色のワンピース姿の女性が、傘を片手に立っていた。

「美穂……」

感情が昂《たかぶ》り、舌がこわばる。かつて背中にまで伸びていた黒髪は、いまはボブカットにしてある。記憶の中の姿よりはいくらか痩せたように見えた。花粉症のためか、口元はマスクで覆われている。

しかし、そこにいるのは間違いなく、六年間想い続けた女性だった。

「どうして、ここに……？」

立ち尽くしたまま、美穂は呆然とつぶやいた。

「ようやく、約束を果たせたんだよ」

胸に湧き上がる熱い想いを、大河は必死に抑え込む。

「約束？」

「そうだよ」大河は大きく頷いた。「シェフとして一人前になって、この街に戻ってくる。そう約束しただろ」

「じゃあ……」美穂の目が大きくなる。

「ああ、ようやく料理人として独り立ちできたんだ。実家の店を改装して、半年後にはイタリアンレストランを開くことになった」

マスクの下から、大きく息を呑む音が聞こえてくる。美穂の目が大きく見開かれ、そしてみるみる潤んでいった。

「おめでとう……。頑張ったんだね。本当におめでとう……」

震える声を絞り出す美穂に、大河は近づいていく。

「その報告に来たんだけど、留守だったから、焦《あせ》ったよ」

「ごめんね。大河君が来ると思ってなくて」

「いや、いきなり押しかけた俺が悪いんだって。それで、雄大さんと聡子さんは？」

大河は緊張しつつ訊《たず》ねる。美穂だけでなく、二人にも自分が一人前の料理人となって戻ってきたことを伝える必要があった。

「お父さんとお母さんは、ちょっと病院の見学に……。もう少ししたら帰ってくると思うけど」

「病院？　どこか悪いのか？」

「うん、そんな感じ……」

やけに歯切れの悪い美穂の口調に、大河は慌てて話題を変える。

「そっか、三人に食べてもらおうと思って作ったんだけど、残念だな」

大河がエコバッグを開けると、美穂は「なに、これ？」と中を覗き込んだ。

「真鯛《まだい》のカルパッチョだよ。一人前のシェフになったことを証明するには、料理を食べてもらうのが一番だと思って、腕によりをかけて作ってきた。俺が勤めているレストランの看板メニュー、スペシャリテってやつだ」

「カルパッチョ……」

「ああ。ご両親にはまたの機会に作ってくるからさ、美穂だけでも食べてくれよ。家にお邪魔してもいいかな？　皿を貸してもらえれば、綺麗に盛りつけてご馳走《ちそう》するからさ」

「大河君……、ごめん」美穂は目を伏せる。「私、生魚が食べられないんだ」

「えっ、なんで？　前は普通に刺身とか食べていただろ」

「最近、アレルギーが出て、お医者さんから止められているの。ほら、私って花粉症とかもひどかったじゃない。だから、いまもこうしてマスクしないといけないし」

「そうなんだ……」大河は肩を落とす。

「本当にごめんね。でも、火が通ったものなら基本的になんでも大丈夫。だから、今度ぜひ大河君の料理を食べさせてね。楽しみにしているから」

目を細める美穂を見て、落胆が希釈《きしゃく》されていく。それとともに、六年間、胸に秘めていた熱い想いが、溢れんばかりに胸郭《きょうかく》を満たしていった。

大河は衝動に身を委《ゆだ》ねる。摑んでいた傘を放り捨てると、スーツのポケットに手を突っ込み、ズボンが濡れることも気にせずに片膝をついた。

ポケットから取り出した物を両手で包み込むようにして美穂に差し出すと、大河は大きく息を吸った。

「美穂、俺と結婚してくれ。絶対に幸せにするから」

大河は手にしているケースを開ける。中から指輪が姿を現した。

決して多くはないレストランからの給料を貯め、この日のために買った婚約指輪。プラチナ製のリングについたブリリアントカットを施された小ぶりのダイヤモンドが、こんな曇天《どんてん》にもかかわらず鮮やかな光を放っている。

目尻が裂けそうなほどに目を見開くと、美穂は両手をマスクで覆われた口元に持っていく。その手から零れた傘が、水たまりに落ちた。

大粒の雨を浴びながら、二人は無言で見つめ合う。

おずおずと手を伸ばし、ケースごと受け取った美穂は、右手で指輪を取り出す。摘まんだ指輪を嵌《は》めようとする美穂の手が、震えてうまくいかないのを見て、大河は立ち上がる。指輪をそっと取ると、美穂の左手の薬指に嵌めていった。

美穂は目線の高さに指輪をかざす。ダイヤを見つめる瞳から零れた涙が、雨と混ざっていく。

大河は愛する女性の華奢《きゃしゃ》な体をそっと抱きしめ、囁きかける。

「待たせてごめんな。けれど、ちゃんと迎えに来たよ」

大河の肩に額をつけた美穂は、何度も繰り返し頷いた。

大河はそっと美穂の耳にかかっているマスクのひもを外すと、ほっそりとしたあごに指を添えて首を反らせる。

二人の唇が重なりかけたとき、幸せそうに微笑んでいた美穂の顔に、はっとした表情が浮かんだ。次の瞬間、後方にバランスを崩した大河は大きな水たまりに尻餅をつく。

なにが起きたのか分からなかった。下着にまで雨水が侵入し、不快感に顔をしかめながら顔を上げると、美穂が両手を伸ばしたまま固まっていた。大河はようやく、美穂に両肩を強く押されて倒れたことに気づく。

「美穂……？」

「ご、ごめん。ごめんね、大河君」美穂は目を泳がせた。

「いや、大丈夫だよ。俺の方こそ、驚かせてごめんな。それで……、答えは……」

倒れたまま、大河は上目遣いに美穂を見上げる。ついさっきまで全身に満ちていた幸福感は霧散《むさん》し、腹の底で不安がむくむくと膨らんでいた。

「……答え」

美穂は左手薬指の指輪を見つめる。その姿からは、激しい逡巡《しゅんじゅん》が伝わってきた。

どうして答えてくれないんだ。約束したじゃないか。俺が一人前の料理人になって戻ってくるのを、ずっと待っているって。

心の中で叫ぶ大河の視線から逃げるように、美穂は目を伏せた。

「なんか、急すぎて混乱しちゃって……。返事は落ち着いて考えてからでもいいかな。大河君、当分、この街にいるんだよね」

「そりゃあ、いるけど……」

「近いうちにちゃんと説明するから、ちょっと待っていて。そんなに濡れたら風邪を引いちゃうから、とりあえず家に帰って体を温めた方がいいよ。私もそうするから」

有無を言わせぬ口調で言うと、美穂は逃げるように去っていく。門扉を開けた美穂が、その隙間に細い体を滑り込ませるのを、ただ見つめることしかできなかった。

門が閉まる重い音が、大河の耳にはやけに大きく響いた。


俺はなにをしているんだろう。ベンチに腰掛け濡れた地面を眺めながら、大河は自問する。

眼球だけ動かして視線を上げると、この街を取り囲むように連なっている山の稜線《りょうせん》に赤い夕陽《ゆうひ》が呑み込まれはじめていた。

美穂と別れてから三十分ほどが経っていた。高地にあり、山々に囲まれているこの街は天気が変わりやすい。打ちつけるように降っていた雨はすでに上がり、空を覆っていた雨雲もいまは遥か遠くへと流れていっている。

二回目のプロポーズは、途中までうまくいっていた。予定とは違ったが、美穂は婚約指輪を受け取り、それを左手の薬指に嵌めてくれた。

六年以上待ち望んだ、人生最高の日になるはずだった。しかし現実は、こうして一人ベンチで凍《こご》えている。

美穂に言われた通り、家に帰って体を温めようと思った。しかし力が出ず、そこまでたどり着くことができなかった。途中にある公園にふらふらと吸い込まれ、ベンチに座ったところで、もはや動く気力がなくなった。

　甲高い笑い声が聞こえてきて、大河はそちらを見る。髪を三つ編みにした幼稚園生ぐらいの少女が絵本を胸に抱き、男と歩いていた。長身の男だった。年齢は三十代後半といったところだろうか。Tシャツの上に高級感のあるジャケットを羽織り、ダメージジーンズを穿《は》いている姿がファッショナブルで、慣れないスーツ姿でずぶ濡れになっている自分がさらに惨《みじ》めになる。

　おそらく親子なのだろう。男と少女は手を繋《つな》ぎ、ブランコへと近づいていく。なぜか、その少女に見覚えがある気がして、大河は二人をなんとなしに眺めていた。

　男がハンカチでブランコの座板についた雨水を拭く。そばでそれを待っていた少女がこちらを向いた。子猫のように可愛らしいその目を大きく見開くと、少女は「ぱぁぱ！　ぱぁぱ！」と男のジャケットの裾を摑んだ。その言葉は言葉を覚えたての乳児のようにぎこちなく、少女になんらかの障害があることに気づく。

　男がいぶかしげな表情で少女に向かって、手を複雑に動かした。少女も同様に片手でサインを描いていく。

　手話でしきりに会話をしている二人を尻目に、大河は緩慢に立ち上がる。こんな姿でベンチに一人座っていたら、不審者と思われるのも仕方がない。さっさと撤退しよう。

　公園の出入り口に向かおうとしたところで、体が震える。遠くの歩道から、こちらに向かって早足で歩いてくる美穂の姿を見つけて。

一瞬、自分を追いかけてきてくれたのではという期待が湧き上がるが、すぐに違和感がそれを掻き消した。なぜか、美穂の髪型が変わっていた。さっき会ったときはボブカットの黒髪だったのに、いまはわずかにブラウンが入った髪が、ゆるくウェーブしながら肩にまで伸びている。口元は相変わらず、マスクで覆われていた。

「ウィッグ？　なんで？」

大河の頭に、『変装』という単語が浮かぶ。時間からして、別れたあと美穂はシャワーなどで体を温め、すぐに家を出たはずだ。もしかしたら、美穂は俺がまだ外で待っているかもと思ったのではないだろうか？　だからこそ、わざわざウィッグで変装し、マスクで顔を隠して俺に気づかれないようにしたのではないだろうか？

けれど、もし俺に会いたくないないなら、家にこもっていればいいはずだ。なんで、急いで外出する必要があったんだ？　疑問が疑問を呼び、頭痛がしてくる。

顔をしかめた大河がこめかみを押さえていると、美穂は迷うことなく公園に入ってきた。やっぱり俺を追いかけてきてくれた⁉　歓喜とともに、美穂の名を呼ぼうとする。しかし、その声は口の中で霧散した。大河に目をくれることもせず、彼女はブランコで遊んでいる男と少女に小走りに近づいていった。

「直人《なおと》さん、穂乃花《ほのか》、待たせてごめんなさい」

男は美穂に視線を向けるが、少女はその声に反応することなく大河を見つめ続けていた。状況が摑めないまま、大河は立ち尽くす。

「穂乃花ちゃん。ママが来たよ」

男に肩を軽く叩かれた少女が首を回す。そこに美穂が立っていることに気づき、蕾が花開くように、少女の顔に無邪気な笑みが広がっていった。

「まぁま!」

美穂に飛びついた少女が発した言葉を聞いた瞬間、大河は足元が崩れ、空中に投げ出されたような気がした。

ママ？　いま、あの子は美穂を「ママ」と呼んだのか？

美穂が『ママ』で、あの男が『パパ』……？

慈愛に満ちた眼差しを少女に向け、その小さな体を抱きしめる美穂を見て胃が痙攣《けいれん》し、食道を熱いものがせりあがってくる。反射的に顔を背《そむ》けた大河の口から、黄色い胃液が吐き出された。口腔内に耐えがたい苦みが広がる。

少女がこちらを指さす。振り向いた美穂は、大河に気づき顔をこわばらせる。その視線から逃げるように、大河は身を翻した。

「大河君、待って！　説明させて！」

背後から美穂の上ずった声が聞こえてくるが、これ以上、この場にとどまることに耐えられなかった。

大河は公園から飛び出し、全力で走り続けた。

自分がどこに向かっているかも分からないまま。

「……いま、何時なんだ？」

汚れの目立つ天井を眺めながら大河はつぶやく。公園から飛び出した大河は、運動不足の体が限界に達して、意思とは関係なく膝から崩れ落ちるまで走り続けた。そして、濡れたアスファルトに両手をついて数分間酸素を貪《むさぼ》ったあと、帰巣《きそう》本能に導かれるようにふらふらと実家の定食屋へと戻っていた。

嵐のように胸の中で吹き荒れていた黒い感情は、いつの間にか凪《な》いでいた。ただ、それは落ち着いたからではなく、負荷に耐えきれなくなった精神が自らを守るため、なにも感じなくなったからに過ぎなかった。

世界と自分の間に、汚れた膜が張っているかのように、現実感が消え去っていた。

階段をのぼって二階にある自室に入った大河は、スーツの上着だけ脱ぐと、倒れ込むようにベッドに横になった。

下着まで濡れた服が肌に吸い付くが、それすら気にならなかった。

消えてしまいたかった。感情が戻ってきて、心臓に鉤爪《かぎづめ》を立てられるようなあの絶望をおぼえる前に、消え去ってしまいたかった。

眠ってしまおうと思ったが、目を閉じると瞼の裏側に、公園で男に寄り添っている美穂の姿が映し出されて、耐えられなかった。

だから、ただ天井を眺め続けた。食事も睡眠もとらず、まるで自分が朽ちるのを待つかのように。すでに丸一日近く経っているはずだ。

これから、どうすればいいんだろう？　そんな考えが頭をかすめる。

六年間、一人前の料理人となり、美穂と幸せな家庭を築くことだけを目標として生きてきた。特に四年前に両親を喪ってからは、それだけが自らの存在理由となっていた。しかし、その目標が消えてしまった。

「……本当に消えたのか？」

乾燥してひび割れた唇の隙間から、そんな声が漏れる。

昨日、公園から逃げ出す寸前、美穂は言っていた。説明させて、と。

もしかしたら、俺は何か大きな勘違いをしているのかもしれない。昨日、美穂がすぐに二度目のプロポーズを受け入れてくれなかったのは、突然現れた俺に驚いて、パニックになっただけではないだろうか。美穂も俺を待っていてくれたのではないだろうか。その証拠に、婚約指輪を嵌めたとき、彼女は涙を浮かべ、とても幸せそうに微笑んでくれた。

そうだ。あの少女が美穂の娘のわけがない。「ママ」と聞こえたのも、実はなにか違う言葉だったのかもしれないし、たんに美穂と母親を見間違えただけかもしれない。

それが、無理筋な解釈だということは気づいてはいた。しかし、そう思い込まなくては、心が腐り果ててしまいそうだった。

美穂の家に行こう。彼女と会って、『説明』を聞こう。体の奥に残っている力を振り絞ってベッドから立ち上がった大河が、まだ乾ききっていない服を脱ごうとしたとき、インターホンのチャイム音が響き渡った。

なんだよ、こんなときに。居留守を決め込みながら、シャツのボタンをはずしていくが、チャイム音は続けざまに鳴り続ける。

「いい加減にしろよ」

悪態をついたと同時に、外からかすかに「大河君……」という声が聞こえてきた。大河は息を呑むと、慌てて部屋を出て、転びそうになりながら階段を駆けおりていく。

一階の食堂に着くと、床の近くが割れているすりガラスの自動ドア越しに、華奢なシルエットが見えた。

食堂を横切った大河は、自動ドアを手で強引に開ける。予想通り、そこには美穂が立っていた。昨日、彼女の家の前で会ったときと同じ、ボブカットの黒髪、口元は大きなマスクに覆われている。

「美穂！」

叫ぶように愛する女性の名を呼んだ大河は、美穂の後ろに立っている人影に気づき、頬を引きつらせる。細身の長身を質のよさそうなスーツに包んだ男。昨日、美穂に「直人さん」と呼ばれていた人物だった。

男は端正な顔に屈託《くったく》のない笑みを浮かべると、近づいてきて右手を差し出した。

「真柴《ましば》直人です。はじめまして、平間大河君」

「……なんで俺の名前を？」

真柴と名乗った男の余裕に溢れた態度が鼻につき、大河は声を低くする。

「もちろん、美穂から聞いたんですよ。大切な幼馴染だって」

幼馴染という言葉をやけに強調する真柴に、苛立ちが強くなっていく。

「あんたは誰なんだ？」

「私は……」

なにか言いかけた真柴と大河の間に、美穂が割り込む。

「私が説明するから、直人さんは下がっていてください」

「ああ、そうだね。その方がいい」

唇の端を上げると、真柴は芝居じみた仕草で両手を軽く上げる。

「大河君、中に入っていい？」

決意のこもった美穂の態度に、大河は「あ、ああ」と曖昧に答える。二人は食堂の奥に入っていった。

「昨日はありがとう。すごく嬉しかった」

足を止めた美穂が、俯きながら言う。

「じゃあ、俺と……」

振り返って前のめりになった大河のセリフを、美穂が片手を突き出して遮る。

「でも、……ごめん。私、大河君のお嫁さんにはなれない」

て！」

「そんな！　なんでだよ？　約束したじゃないか、俺のことをずっと待っていてくれるっ
美穂は痛みに耐えるような表情で黙り込むだけだった。

「……あの男のせいか？」

大河は店の外で待っている男に鋭い視線を向ける。美穂は「……うん」と蚊の鳴くような声で答えた。

「あいつは誰なんだよ？　どんな関係なんだ？　教えてくれ！」

悲鳴じみた声を絞り出す大河を哀しげに見つめながら、美穂はゆっくりと口を開いた。

「彼は私の……夫なの」

視界が大きく傾いた。大河はそばにあったテーブルに手をついて、なんとか転倒を免れる。

「夫……？　じゃあ……、昨日の女の子は……」

「私の娘。穂乃花っていうの」

こわばっていた美穂の表情がかすかに緩むのを見て、大河は顔を背ける。

聞き間違えじゃなかった。本当にあの少女は、美穂の娘だった。

「あの男が、……父親なのか？」

ざらつき、やけに喉にひっかかる言葉を、大河は必死に吐き出す。

「そう。直人さんが父親」

美穂ははっきりと告げると、大河の手を包み込むように握ってこうべを垂れた。

「ごめんね、大河君。……本当にごめん」

「どうしてなんだよ？　どうして……？」

　ぼやける視界の中、美穂は表情を歪めて顔を伏せた。

「大河君のこと、大好きだった。心から愛してた。けど……、お父さんとお母さんに反対されて、東京に一緒に行けなくなって、すごく心配になったの。本当に大河君が迎えに来てくれるのか。東京にはきっと可愛い女の子がいっぱいいるから、私のことなんて忘れちゃうんじゃないかって」

「そんなわけないだろ！」反射的に声が大きくなる。

「そうだよね。そんなわけなかったんだよね。大河君を信じればよかった。けど、不安でどうしようもなかったの。そんなとき、相談に乗ってくれたのが直人さんだった」

「もしかして、俺が東京に行く前から……」

　呆然とつぶやく大河の脳裏に、六年前の記憶が蘇る。君が一番大切だと告げたとき、美穂はただ哀しげに微笑むだけだった。

「あのときにはもう、一番大切な人じゃなくなっていたのか……？」

　美穂は微笑んだ。六年前と同じように、哀しげに。

「そう、あのときには私には大河君以外に、誰よりも大切な人がいたの。だから、こうするしかなかった」

　凛《りん》とした声で言うと、美穂はワンピースのポケットから、小さなケースを取り出した。婚約指輪が入っていたケース。

差し出されたケースを受け取った大河は、震える手でそれを開く。

中には、複雑に折られた、赤とピンクの縞模様の薔薇の折り紙が収められていた。

山の中腹にある『展望台』で、はじめて美穂にプロポーズをした祭りの夜の記憶が蘇ってくる。

あのとき、大河が渡した薔薇の花束の中から、縞模様の一本を取り出して美穂は言った。

――縞模様の薔薇の花言葉って、『別れ』を意味するものなんだ。

大河は膝から崩れ落ちる。手からケースが零れ落ちた。

床に転がった薔薇の折り紙を拾い上げた美穂はひざまずいて、そっとそれを大河の手に握らせた。

「……さよなら、大河君」

耳元で囁いて立ち上がると、美穂は迷いを振り払うように踵《きびす》を返して出入り口に向かう。

店の外で待っていた真柴が、美穂の肩に手を回した。

寄り添う二人の背中を、大河はただ見送ることしかできなかった。


またこの街に戻ってきてしまった。

夕焼けに染まる街を左右に揺れながら、大河は歩いていく。

美穂に別れを告げられてから、すでに三ヶ月が経っていた。あの日、大河は生きる希望を失った。

六年間、料理人として一人前になるため血の滲むような努力をしたのは、全て美穂との幸せな家庭を築くためだった。しかし、輝いていた未来は壊れてしまった、美しい硝子《ガラス》細工が粉々に砕け散るように。

最初から裏切られていた。自分は六年もの間、ただ道化を演じていただけだった。そのことを知ってから、大河は抜け殻《がら》になった。

心臓や肺などの臓器が、愛する人への想いとともに抜き取られ、胸郭が空っぽになったような錯覚《さっかく》に襲われた。自分の心臓がなぜまだ拍動しているのか、分からなかった。美穂を失った自分に、生きる理由などないはずなのに。

当然、実家の改装などできるはずもなかった。手配したリフォーム業者との打ち合わせでも、相手の言葉が右から左へと素通りして、なに一つ理解できなかった。

出店計画は行き詰まり、業《ごう》を煮やしたオーナーが訪れたが、食事や入浴、そして睡眠などがほとんどできなくなっていた大河の惨状を見て驚き、すぐに東京に連れて帰った。

オーナーに半ば強引に連れられてメンタルクリニックを受診すると、重度のうつ病と診断され、入院治療を勧められた。それを拒否する気力すら湧かず、言われるままに精神科病院に入院した。

さすがに入院しての治療は効果を上げ、完全に機能を停止していた心が、錆《さ》びついた歯車に油を差したかのように、少しずつ動きはじめた。しかし、失っていた感情が戻るということは、最愛の女性に裏切られた苦痛に再び晒されることだった。

身を焦《こ》がすような哀しみを、主治医は様々な薬で希釈してくれた。その代わり、思考に常に薄い霞《かすみ》がかかっているかのような状態になった。

二ヶ月間の入院のあと、ある程度、病状が回復したということで大河は退院となり、自宅マンションに戻って新しい生活をはじめた。ただ、生命活動を維持するためだけの生活を。

退院時に処方された薬を内服していれば、たしかにあの耐えがたい苦悩に晒されることはなかった。しかし、目をつぶればいつも瞼の裏側に見えていたはずの美穂の笑顔が、ピンぼけ写真のようにかすれるようになった。

退院後の外来診察でそのことを告げると、主治医は大きく頷いた。

「それは良い兆候ですよ。囚《とら》われていた過去から解放され、新しい人生へと踏み出す準備が整ってきたということです」

新しい人生へと踏み出す。たしかにそれは可能なのかもしれない。ただ、最初の一歩を踏み出すべき方向が見つからなかった。自分にとって、美穂こそが人生の羅針盤だったのだから。

だから、大河は薬を飲むのをやめた。また、美穂の笑顔を思い出すために。

処方薬を全てトイレに流してから三日もすると、再び瞼の裏の美穂の姿がピントを取り戻しはじめた。そして、自分が生きているという実感とともに、あの身を裂かれるような苦痛も戻ってきた。

ずっと、この苦しみに耐え続けることなどできない。けれど、美穂を忘れては生きられない。だから、もう一度だけ彼女に会おうと決めた。

もう一度だけ、美穂との未来を夢見たかった。それが、砕け散った硝子細工を元の形に戻すのと同じほど難しいことだと理解しながら。

衝動に突き動かされるままに電車に飛び乗った大河は、この街に戻ってきた。

日が傾きはじめた頃に駅に着いた大河は、その足で美穂の家へと向かっていた。

これから何をしようとしているか、自分でも分からなかった。ただ、美穂に会って伝えたかった。たとえ裏切られていたとしても、愛していると。

それさえできれば、もしかしたら新しい人生に踏み出せるかもしれない。そんな予感をおぼえていた。

ふと視線を上げると、数十メートル先に生垣に囲まれた洋館が見えた。あそこに美穂がいる。また美穂と会うことができる。

雲の上を歩いているような感覚が消え、足の裏に靴を通してアスファルトの硬さが伝わってくる。無意識に大河は駆け出すと、門扉に近づいて続けざまにインターホンのボタンを押した。

十回ほどチャイム音が鳴ったあと、『……誰だ？』と低くこもった声が聞こえてくる。美穂の父親、雄大の声。

「平間大河です」

そう告げた瞬間、大きく息を呑む気配がインターホンから伝わり、そして回線が遮断されるかすかな電気音が続いた。数十秒後、困惑した大河が再びボタンを押そうとインターホンに手を伸ばしかけたとき、軋《きし》みを上げながら門扉が開いた。その奥から、和装に身を包んだ雄大が姿を現す。

門前払いされた？

声をかけようとした大河のシャツの襟元を、雄大はいきなり両手で摑んできた。

「なにしに来た？」

歯茎が見えるほどに唇を歪める雄大の姿は、肉食獣が牙を剝《む》いて威嚇《いかく》しているかのようだった。

「美穂に会うために決まっているじゃないですか！　あなたに用はありません。美穂を出してください！」

怒鳴った大河は次の瞬間、目を疑った。

雄大が泣いていた。血走り、殺気に満ちた視線を大河に浴びせるその双眸から、止め処《ど》なく涙が溢れ出していた。

「美穂は……死んだ。……先月、死んだんだ」

軋むほどに食いしばった歯の隙間から雄大が絞り出した言葉の意味を、大河は理解できなかった。脳が、心が、それを理解することを拒絶していた。

「なんで……？　そんなはず……」

荒い息の隙間を縫って、大河はつぶやく。

「なんでだと？」

雄大が大河の襟を引きつける。二人は額が付きそうな距離で視線を合わせた。

「お前のせいだ。お前のせいで美穂は死んだんだ。お前が美穂を殺したんだ」

脳天を鈍器《どんき》で叩かれたかのような衝撃が大河を襲う。

まさか、俺を裏切っていたことに苦しんで、美穂は自ら命を絶ったとでもいうのだろうか。

俺が六年ぶりに現れたことが、美穂を苦しめたのか。

「美穂を……、私の娘を返せ。お願いだから、返してくれ……」

懇願するような声を上げて崩れ落ちた雄大は、大河の襟を放した手で頭を抱え、大きな嗚咽《おえつ》を上げはじめる。哀れを誘うその姿を前に、なにが起きたのか訊ねることもできず立ち尽くした大河は、開いた門の向こう側に立つ小さな人影に気づいた。

美穂の娘である穂乃花が、絵本を胸に抱きながら何かを訴えるように、じっと大河を見つめていた。

どこからか、かすかにカラスの鳴き声が聞こえてきた。


美穂の家をあとにした大河は、気づいたら実家の部屋にいた。どうやってここまでやって来たのかおぼえていなかった。脳細胞が焼き切れたかのように思考が真っ白に塗りつぶされたままだった。

美穂が死んだ。彼女はもうこの世界にいない。あの笑顔をもう見られない。

ベッドに腰掛けた大河は、焦点の定まらない目で床を見つめる。

哀しくはなかった。心が、『自分』が完全に壊れてしまい、もはやなんの感情も浮かんでこなかった。

これは現実なのだろうか？　俺はいつの間にか、悪夢の中に迷い込み、そこから出られなくなっているのではないだろうか。

そんなことを考えながら、何時間も自分が自分でないような感覚に戸惑い続けていた。

ふと顔を上げた大河の視線が、窓際の机の上に置かれたものをとらえる。その瞬間、心臓が胸骨の裏側を強く叩いた。

それは、薔薇だった。折り紙で精巧に作られた縞模様の美しい薔薇が、開いた指輪用のケースに収められていた。

最後に会ったとき、彼女がくれた折り紙。

跳ねるようにベッドから立ち上がった大河は、両手を伸ばしながら机に近づくと、縋りつくように折り紙を摑む。

薔薇の折り紙を胸の前に持ってきた大河は崩れ落ち、その場にひざまずく。

空っぽになっていた胸に熱い想いが流れ込んでくる。哀しみ、絶望、怒り、そして……愛情。

様々な感情が複雑に混ざり合い、全身の細胞を満たしていく。それは体の中に収まることなく、嗚咽に、涙に溶けて体の外へと迸った。

亀のように丸くなり、薔薇の折り紙を胸に抱いた大河は、誰に憚《はばか》ることなく大声を上げて泣きはじめた。

美穂に別れを告げられたとき、これ以上のつらさは存在しないと思った。しかし、それは間違っていた。

心から愛する人が幸せであれば、それでよかった。たとえ、自分の隣にいなくても。

なぜ彼女が死ななければならなかったのだろう。俺の存在が彼女を追い詰めたのだろうか。

三ヶ月前、俺が祝福していれば、彼女が命を落とすことはなかったのだろうか。

身を焼くような後悔に苛まれ、大河はさらに身を縮こめる。残酷な現実から自らを守るかのように。

止め処なく溢れる涙が、古びた畳に吸い込まれていった。

どれだけ泣いていたのだろう。

体中の水分が瞳から流れ出たのか、もう涙も涸《か》れ果ててしまった。胸を満たしていた感情も消え去り、虚無感が血流にのって全身を巡っていた。

大河はおずおずと顔を上げる。掛け時計の針を見ると一時を指していたが、午前か午後かも分からない。窓の外が暗いのを見て、ようやく半日近く泣き続け、夜になっていると気づく。

大きく息をついて立ち上がった大河は、机に座って便箋に淡々と文字を記していく。書き終えた便箋を封筒に入れ、しっかりと糊付けすると、薔薇の折り紙とともに持って、家の裏手にある物置へと向かう。錆びついて開きにくくなっている物置の扉を開くと、街灯の薄い光に様々ながらくたが浮かび上がった。

幼稚園児の頃、美穂と一緒に遊んだ三輪車を見つけ、かすかに口元を緩ませた大河は、奥に置かれていたロープを手に取った。

これだけ太ければ大丈夫だろう。

右手にロープ、左手に薔薇の折り紙と封筒を持ちながら、大河は家をあとにし、美穂の実家の裏山へと向かった。月明かりも届かない暗い森を通る階段で何度も転びながらも、なんとか『展望台』へとたどり着く。手すりに近づいた大河は、街を見下ろした。

街灯の光で描かれた夜景に、七年近く前、はじめて美穂にプロポーズした日の思い出が蘇る。

美穂がいないこの世界で生きる意味などない。だからここで、彼女との美しい思い出とともに消えてしまおう。

ロープの端を手すりにしっかりと結び、もう片方の端で輪を作った大河はそれを顔の前に持ってくる。恐怖はなかった。かすかな安堵すらおぼえていた。

俺のせいで美穂が命を絶ったとしたら、これが唯一の贖罪《しょくざい》だ。命で償って、そしてできることなら、あの世で彼女に謝りたい。

そう願いながら首にロープを回そうとしたとき、「にゃおおおーん!」という奇声が響いた。そちらを見た大河は目を剥く。階段を黒い塊《かたまり》が猛スピードで駆け上がってきていた。

数メートル離れた位置で、その塊が大きく跳躍する。真っすぐに飛び掛かってくる黒い影を、大河はただ唖然《あぜん》として眺めることしかできなかった。

顔面に勢いよく、やけに柔らかくて心地よいものが着地する。昨日から何も口にしていない状態で必死に階段をのぼってきた体は、バランスを保つことができなかった。

後頭部に強い衝撃が走ると同時に、意識が暗い闇の中へと落ちていった。

4

にゃるほどね。

目の前の男と意識のリンクを切った僕は、ゆっくりと瞼を上げる。この男がなんでこんなに強い『腐臭』を撒き散らしているか分かった。

『けどね、君が死んでも愛したレディに謝ったりはできないよ』

僕は言霊でつぶやく。もしこの男が自殺をしていたら、間違いなく『未練』に縛られ、『地縛霊』と化していただろう。

つまり僕は、一人の人間を『地縛霊化』から救ったということだ。さすがは僕。

……けどなあ。僕はいまだ気絶している大河を見る。

このまま放っていたら、この男はまたすぐにでも首を吊《つ》って『地縛霊』になるだろう。うーん、どうしたものか。毛づくろいをしながら僕は頭を働かせる。

この男を根本的に救うためには、『未練』を解消する必要がある。

さて、愛する女性が自分を裏切り、そして自分のせいで命を落としたというこの男の考えたストーリーは、本当に正しいのかな？　記憶を見る中で、僕はいくつか違和感をおぼえた。なんと言うか、お腹《なか》にゴミが付いているのに、エリザベスカラーを嵌められているせいで舐め取れないような心地になっていた。

その違和感の正体をあばけば、この男を『未練』から解き放つことができるかもしれない。

そのためには、ゆっくり考えないとにゃ。僕は大河の顔に軽くネコパンチをお見舞いした。

大河は小さなうめき声を上げる。

『いいかい、僕の言うことをよく聞くんだ』

薄く開いた双眸と視線を合わせながら、僕は言霊で語りかけた。

僕のような高位の霊的存在は、注意さえ引ければこうして人間の精神にある程度、干渉できる。俗に言う『催眠術』みたいなやつだ。暗示のかけやすさについては、個体差が激しいけれど、この男みたいに心身ともに消耗している場合は、たいてい簡単に精神干渉をすることができる。

生存本能があるので、自らの身に危険が及ぶような命令は下せないが、そうでなければある程度は操ることができるはずだ。

予想通り、焦点を取り戻しかけていた大河の瞳が再び虚《うつ》ろになる。

『君はこのまま家に帰って眠りな。決して、また首を吊ったりするんじゃないよ』

大河は口を半開きにしたままかすかに頷いた。僕が体から降りると、大河は緩慢な動きで立ち上がり、落ちていた薔薇の折り紙を拾って、左右に揺れながら階段を降りはじめる。

あの調子なら、少なくともまる一日くらいは催眠術の影響を受けているだろう。その間に、家に帰ってゆっくりとさっき記憶の中でおぼえた違和感の正体を探るとしよう。

僕は大河を追い越して階段を駆け降りていった。

十数分走り続けてようやく家にたどり着いた僕は、大きく息を乱しながらブロック塀から屋根へと飛びうつる。

すでに朝が近いのか、地平線が明らんでいる。麻矢が起きるとやっかいだ。外出しているのを見つかったら、叱られるし、当分おやつ抜きになる。

けど、まあ大丈夫か。僕はピンと尻尾を上げながら屋根を進んでいく。

麻矢はかなりの寝坊助《ねぼすけ》だ。特に今日は大学の講義は三限からだったはずだから、まだまだ寝ているはずだ。

安全に夜の散歩をするため、麻矢のスケジュールは完璧に頭に入れてあった。

窓に近づいた僕は爪をにゅっと出すと、窓枠との隙間にこじ入れて、窓を数センチ開ける。わずかな隙間に体を滑り込ませた僕は、『ただいま』と言霊でつぶやきながら窓際のデスクの上に立った。

「……おかえり、クロ」

「んにゃあ⁉」

腕を組んで仁王立《におうだ》ちをした麻矢に睨まれ、僕は大きな鳴き声を上げる。

にゃんで、麻矢がこんな時間に起きているの⁉

「今日から大学の友達と東京ディズニーランドに旅行だから、早く起きたの」

まるで心を読んだかのように、麻矢が言う。

ああ、しまった。僕はデスクに伏せると、両前足の肉球を頭に当てる。そういえばこの前、上機嫌で鼻歌を歌いながら、そんなことを言っていた。新しく買ってもらった蹴りぐるみをキックすることに夢中で、聞き流してしまっていた。まさか、それが今日だったなんて。

「クロがいないことに気づいて、すごく心配したんだからね。迷いネコのポスターを作って近所に貼らないととか思ったんだよ」

それは、……ごめんね。僕は「にゃーん」と甘い声で鳴きながら、上目遣いで麻矢を見つめる。ネコの最大の武器は、鋭い爪でも、しなやかで強靭《きょうじん》な体でもない。この圧倒的にプリティな外見だ。しおらしい態度で、目を潤ませて見つめれば、たいていの人間を骨抜きにすることができる。

思惑通り、麻矢は大きく息をつき、組んでいた腕をほどいた。

「まあ、無事に帰ってきたからいいけどさ。けど、おかしいなぁ。窓の鍵、ちゃんとかけていたと思ったんだけど、記憶違いかな？」

『そう、記憶違い記憶違い。断じて僕が自分で開けたわけじゃないよ。ネコにそんなことできるわけないでしょ』

視線を合わせながら僕は言霊で答えて、麻矢に軽い暗示をかける。数秒、いぶかしげに眉をひそめたあと、麻矢は「やっぱり私のかけ忘れだよね」とつぶやいた。

「私が旅行に行っている間は、お母さんがご飯あげるから、クロはこの部屋で大人しくしていてよね」

『分かったよ。ちゃんと大人しくしておくね』

僕はつぶらな瞳で麻矢を見つめたまま、心にもないセリフを言霊に乗せた。

さて、これで何とか無罪放免のようだ。麻矢に見つかったのは予定外だったけど、結果オーライってやつだね。

僕はデスクから飛び降りると、ベッドへと向かっていく。さすがに疲れた。まずは毛づくろいで汚れを落としたあと、体を休めながら大河を『未練』から解き放つ方法を考えるとしよう。さっきの記憶を見ておぼえた違和感をたどれば、きっとヒントが見つかるはずだ。

ベッドの下に潜《もぐ》り込もうとしたとき、体が浮いた。

「どこ行くつもり？」

僕を抱き上げた麻矢が低い声で言う。なぜか、いつも抱っこしてくれるときより、腕に力がこもっている気がした。

『いや、どこって、ベッドの下に……』

不吉な予感をおぼえながら、僕はしどろもどろの言霊を飛ばす。

「そんな泥だらけになって、そのままにしておけるわけないでしょ。ほら、お風呂行くよ。体を洗わないと」

『お風呂!? お風呂は嫌! お風呂は嫌だー!!』

言霊とともに「にゃー! んにゃー!」と叫んで逃げようとする僕の体を、麻矢は両腕でしっかりとホールドしながら微笑んだ。

「無断外出のお仕置きなんだから、諦《あきら》めてね」

……ひどい目にあった。

キャットタワーの一番上の段で香箱座りをしながら、僕は内心で愚痴をこぼす。

深夜の散歩から戻ってきてから、すでに半日ちかくが経っている。窓の外に見える住宅街は、夕焼けに紅く染まりはじめていた。

今朝、麻矢に捕まった僕は、そのままバスルームへと連行され……丸洗いされた。

すりガラスの扉を必死でカリカリと引っ掻いて逃げようとする僕の体に、麻矢はあろうことか何度も繰り返しお湯をかけ、さらにボディソープで全身の毛を洗った。

いや、別に痛かったとか、冷たかったとかはないよ。どちらかというとお湯の温かさが心地よかった。けどね、そういうこととは関係なく、ネコにとって体がびしょ濡れになるということは、なんというか……屈辱なんだよ。

光沢を孕《はら》む美しい僕の毛が、水を含んで垂れ下がって皮膚に張り付き、体が二回りぐらい萎んで見えてしまうと、肉食獣としてのプライドがとっても傷つけられたような気持ちになるんだ。

というわけで、全身を洗われたあと、ドライヤーで徹底的に乾かされた僕は、テンションガタ落ちになった。

もうなにもかもどうでもよくなって、キャットタワーにのぼって丸くなり、俗に『アンモニャイト』と呼ばれる姿勢でふて寝をし続けた。

「それじゃあ行ってくるね。お留守番、よろしく」

と言って旅行に行く麻矢も無視して（尻尾の付け根を撫でられたので、思わず喉が鳴ってしまったが）、だらだらし続けた。ただ、ゆっくりできたおかげで、大河の記憶のどこに違和感をおぼえたのか考えることができた。

目を閉じ、数時間かけて大河の記憶を頭の中でリピートした結果、僕は一つの仮説にたどり着いていた。

この仮説が正しければ、大河を『未練』から解き放つことができるかもしれない。

さすがに半日ふて寝を続けて、いくらかやる気も戻ってきたし、そろそろ動くとするか。

立ち上がった僕は、体を山なりにしてストレッチをすると、軽快にキャットタワーから降り、窓際のデスクへと飛び乗る。

こんなもの閉めたってむだにゃんだよ。

僕はクレセント錠の取っ手に、前足の肉球を引っかけて外すと、窓を開けた。

さて、麻矢は旅行に行っているので、この時間に外出しても、見咎められる心配はない。さっさと仕事をこなすとしよう。

『我が主様』から賜《たまわ》った、大切な仕事を。

窓から出た僕は、夕焼けのまぶしさに目を細めながら、胸を張って屋根の上を進んでいった。

たしか、この辺だったはず。

ブロック塀の上を歩きながら、僕は辺りを見回す。麻矢の部屋を出てから三十分ほどが経っていた。すでに、夕日が地平線に呑み込まれつつある。カラスの群れが、カァカァとやかましく鳴きながら、森へと向かっている。夜になる前に、巣に戻るのだろう。

ネコの体になってこの世界に降臨した際、カラスに追いかけられた不愉快な記憶が蘇り、思わず喉から唸り声が漏れてしまう。そのとき、遠くに年季の入った木造二階建ての住宅が見えた。

ああ、あそこだ。僕は塀から歩道へと降りると、目的地に向かって駆けていく。曇ったショーウィンドウと、少しガラスが割れた自動ドア。大河の実家の前に僕はたどり着いていた。

この街は隅々まで散歩し尽くしているので、この家の前も何度か通ったことがあった。ショーウィンドウの棚が空なので、かつてなんの店だったのか疑問に思っていたが、大河の両親が営む定食屋だったのか。

僕は怪我をしないように気をつけながら、割れたガラスの穴から室内に入る。そこには、大河が美穂から別れを告げられた食堂が広がっていた。

あの男はなにをしているかな？　食堂を横切り、階段を駆け上がった僕は、大河の部屋の前までやって来る。幸い、ドアはわずかに開いていた。

そっと部屋に忍び込んだ僕の耳に、大きないびきが聞こえてくる。

見ると、ベッドに大河が倒れていた。昨日、『展望台』で会ったときと同じ服装をしているところを見ると、今日の未明、僕に催眠術をかけられてここに戻ってから、半日間ずっと眠っているようだ。

まあ、美穂の死を知らされてから、睡眠も食事もとらず衰弱していたのだ。当然と言えば当然だろう。なんにしろ、眠っているのは都合がいい。

ジャンプしてベッドに着地した僕は、大河の胸に乗り、香箱座りになる。とりあえず、夢の中に入り込むとしよう。さて、それじゃあ『仕事』をはじめよう。

僕は瞼を下ろして精神を集中……、集中……。

『ああ、いびきがうるさくて集中できない！』

言霊で大声を上げた僕は、前足で大河の口元を押して、強引に口を閉じさせる。いびきが消えた。なにやら、大河が苦しそうにうめいているが、気にしないことにする。

再び大河の胸の上で香箱座りになり目を閉じた僕は、静かに力を使いはじめる。ネコとしてではなく、高貴な霊的存在としての力を。

ネコの体からしみ出した『僕』は、大河の夢の中へと一気にダイブした。

「ああ、やっぱりここか」

僕はシニカルにつぶやく。言霊ではなく、人間が出すのと同じような声で。

気づくと僕は、夜の『展望台』に立っていた。大河が美穂に、最初のプロポーズをした場所。

ここは大河の夢の中。この精神世界では、高貴な霊的存在である僕は『ネコ』という肉体の能力に縛られることなく、どんなことでもできる。人間の言葉を操るなんて、とってもイージーなことだ。

じゃあ、はじめようかな。僕は展望台の端にある手すりの方向へと進んでいく。そこに、しわが寄ったシャツを着た大河が佇《たたず》んでいた。無精ひげが生え、髪は脂《あぶら》ぎり、落ちくぼんだ眼《がん》窩《か》の周囲を、濃いくまがアイシャドーのように縁取《ふちど》っている。その姿は、ベッドで倒れていた現実の彼よりもさらに貧相だった。

ここは大河の夢の中だ。イメージさえすれば、どんな姿にもなれる。にもかかわらず、こんなうだつの上がらない恰好《かっこう》をしているのは、この男の強い自己嫌悪を表しているのだろう。

ふと僕は、手すりに太いロープの片端が結びつけられ、もう片端が輪になって大河の首にかかっていることに気づく。

この男、夢の中でまで自殺をしようとしているのか。重症だね。

呆れていると、僕の存在に気づいた大河がこちらを向く。その顔に、自虐的な表情が浮かんだ。

「黒猫か……。不吉だな。まあ、いまの俺にはふさわしいか」

「不吉とは失礼な！　ヨーロッパではね、黒猫は幸福の象徴なんだぞ！」

僕は声を荒らげながらジャンプすると、手すりの上に乗る。睨みつけられた大河は、頬を引きつらせた。

「なんで、ネコが言葉を……？」

ああ、またこの質問か。僕はかぶりを振る。いつも夢の中に入ると、人間は同じ質問をしてくる。本当に面倒だ。

「ここは夢の中だよ。夢なら、ネコが話したって別に不思議じゃないでしょ」

「夢……？　夢なのか⁉」

大河が顔を近づけてくる。麻矢みたいに可愛らしくていい匂いがする女の子ならまだしも、こんな風呂にも入っていない人間の顔を近くで凝視したくない。

ネコと違って、人間は風呂に入るべきだ。僕は前足で大河の顔を押し返した。

「もしかして、柏木美穂が死んだのも夢かもとか思っている？　残念ながら現実だよ。彼女はもう死んでいる」

大河の顔に浮かんでいた希望が、急速に引いていく。

「そうか……、やっぱり美穂はもういないのか……」

つぶやくや否や、大河はなんの迷いもなく、首にロープを巻きつけたまま手すりを飛び越えた。不意を突かれた僕は、慌てて大河のシャツの襟に嚙みついた。崖から落下しかけた大河の体を、僕は咥《くわ》えて支える。

振り返った大河が驚きの表情を浮かべて見上げてきた瞬間、僕は勢いよく首を振る。大河の体が大きな弧を描き、手すりを越えて展望台の地面へと叩きつけられた。

「ネコが……、嘘《うそ》だろ……」

尻餅をついた状態で、大河がかすれ声を絞り出す。

「嘘って、なにが？ もしかして、こんな小さな体で、人間を投げ飛ばしたりできるわけがないってことかな？ さっき言っただろ、ここは現実ではなく、夢の中だって。夢なら、どんな力が強いネコがいてもおかしくないでしょ」

それに、僕はたんなるネコでなく高位の霊的存在で、この世界なら十分にその力を発揮できるからね。

僕が胸の中で付け足していると、立ち上がった大河はふらふらと吸い込まれるように崖に向かう。

「こらこら、なにをするつもりだよ」

僕は手すりから降り、崖の前に立ちふさがった。

「そこから飛び降りるに決まっているだろ」

「だから、これは夢だって言っただろ。夢の中で首を吊ってどうするんだよ。なんの意味もないだろ」

「意味なんてどうでもいい。俺はそこから飛び降りないといけないんだ。俺のせいで、美穂は自殺したんだ。なら、俺もあとを追わないと……」

「ああ、もう」僕は前足を目元に当てる。「夢の中で首を吊ったって、死ぬわけじゃないんだよ。なんの贖罪にもならないだろ。いくら頭が回っていなくても、それくらいの道理はわきまえてくれよ」

「そんなこと関係ない。いいからどけ。さもないと……」

大河が拳を握りしめたのを見て、僕は嘆息《たんそく》する。

自分に対する強い怒りに支配されているのか。なら、怒り以外の感情を思い出させてやろう。

……本能的な恐怖を。

僕は舌なめずりをすると、精神を集中させる。次の瞬間、黒く美しい毛に覆われた体が一気に膨らんだ。ライオンほどの大きさに。

目の前に出現した黒く美しく、そしてこの大きさになっても可愛らしさを失っていない僕という巨大な肉食獣を前にして、拳を振り上げた状態で近づいてきていた大河は硬直する。

僕は大きな咆哮を上げる。ネコでもライオンの声でもない、化け物じみた咆哮を。

この前、麻矢が見ていた『ジュラシック・パーク』とかいう映画の中で、ティラノサウルスが上げていた声だ。

かつてこの地球で食物連鎖の頂点に立っていた巨大肉食恐竜の咆哮を浴びた大河は、力なくその場にへたり込んだ。

「さて、これで落ち着いて話せるね」

元の大きさに戻って声をかけると、大河は全身をがたがたと震わせはじめる。

「お前は……なんなんだ……？　……なにがしたいんだよ？」

「僕？　見て分からないかな。ネコだよ。そして、君とちょっと話したいんだ」

「なんの話がしたいって言うんだ？　そのあと、俺を……食う気じゃないだろうな」

大河は尻を地面につけたまま、ずりずりと後ずさる。

「美味しそうなスズメとかならまだしも、君なんか食べたりしないから安心しなよ」

僕は言葉を切ると、すっと目を細めた。

「そして、話したいことは、君と柏木美穂になにがあったかだ」

大河の顔が炎に炙《あぶ》られた飴《あめ》細工のようにぐにゃりと歪んだ。その体の震えが止まる。

「……話すことなんかない」

「君にはなくても、僕にはあるんだよ。とりあえず、聞きなって」

「嫌だ！」

ヒステリックに叫びながら、首にかかっていたロープを外した大河は、足早に離れていく。

「あ、待て！　止まらないと、頭から齧《かじ》るぞ！」

そんなことしたくないが、背に腹は代えられない。この夢の世界なら、首ぐらい落としても、
僕の力ですぐに再生させることができる。

……まあ、トラウマになるかもしれないけどさ。

「好きにしろ。どうせ死ぬつもりなんだ。首を吊ろうが、ネコに食い殺されようが、結局は同じことだ」

振り返ることもなく、大河は吐き捨てた。

うーん、言われてみればたしかにそうかもしれにゃい。じゃあ、脅しがダメならこうだ。階段を降りようとしている大河の背中に向けて、僕は声をかける。

「柏木美穂は自殺なんてしていないよ」

雷に打たれたかのように大河の体が震え、その歩みが止まる。

「いま……なんて言った？」

頸椎が錆びついているような動きで、大河は振り返った。

「だからさ、柏木美穂は自殺なんかしていないんだよ。彼女は、君を裏切ったことを気に病んで自ら命を絶ったわけじゃないのさ」

「じゃあ！　じゃあ、美穂は生きているのか！」

大河は駆け寄ってくると、ヘッドスライディングでもするような勢いで四つん這いになり、僕と視線の高さを合わせる。

「残念だけど、それはないよ。柏木雄大のあの哀しみ様《よう》はとても演技とは思えないし、そもそも娘の死を装う必要がないからね」

期待に輝いていた大河の顔が、失望に染まっていく。

「なら、なんの意味もない。美穂が死んだこの世界で、俺が生きている意味なんてないんだ。だから、もうどうでもいいんだ……」

めそめそと泣き言をこぼす大河の横面《よこづら》に、僕は思い切りネコパンチを叩き込んだ。現実のネコではあり得ないパワーで。

一メートルほど吹き飛んだ大河は、殴られた頬を押さえながら怯えた眼差しを向けてくる。

「な、なにすんだよ」

「なにすんだよじゃない！」

僕に一喝《いっかつ》され、大河の体が硬直する。

「生きている意味がない？　ふざけるな。そんなことお前が決めることじゃない！　お前は一人で生まれて、一人で生きてきたとでも思っているのか。違うだろ。母親が命がけでお前を産み、両親が苦労しながら育ててきた。お前は多くの人々に支えられて、そんな汚らしいひげが生えるようになるまで成長したんだ。お前の命は自分勝手に捨てていいものなんかじゃない。それは、大いなる存在から預かったギフトだ。お前たち人間は、与えられた限られた時間を必死に生きる義務があるんだよ！」

叱り終えた僕の視線から逃れるように、大河は目を伏せる。

「けど、美穂がいないこの世界で、俺はなんのために生きればいいって言うんだ」

「知るか。それくらい、自分で考えろ」

僕が冷たく言い放つと、大河は両手で頭を抱えた。

「ただし」僕は大河に歩み寄りながら付け加える。「君が生きる理由を探す手伝いぐらいしてあげるよ」

「手伝い？」

大河は顔を上げる。

「そうさ。愛したレディが君に遺《のこ》した想い、それをまず汲《く》み取るんだ」

「遺した想いって、そんなものあるわけないだろ。美穂は俺を捨てたんだから。俺をずっと裏切っていたんだから……」

「君さ、自分が言っていることの矛盾に気づかないのかい？」

僕は二本足で立ち上がると、肩をすくめる。現実のネコではあり得ない動きだけど、この世界ならイージーだ。

「柏木美穂にとって君がどうでもいい存在なら、彼女が君に罪悪感をおぼえて自殺なんてするわけないだろ。ちょっとは頭を使いなよ。ネコに馬鹿にされるって、人間として恥ずかしくないのかい？」

大河の顔がわずかに紅潮した。

「うるさい！　なら、なんでこんなことになったんだよ！」

「だからさ、君は根本的に勘違いしているんだよ」

「勘違いって、何がだ？」

「柏木美穂の死が自殺だったことか、彼女が君を裏切って捨てたこと。もしくは……その両方さ」

僕は皮肉っぽく、ウィスカーパッドを上げる。

「両方って……」

「あのさあ、少しは脳みそを使いなよ。いまのところ地球上でもっとも知能のある生物に生まれたんだからさ。愛する人との記憶を注意深くトレースするんだよ。そうすれば、違和感に気づくはずだ」

「そう言われても……」

目を泳がす大河を見て、僕はこれ見よがしにため息をつく。

「仕方ないなぁ、それじゃあヒントだ。雨の中、君が二回目のプロポーズをしたあと、美穂は完全に髪型を変えて公園に現れたよね。それを見て、君は彼女が変装をしたと考えた。けれど、それっておかしくないかい？　変装するとしたら、普通は帽子かなにかを被るはずだ。ウィッグなんてすぐに用意できる人は少ないと思うんだよね」

「それは、偶然手元にウィッグがあったとか……」

「偶然ねぇ。まあ、その可能性もないわけではないから、それはいったん置いておこう。次におかしいのは、二回目のプロポーズのとき、『両親は病院の見学してる』と美穂が言ったことだ」

「それのなにがおかしいって言うんだよ」

「おいおい、本気で言っているのかい」

僕は人間のように両前足を大きく横に広げる。ネコの関節可動域を越えている仕草が気味悪かったのか、大河の眉間にしわが寄った。

「病院に『行っている』でも『入院している』でもなく、『見学している』だよ。病院っていう場所は見学なんかする場所かい？　見学っていうのは、言い換えてみれば下見だろ」

「下見……」

大河は小声でその言葉をくり返す。

「そう、下見だ。いつか入ることになる病院がどんな環境なのか、下見をしに行った。『見学』という言葉からは、そんなニュアンスが伝わってくる。けれど、病院に入るときって、普通は環境なんて気にするかな？」

「いや……、気にしない。病気が治るまでの間、入院するだけだから」

そうそう、その調子だよ。独白するようにつぶやく大河を見て、僕は頷く。僕が一から十まで説明してはダメなんだ。自分で考え、悩み、そして真実にたどり着く。そうなってこそ、はじめて『未練』から解き放たれるんだから。

「治るまで入院するだけじゃなかったってことか。でも、そんな病院……」

頭痛をおぼえたのか、両こめかみを押さえて大河は顔をしかめる。

まったく、夢の中でまで頭痛を起こすなんて、器用なことだ。まあ、せっかくいい調子で思考が回ってきたみたいだから、もうちょっとヒントをプレゼントしようかね。

「柏木美穂の死についての、最大の違和感はなんだい？」

僕に促された大河は、数回目をしばたたいたあと、蚊の鳴くような声で言った。

「最大の違和感……。美穂が自殺なんてしたこと……」

「その通り！」

僕は両手の肉球を合わせる。パンッという小気味よい音が響いた。

「君の記憶では、柏木美穂はとても朗《ほが》らかな女性だった。そして、二回目のプロポーズのあと君が目撃した美穂は、愛情に溢れた様子で娘を抱きしめていた。そんな女性が、愛する我が子を残して自ら命を絶ったりすると思うかい？」

「でも、雄大さんが、美穂は俺のせいで死んだって……」

「柏木美穂が死んだことを知った君は、ショックのあまり思考がフリーズし、柏木雄大のそのセリフを、『自分に対する罪悪感で美穂は命を絶った』ととらえた。けれど、そうじゃなかったら。彼女の死が自殺でなかったとしたら？」

僕は二足歩行でずいっと大河に近づき、その目を覗き込む。

「自殺じゃなかったら、事故か……病気⁉」

大河の顔にはっとした表情が浮かぶ。

「病気！　美穂は重い病気だった⁉　あのとき、雄大さんたちが見学に行っていたのは、美穂が入るための病院だった⁉」

「一時的な入院じゃなく、終《つい》の棲家《すみか》となる病院なら当然、環境は重要になるよね」

「終の棲家になる病院……。それって……」

大河は顔の筋肉をこわばらせて言葉を失う。僕は静かにそのセリフを引き継いだ。

「そう、ホスピスさ」

ホスピス。残された時間が少なくなった病人が、苦痛を取り除きつつ最後の時間を過ごす施設。『道案内』というもともとの職業柄、僕はその場所をよく知っていた。

あの馬鹿犬の仕事場でもあるしね。

「美穂は病気だった？　あのとき、重い病気にかかっていたのか」

大河は縋りつくように手を伸ばしてくる。

「そうだろうね。それが、二回目のプロポーズのあと、彼女の髪型が変わっていた理由さ」

「髪型になんの関係が……」

大河は抑揚のない声を漏らす。どうやら、予想外の真実にたどり着いたことで、せっかくエンジンがかかった脳細胞が再びショートしたらしい。まったく、世話が焼ける。

「ウィッグをつける理由はファッションや変装だけじゃない。医療現場でもウィッグはよく使われているんだよ。例えば、抗がん剤治療で髪が抜けた患者とかにね」

「……抗がん剤」大河は息を乱す。「じゃあ、あのとき美穂は薬の影響で、髪が抜けていたっていうのか？」

「その可能性が高いだろうね。彼女は変装して君に気づかれないようにするために髪型を変えたわけじゃない。ただ単に、濡れたウィッグを乾かす余裕がなかったから、他のウィッグをつけただけさ。つまり、茶色いミディアムヘアーだけでなく、最初の黒いボブカットもウィッグによるものだったたってことだね」

「そ、そんなの、たんなる想像じゃないか。なんの根拠もないだろ！」

「たしかに想像だけど、根拠がないわけではないよ」

僕は顔の横に右前足を持ってきて、爪を一本、にゅっと出した。

「まず、彼女はかなり痩せていたでしょ。それは、がんとその治療の影響でやつれていたからじゃないかな。そして、ずっとマスクをしていた。抗がん剤を使っている患者は、免疫細胞の働きが悪くなって、病原体に対して脆弱《ぜいじゃく》になる。だから、マスクで予防をしていたと考えられる。君がキスしようとしたとき、強く拒否されたのも同じ理由かもね。人間の口の中って、ばい菌だらけだから。ああ、別に君の口が特別汚いってわけじゃないよ。誰でもそうなのさ。あと、免疫不全の状態で熱が通っていないものを食べるのもご法度《はっと》だ」

「なら……、なら、美穂はあのとき、もう末期がんだったたってことか？　なんでそのことを言ってくれなかったんだ」

「そりゃ、自分と結婚するため必死に頑張ってきた男に、末期がんで残された時間はないなんて、簡単に言えることじゃないだろ」

「あのときだけじゃない！」

大河は大声を上げる。唾がかかって、僕はネコの額にしわを寄せる。夢なんだから、そんな細かいところまで再現しなくてもいいのに……。

「俺は美穂と結婚するために、幸せな家庭を築くためだけにつらい修業に耐えてきたんだ。それなのに、自分の病気のことを……、そんな大切なことを教えてくれないなんて……。手紙にもそんなことは一言も書かれていなかった……」

「手紙は父親に検閲されていたからねぇ」

「それだっておかしいだろ！　いくら雄大さんが美穂と俺を結婚させたくなかったからって、病気のことまで隠すことはないはずだ！　娘の幸せを考えれば、大切な人が隣にいた方がいいって思うはずだ」

そこまで言った大河は、はっとした表情になりうなだれる。

「美穂にとって俺は『大切な人』じゃなかったのか。そうだよな。あのとき、もう美穂はあの真柴とかいう男と結婚していて、娘までいたんだから……。俺のことなんて、どうでも……」

「ああ、辛気《しんき》臭い。勝手に落ち込んでないで、もっと物事を俯瞰《ふかん》してみるんだよ」

「俯瞰？」

「まだ、君の記憶の中には色々とおかしなところがあるだろ。例えば、柏木美穂が自殺でなかったにもかかわらず、雄大に『お前のせいで死んだ』って言われたこととか、六年前、結婚を受け入れてくれていたはずの柏木美穂の両親が、いきなり君に対して敵愾心《てきがいしん》を剥き出しにしはじめたこととかさ」

「自殺じゃなかったのに、俺のせいで……」

そこまでつぶやいたとき、大河の顔が一気に青ざめた。足から這い上がった震えが、上半身、両腕、そして顔面へと広がっていく。

「HPV、ヒトパピローマウイルスって呼ばれる病原体を知っているかな？」

「エイチ、ピー、ブイ……？」

大河の言葉は、幼児のようにたどたどしかった。

「そう、そのウイルスは性行為によって感染する。多くの場合はそのうち排除されるんだけど、感染し続けて色々な病気を引き起こすこともある。そして、一番問題になるのは……子宮頸《けい》がんだ」

大河の喉から、笛を吹くような音が漏れた。

「じゃあ、俺から……」

「そう、君から柏木美穂にそのウイルスが感染し、そして彼女は子宮頸がんになったのさ。君は前の恋人からうつされたんだろうね」

「俺から……、じゃあ、俺が美穂を……」

顔の前に置いた両手を見つめて悲痛な声を漏らす大河の肩を、僕はぽんぽんと軽く叩く。

「君が悪いわけじゃない。あんまり自分を追い詰める必要はないよ」

そうじゃないと、『未練』から解放されないからさ。

「HPVはある程度の年代になれば、多くのレディが感染するんだよ。そこからがんが発生するかどうかは運の問題だ。パートナーが多いとか、生殖行為をはじめる年齢が若かったとか、そういうのはあまり関係ない。それに、いくら若いレディにも発生することが多い病気とはいえ、ティーンエイジャーで発症するのは珍しい。柏木美穂は残念ながら、すごく運が悪かったのさ」

まあ、本当ならそれを防ぐワクチンってやつを人間は開発しているんだけど、この国ではなんかよく分からない理由で、ほとんど使われなくなっていたからね。ワクチンが打てなかった。うまくウイルスを排除できなかった。そういう悪い巡り合わせが重なって、美穂の体にがんが発生したんだろう。

美穂への同情をおぼえながら、僕は大河の肩を肉球でぽむぽむと叩き続ける。ネコの肉球の感触は、人間にとって最高の癒しらしいからね。

「じゃあ、雄大さんと聡子さんが六年前、急に冷たくなったのは……」

「医者からしっかりと説明はあったんだろうけど、親としては納得できなかったんだろうね。たんに運が悪かっただけで、大切な一人娘が病魔に侵《おか》されたなんてね。誰かのせいにしなければ、誰かを恨み、怒りをぶつけなければ耐えられなかったのさ。そして、その矛先は当然君に向かう。娘との結婚なんて絶対に許せないと思うのも、まあ理解はできるよ」

「でも、俺の両親の葬式のときは、少しは穏やかになっていたんだ。あのときは美穂との結婚のため、頑張って修業している俺を認めてくれていると思っていたのに……」

弱々しく大河は首を振った。

「この国は医療レベルが進んでいるから、多くのがんが治療可能となっている。きっと六年前に美穂は手術を受けて、とりあえずがんは取り除けていたんじゃないかな。娘が完治したと思っていたから、雄大や聡子の態度も軟化していた。……けど、そうじゃなかった」

僕は一度言葉を切って、大きく息をつく。

「オペで病変を取り除いても、小さながん細胞が血流にのったりして、全然違う場所に根を張り、何年もかけてじわじわと成長することがある。転移再発とかいうんだっけかな。それが、美穂にも起き、そしてもう手術で取り切れるような状態ではなくなった。抗がん剤治療を受けて娘との時間を延ばしていたが、それも効かなくなって、美穂は命を落とした。そういうことなんだろうね」

長い説明を終えて疲労感をおぼえた僕は、こりこりと爪で首筋を掻く。大河は虚ろな目で地面を見つめるだけだった。鉛《なまり》のように重い沈黙が辺りに満ちる。やけに粘着質な時間が流れていく。

「雄大さんと聡子さんだけじゃないよな……」

数十秒後、蚊の鳴くような声で大河が沈黙を破った。僕は「どういう意味だい？」と首を傾ける。

「美穂も俺のことを恨んでいたんだろうな。だから、俺を捨ててあの男と……。六年間、なにも教えないで、俺にありもしない未来に向けて必死に修業させたのは、復讐《ふくしゅう》だった。そして、俺に他の男と結婚して、子供がいるところを見せつけるつもりだったんだ」

呪文を唱えるかのように、ぶつぶつとつぶやき続ける大河に辟易《へきえき》した僕は、再びティラノサウルスの咆哮を浴びせかける。音の壁に殴られたかのように、大河は反り返った。

「勝手に彼女の気持ちを決めつけるんじゃないよ！　君が愛したレディは、そんな陰湿な復讐をするような人間だったっていうのか！　君が信じないで、誰が彼女を信じるっていうんだよ！」

本気で怒りをおぼえた僕は、全身の毛を逆立《さかだ》てる。

「で、でも、そうとしか……」

「安易にアンサーに飛びつこうとしないで、もっと脳みそ使いなよ。まだ君が経験したこと、彼女との記憶の中に、おかしなことがあるだろ」

「おかしなことってなんだよ⁉」

恐怖に顔を引きつらせ、半泣きになりながら大河が声を張り上げる。

「なんで、美穂は君からエンゲージリングを受け取ったと思っているんだ」

半開きになった大河の口から、「……え？」という声が零れる。

「だから、君が美穂と最後に会ったとき、指輪のケースを返されただろ。けれど、そこにはリングの代わりに折り紙の薔薇が入っていた。違うかい？」

「……違わない。指輪は返してもらっていない」

「そう、彼女は指輪を返さなかった。つまり、君からの指輪を受け取ったんだよ」

驚きの表情を浮かべる大河に、僕は語り続ける。

「思い出してごらんよ。二回目のプロポーズのときのことをさ。たしかに柏木美穂は戸惑っていたけれど、涙を流しながら指輪を受け取っただろ。あれが恨んでいる男からプロポーズを受けたときに取る態度かい？　本当に君が憎悪の対象なら最初から受け取らないか、それこそケースごと投げ捨てるんじゃないか」

「あのとき、俺からのプロポーズを受け入れてくれていた……。でも、美穂はもう結婚していて、子供もいて……」

「だから、俯瞰的に物事を見なって言ったじゃないか。柏木美穂は子宮頸がんに蝕《むしば》まれ、残された時間が少なかった。そして、それは運が悪かっただけとはいえ、君からうつったウイルスによって発生したものだった。その情報を頭に入れたうえで、もう一度、彼女の気持ちになってその行動をトレースしてみなよ」

「美穂の気持ちに……」

「そう、六年ぶりに君に会った美穂は、自らの病気のことを告げるわけにはいかなかった。どうしてか分かるだろ」

「俺のせいで……病気になったことに気づかれるから」

呼吸を乱しながら大河が答える。

「まあ、さっきから言っているように君のせいってわけじゃないんだけど、少なくとも君は自分自身を責めて苦しむ。場合によっては、美穂が命を落としたとき、あとを追おうと考えるほどにね。そのことが分かっていた彼女は、どうにかそれを防ぐ必要があった。ただ、たとえ必死に隠しても、自分が死んだあと、子宮頸がんで命を落としたと君の耳に入る可能性はあった」

「……だから、俺が原因だと思わせないようにした」

「どうやって？」

僕は片方のウィスカーパッドを上げながら水を向けた。

「俺以外にも付き合っている人がいたことにした。そうすれば、そいつからウイルスがうつったかもしれないと俺に思わせることができる」

「ザッツライト！」

肉球で拍手をする僕を、大河は見つめてくる。

「じゃあ、あの真柴って男は誰なんだ？」

「さあ、誰なんだろうね。ただ、君からエンゲージリングを受け取ったことから見ると、少なくとも夫や恋人って可能性は極めて低いだろうね。子供の面倒を見てもらっていたんだから、親戚かなにかっていうのが妥当な線じゃないかな」

「親戚……」

「そう、事情を知っている親戚の男に頼んで、夫のふりをしてもらった。そうすれば、君が罪悪感に押し潰されることもないだろうし、自分のことを忘れて新しい人生を歩んでくれるはず。柏木美穂はそう思って、一世一代の芝居を打ったのさ。本当はエンゲージリングも突き返せば完璧だったんだろうけど、それはできなかった」

「なんで……、できなかったんだ？」

「分かっているだろ」僕はウインクをする。「君を心から愛していたからさ」

「愛していた……？　美穂が俺を愛してくれていた……？」

大河が呆然とつぶやく。同時に、空を覆っていた雲が一気に晴れていった。その奥に隠れていた美しい星空が姿を現す。大河が美穂に、はじめてプロポーズをしたあの夜のように。

「いいサインだね。さあ、仕上げといこう。僕は舌なめずりをすると、再び話しかける。

「さっき言ったように、ティーンエイジャーで子宮頸がんを発症するのはとっても珍しい。だけど、美穂はまだ高校生なのにそれに気づいた。それはどうしてだと思う？」

「え、どうしてって、なにか体調が悪いからとか……」

「いいや、違うよ。子宮頸がんで体調が悪くなる自覚症状が出たとしたら、ほとんどの場合、それなりに進行している。手術で子宮を摘出する必要がある。けど、美穂には穂乃花という娘がいただろ。ちょうど五、六歳くらいの娘が……」

「六歳……」

そうつぶやいた大河は、次の瞬間、大きく目を見開いた。

「まさか、六年前、美穂は……」

「そう、彼女は君の子供を妊娠したのさ。穂乃花という女の子は君の娘だよ」

「でも、あの子は真柴のことを『パパ』って……」

「それは正確じゃないな。あのとき、穂乃花は真柴のジャケットの裾を摑み、そして誰かを見ながら『ぱぁぱ』と口にしたんだ」

「じゃあ、あのときの『ぱぁぱ』っていう言葉は……」

「そう、君こそが穂乃花の『パパ』だったんだよ。おそらく、柏木美穂は娘に、父親である君の写真を見せていたんだろう。だからあの子は、公園で君を見て驚き、真柴に『私のパパがいる』と報告しようとしたんだ」

「美穂は俺の子を妊娠した。そしてその検査で……」

「そう、子宮頸がんに気づいた。けれど、それを君に伝えることはできなかった」

「なんで⁉　俺が責任を感じると思ったからか？」

「それもあるのかもしれないけど、もっと大きな理由がある。言ったでしょ、子宮頸がんの治療は、多くの場合子宮を摘出する必要があるって」

啞然とした表情で固まる大河の口から、「じゃあ……」とかすれ声が漏れる。

「六年前、美穂は君に聞いたよね。誰よりも自分のことが大切か。それに対して、君は『美穂以上に大切な人なんて、いまもこれからも絶対にいない。美穂さえいてくれれば俺はなにもいらない』と答え、一方、彼女は君以外にも大切な人がいると告げた。さて、ここまで言えば、鈍い君もさすがに気づいただろ。あのときの、彼女の気持ちが」

「美穂にとって、誰よりも大切な存在はお腹の中にいる子供だった。俺より、そして……自分より」

大河は拳を握り込む。僕は「その通り」と大きく頷いた。

「もし君に言えば、子供を堕《お》ろしてでもすぐに手術を受けて欲しいと言われると分かっていた。彼女のことを心から愛していたからね。だからこの街に残り、そして子供を産んだあと、がんの手術を受けることを選んだ。がんが進行してしまうリスクを承知でね。そして残念なことに、その懸念は現実になってしまった。治療が遅れたことにより、手術の数年後にがんは再発したんだ」

僕の説明を聞いた大河は、食いしばった歯の隙間から言葉を絞り出す。

「なんで……、なんでそんなことを……」

「なんで？　決まっているじゃないか。君との愛の結晶が大切だったからだよ。それだけ、君を、そして君との子供を愛していたんだ」

「俺と子供を……愛していた……」

大河はふらりと立ち上がると、ゆっくりと手すりに近づいていく。まさか、また飛び降りるつもりかと慌てるが、彼は手すりを両手で摑み、闇に沈む街を見下ろした。

街の中心に、ほのかに赤い光が二つ灯《とも》る。それは瞬《また》く間に、キャンバスに赤い絵の具で線を引くように平行に伸びていった。境内に灯る提灯の光。

呼応するように、黒く染まっていた街に次々に光が浮かび上がっていく。暗い海の底から、発光している夜光虫が一気に浮き上がってきたような美しい光景に、思わず目を奪われる。

「懐かしいな……」

柔らかい声でつぶやいた大河に再び視線を戻した僕は、口元をほころばせる。さっきまでの小汚い男の代わりに、そこには浴衣を着た少年が立っていた。

七年近く前、はじめてプロポーズをしたときの姿になった大河は、わずかに潤んだ目を細める。

「ずっと、美穂は俺のことを想ってくれていたんだな。だからこそ、あんな芝居を打って、俺を突き放した。俺に新しい人生を送らせるために」

「ああ、そうだね」

僕が相槌《あいづち》を打つと、大河は固く目を閉じて、首を横に振った。

「けど、俺はそんなこと望んでいなかった。ちゃんと、責任を負いたかったんだ」

「おいおい、さっき言っただろ。柏木美穂ががんになったことは、君の責任なんかじゃないって」

「分かってる！」一瞬声を大きくした大河は、すぐに小声になる。

「それは分かっているんだ。けど、俺はずっと美穂の隣にいたかった。美穂と俺の子供も、大切にしたかった。それなのに、美穂は自分のことは忘れて、俺に新しい人生を進ませるようにしたって……。なんでそんなふうに割り切れたんだよ……。少しの時間でも家族になりたいって思ってくれなかったのかよ……」

「割り切れてなかったんじゃないかな」

つぶやいた僕に、大河は「え？」と視線を向けてくる。

「割り切れていたなら、きっと最後に会ったときにエンゲージリングを返したはずだ。その方が、君が新しい人生に向かえる可能性が高くなる。けれど、彼女は代わりに、縞模様の薔薇の折り紙を渡した」

「でも、縞模様の薔薇の花言葉は『別れ』だ。指輪じゃなくても、俺と別れたいって伝えるために渡したものだろ」

「まったく、これだから人間のオスってやつは……」

僕は肩をすくめると、首を左右に振った。

「いいかい。別れって言ってもそれには色々なものがあるだろ。もう顔を見たくないっていう別れ、一時的に会えなくなるだけの別れ、仕事上の付き合いだった相手との別れ。それぞれ、意味が違う。そして、縞模様の薔薇が意味する別れのメッセージ。それは……」

言葉を切って一拍おいた僕は、大河の目をまっすぐに見る。

「『あなたを忘れない』さ」

大河は「忘れない……」と震える声でつぶやく。

「そう、あのとき新しい人生を歩ませるために、大芝居を打ってまで美穂は君を切り捨てようとした。けれどその一方で、君への想いを伝えずにはいられなかったんだよ。自分のことを忘れて欲しい。けれど、愛していると気づいて欲しい。そんな相反する気持ちがあの薔薇の折り紙には込められていたのさ」

嗚咽をこらえているのか、口を固く結んでいる大河に、僕は語りかけ続ける。

「あと、本物の薔薇でなく、折り紙だったことも大切なポイントだよね」

「どういう……、ことだよ……?」

大河は途切れ途切れに声を絞り出す。

「まだ気づかないのかい。あの薔薇は君へのメッセージなんだよ。けれど、花言葉だけで伝えられるほど、君に対する美穂の想いは軽いものじゃなかった。だからさ、本物でなく、『紙』で作ったのさ。さて、紙というものの本来の用途はなんだろうね」

「まさか、あの折り紙は……」

「そう、文字通り、二重の意味で君へのメッセージだったんだよ。真実を伝えて君を縛りたくはない。けれど、君への想いを伝えたい。その矛盾が結果的に、あの薔薇の折り紙になったのさ」

説明を終えた僕は、成り行きを見守る。そのとき、固く閉じた瞳から涙をこぼしている大河の足元に、数個の小さな芽が生えた。それらはみるみる成長すると、大河が摑んでいる手すりに巻き付いていく。

螺旋《らせん》状に伸びて瞬く間に長い手すり全体まで伸びたそのツルから、かすかに青色の光を孕む薔薇の蕾が無数に生まれた。次の瞬間、数百はあろうかという薔薇が一斉に花開く。青と藍の縞模様のそれらの薔薇の花から、月光のような淡い光が溢れ出す光景は、息を呑むほどに美しかった。

僕はにっとウィスカーパッドを上げる。暗く濁っていた夢が、ここまで華麗に変化したところを見ると、この男の『未練』は消え去ったのだろう。

僕の仕事は終わりだ。疲れたし、そろそろこの世界からお暇《いとま》するとしようかね。

そんなことを考えていると、大河が「ああ……」と涙声を上げる。何事かと振り向いた僕は目を細める。大河の隣に、赤い浴衣を着た少女が佇んでいた。

大河が震える声で名を呼ぶと、浴衣姿の少女、高校生の姿の美穂は手すりに置かれていた大河の手に、自分の左手を重ねた。その薬指に嵌められている指輪のダイヤが、薔薇の花弁から湧き出す光を乱反射する。

「ありがとう、大河君。私の気持ちに、想いに気づいてくれて。……本当にありがとう」

ダイヤに勝るとも劣らないほどに美しい輝きを孕んだ涙をこぼしながら、美穂は微笑んだ。

よし、それじゃあさっさと退散しよう。どっかの馬鹿犬と違って、僕にはデリカシーってものがある。せっかくの二人の時間を邪魔したりはしないさ。

僕は意識を集中させると、この世界での自分の存在を希釈していく。

蒼《あお》い光に照らされた二つのシルエットが重なるのを見ながら、僕はこの世界を後にした。

「美穂……」

気づくと、僕は埃っぽい部屋に戻ってきていた。すぐ目の前には、無精ひげを生やした男の顔がある。

せっかく綺麗な景色を見ていたのに、台無しだな。大河の胸の上で立ち上がった僕は、背中を山なりにして大きく伸びをしながら、鼻をひくひくと動かす。

夢に入り込む前まで、むせ返るほどに充満していた甘く不快な『腐臭』が消え去り、初夏の木漏れ日が差し込む森の中のような、清涼感のある香りが漂っている。

僕は頷くと、大河の体から下りて、わずかに開いている窓へと向かう。

さて、これで仕事はお終《しま》いだ。この男が『地縛霊』になることはないだろうし、そもそも、もう首を吊ろうなどと思わないだろう。

大切なレディが、どれだけ自分を愛してくれていたのかを知ったのだから。

しかし、最後のところで現れた美穂は、やけにリアリティーというか、存在感があったにゃ。まるで、本人がそこにいるかのように……。

そこまで考えたとき、耳がピクリと動く。僕はゆっくりと振り返って、空中を凝視した。

ネコはよく、なにもない空間を見つめ、人間を「なにか見えているの？」と怯えさせたりする。普通はそんなことはなく、ただ物音に集中していたり、ぼーっとしているだけなのだが、いまの僕はそうじゃなかった。

『そこにいるね』

僕が言霊を発した瞬間、天井辺りの空間に淡い光が灯った。

『あらぁ、よく分かったわね。獣の瞳じゃ見えないはずなのにぃ』

やけに間延びした言霊の返事に、僕は『君か』とウィスカーパッドの片側を上げる。

僕と同じ高位の霊的存在、つまりはかつて同僚だった『道案内』だった。

『たしかに僕はいまネコになってこの物質世界に縛られているけど、本質は君と同じ高貴な霊的存在であることに違いはないんだよ。君の存在を感知するくらいの能力、持っているのは当然じゃないか』

『ああ、気を悪くしたならごめんね。ただ、そんな小さくて可愛らしい体になっちゃったのに、色々なことできてすごいなって思っただけよ』

同僚は謝罪のつもりなのか、ゆっくりと点滅する。

『このボディの愛らしさを理解できるとは、なかなかやるじゃないか』

『私、可愛いものが大好きだから。この国、可愛いものがたくさんで楽しい！　特に、「女子高生」とかが持ってるアイテム！　なんていうの、プリティで、ファンシーで、もう最高！』

相変わらず、変わった奴だにゃ。はしゃいだ調子の言霊でまくし立てながら、同僚が明るく光りはじめるのを、僕は冷めた目で見る。

霊的存在である僕たちには当然、性別などはないのだが、この同僚は昔からずっと人間の女性の持ち物に強い愛情……、というか執着を持ち、言葉づかいも若い人間の女の真似《まね》をしていた。

『いつからここの担当になったんだい？』

『そうね、二ヶ月くらい前からだったかしら』

それ以前に、この地域を担当していたのは、いけ好かない同僚だった。粗暴で、口が悪く、ネコの体に封じ込められた僕をやけに馬鹿にしてきた。『魂』の扱いも乱暴で、僕は正直言って大嫌いだった。

だから、僕は以前から上司に、『あいつもぜひ獣の体に封じて、地上に派遣してあげてください。あいつは優秀だから、きっと僕と同じくらいの成果を上げますよ』と繰り返し推薦していたのだ。

あいつ、きっといまごろどこかで獣になっているんだろうな。ハムスターにでもなっていたら、襲うふりをして驚かしてやろう。

暗い愉悦《ゆえつ》に浸りながら、僕は「可愛い」についての講釈を垂れ続けている同僚に言霊で話しかける。

『君が美穂の魂を連れてきてくれたのかい？』

ようやく黙った同僚は、どこか得意げに瞬いた。

『ずっと希望していたこの時代の、この国の担当になれたんだから、それくらいのサービスはしてあげないとね。それに、そこの人の「未練」を解消するお手伝いにもなるでしょ』

『君とはいい関係を築けそうだね』

前のあいつとは違ってね。僕が胸の中で付け足す。

『担当の「道案内」として、できる限りの協力はするつもりよ。この女の人を「未練」から解放するとき、彼がかなり苦労したのを見ているからね』

美穂の『未練』？　彼？　にゃんのことだ？

僕が首をひねっていると、小さなうめき声を上げて大河がゆっくりと瞼を開いた。

『なんだよ、せっかく僕が気を利かせて、二人だけにしてあげたって言うのにさ。もっとゆっくりしてくれればよかったのに』

僕が言霊でつぶやくと、同僚がふわふわと漂いながら近づいてきた。

『あら、あなたも知っているでしょ。夢と現実では、時間の流れが全く違うって。きっと二人は十分に話をしたのよ。会えなかった六年間を取り戻すくらいにね。その証拠に、彼女、とっても輝いている』

同僚がそう言霊を放つと同時に大河の胸元から、ソフトボールくらいの大きさの淡い光の塊が浮き上がってきた。人間の、おそらくは美穂の魂。かすかにピンクを孕んで輝くその魂は、たしかに美しかった。

『もういいの？　そう、それじゃあ帰りましょうか』

美穂の魂に優しく語りかけると、同僚はゆっくりと上昇しはじめた。

『それじゃあ、お仕事お疲れ様。これからよろしくね』

その言葉を残して、同僚は美穂の魂とともに天井へと消えていく。

『こちらこそ、よろしく』

あの同僚となら、さらに『仕事』がうまくできそうだ。大河の『地縛霊化』も防げたし、そろそろ帰ろうかにゃ。

前足を窓へと伸ばした瞬間、大河がベッドから飛び起きた。

「美穂！」

叫んだ大河と僕の目が合う。お互いに完全に動きが止まってしまう。なんとも間の抜けた空気が流れた。

「ネコ……？　え？　夢の中の黒猫？　あれって……夢だよな……」

まばたきをしながら大河がひとりごつ。

『そうそう、夢だよ、夢。きっと寝ていた君は、僕が部屋に侵入してきたことに無意識に気づいて、そして夢の中に僕そっくりの黒猫を登場させたのさ。そう、だから僕は別に特別なネコなんかじゃない。不思議なパワーを使って君の夢に侵入なんかしていない』

言霊で言い訳をしながら、僕は大河に催眠術をかける準備をする。僕が特別なネコじゃないと信じ込んでもらわなくては。

催眠術をかけようとしたとき、「そんなことどうでもいいんだ！」と大声を上げて、大河が視線を外した。

そんなこととはなんだよ。君を『未練』から救ったのは僕だぞ。

内心で文句を言う僕を尻目に、大河は机の上に置かれた縞模様の薔薇の折り紙をせわしなく、それでいて慎重に開いていく。

数分かけて、複雑に折り込まれた二枚の折り紙を完全に開いた大河の口から「ああ……」という声が漏れた。

どれどれ。僕は机の上を歩くと、ぴょんと大河の肩に乗り、折り紙を覗き込む。流麗な文字が目に飛び込んできた。

内容を目で追っていく。そこには、僕が推理した内容が、大河への謝罪とそして、愛情とともに記されていた。

手紙の最後を見て、僕は目を細める。

『さようなら、大河君。

ずっとあなたのことを愛していました。

最後に、できれば私を愛してくれたのと同じように、大河君と私の娘を、穂乃花を愛してあげてください。

二人をずっと、遠くから見ています。

どうか、幸せに。

あなたの妻　美穂より』

「穂乃花！」

大声で叫びながら折り紙を机に戻した大河は、勢いよく身を翻す。その勢いで肩から振り落とされた僕は、華麗に床に着地すると、大河が走って部屋から出て行くのを見送った。

もしかしてあの男、娘に会いに行くつもりか？　あんな無精ひげが生えて、ろくに風呂に入っていないような状態で行くなんてなにを考えているんだ？

僕は呆れながらジャンプして机に飛び乗り、窓の外を眺める。家から大河が駆け出るところだった。

ああ、一仕事終わったから家に帰って、秘蔵のネコ用おやつ（麻矢がどの棚に隠しているか知っている）でも食べようと思っていたのに。

僕は窓の隙間から外に出て、屋根からブロック塀、歩道へと身軽に移動する。

ないとは思うが、娘に会うことを拒否されて、また『腐臭』を撒き散らしはじめたら厄介だ。

ああ、本当に世話が焼ける。

僕は肉球でアスファルトを蹴ると、大河のあとを追って駆け出した。

すぐに大河に追いついた僕は、彼と並んで走り続ける。十分ほど駆けると、美穂の実家の近くまでやって来た。あそこの十字路を曲がれば、目的地だ。

長距離走に慣れていない体で走り続けたので、体力は限界に近かった。隣を走る大河も、運動不足の体に鞭《むち》打っているので、いまにも倒れそうだ。

なんとか十字路までたどり着いた僕たちは、次の瞬間、足を止めて立ち尽くした。

「なんだよ、これ……？」

『にゃんだよ、これ……？』

大河の声と、僕の言霊が重なる。

家が消えていた。代わりに、黒く焼け焦げた炭の山がそこに立ち、そして敷地の周りの生垣を取り囲むように、黄色い規制線が張り巡らされていた。

警察や消防の関係者と思われる者たちが、大量にうろうろと動き回っている。焦げ臭いにおいが夜風に乗ってここまで漂ってきた。

僕の脳裏に昨日見たネットニュースのタイトルが浮かび上がる。

『不審火で民家が全焼　連続放火事件か？』

昨日、大河が訪れたあと、あの家は燃えたということだろうか。中にいたはずの、雄大、聡子、そして穂乃花はどうなったのだろう。

いったいなにが起きているんだ？

「穂乃花……」

膝から崩れ落ちる大河の隣で、僕は混乱の渦に呑み込まれる。そのとき、背後からかすかに足音が聞こえてきた。

振り返ると、そこにはゴールドの毛に包まれた大型犬が立っていた。

『馬鹿犬⁉』

『阿呆《あほう》猫⁉』

僕と、彼の言霊が重なる。

彼の名はレオ。この世界にはじめて降り立った『元道案内』で、僕の同僚だ。そして、僕がネコの体に封じ込められることになった元凶でもある。

彼の職場はこの街ではなく、ここから少し離れた小高い丘の上に立つ終末期病院、ホスピスと呼ばれる施設だ。なのに……。

『にゃんで君がここに？』

『なんでお前がここに？』

僕とレオの言霊が再び重なった。

なにが起きているか分からないまま、僕たちは目をしばたたかせながら見つめ合い続けた。

第二章　黄金の犬と天使の声

1

『それじゃあ、よろしく頼むぞ。しっかりと「案内」をしてくれ』

私が言霊を放つと、大きな桜の樹の上にふわふわと浮かんだ淡い光の塊、この地域を担当している『道案内』はどこか苛立たしげに点滅した。

『当然だ。俺を誰だと思っているんだ。落ちこぼれのお前と一緒にするな』

相変わらず口の悪い奴だ。私は嘆息する。

『その「落ちこぼれ」のおかげで、いまからお前が案内する魂は、「地縛霊」になることを免れて、「我が主様」の元へ行くんだ。その減らず口を閉じたらどうだ』

まあ、『道案内』に口はないがな。私が胸の中でつぶやくと、奴は一際強く瞬いた。

『偉そうに言うんじゃない。そんな下賤《げせん》な獣に封じられて、地上を這い回っているくせに』

『私や他の同僚がこうして獣の姿をして人間たちの「未練」を解いているおかげで、最近、地縛霊が減っていることを知っているだろ。それに、肉体を持つのはたしかに不便な面が多いが、どうしてなかなか貴重な経験もできるのだよ』

たとえば、『しゅうくりいむ』を食べたりな。

お昼にもらったおやつの味を思い出し、口の中に唾液が溢れてきた。

『お前もいつか試してみるといい』

私がからかうように言霊を飛ばすと、奴は『ふざけるな』と言霊で吐き捨てた。

『そんな醜《みにく》い姿になるくらいなら、消滅した方がましだ。せいぜいお前は地上で這いずり回っていろ。ほら、行くぞ』

近くに漂っている魂を促すと、奴はふらふらと浮かんでいき、私が『未練』から解き放った魂とともに消えていった。

まったく、本当に粗野《そや》な奴だ。あいつがこの地域の担当になってから、なにかとやりにくい。前の軽薄な担当者の方が遥かにましだった。

担当を元に戻して欲しいところだが、あいつはあいつで、黒くて小汚い猫になってしまったからな……。とりあえず、この地域の担当を変えてくれるように上司に頼んでおこう。

そんなことを考えながら、私は桜の樹の下に寝そべった。黄金色の毛に、午後のうららかな陽光が心地よく降り注ぐ。私は大きなあくびをすると、瞼を下ろして昼寝の体勢に入った。

ああ、自己紹介が遅れてしまったな。

私は犬だ。名前はレオという。

え、犬がこんなに複雑な考え事をするわけがない？

いやいや君たちは犬という生物の知能を侮っている。名前を呼んでもほとんど反応せず、餌《えさ》をもらえるときだけ尻尾を上げて近づいてくる猫などとは違い、犬は極めて高い知性と社会性を持っている。

太古から人間社会に溶け込み、ともに連綿と生命を繋いできた犬こそが、人間の最高の相棒だ。その外見の魅力だけで人間に寄生して、一方的に愛でられるだけの猫などとは誇りが全く違う。だからこそ、人間は親愛の証《あかし》として、犬に贈り物をするべきなのだ。

骨付き肉や、お菓子などの贈り物を。

ああ、そういえばこの前もらった、『でぱちか』とかいう場所で買ってきたというしゅうくりいむは美味《うま》かった。本当に美味くて、なんというかもう……、天にも昇る気持ちだった。口から溢れた唾液が地面に落ちる。私は慌てて舌で口元を拭った。

閑話休題、犬は猫などとは違い、誇り高い動物だが、私はたしかに普通の犬ではない。

黄金色の美しい毛を持つ、雄々《おお》しくも美しい、『ごおるでんれとりばあ』という犬の姿を借りているが、私の本質は高貴な高次元の霊的存在だ。

人間は私たちのことを『死神』とか『天使』などと呼んでいる。まあ、人間になんと呼ばれようが、私たちは気にしないので、好きに呼んでいいぞ。

私には『我が主様』から頂いた高貴な真名があるが、人間にはそれを聞き取ることも発音することもできない。だから、私のことはレオと呼んでくれ。

……大切な友達からもらった名前だから。

脳裏に白衣姿の美しい女性の姿が浮かび、哀愁が胸に湧いてくる。この地上に降りてすぐ経験した、様々な出来事が走馬灯のように浮かび上がってきた。

思い出に浸っていた私の垂れた耳がぴくりと動く。車のえんじんの音が聞こえてきた。寝そべったまま片目を開くと、たくしいとかいう車が坂道をのぼってきていた。

たくしいは道の突き当たりに立つ洋館の前で止まると、後部の扉を開く。その瞬間、熟れすぎてどろどろに融けはじめた果実のような、甘く不快な臭いが濃厚に漂ってきた。

私は昼寝を諦め、ゆっくりと歩き出す。眼前にそびえ立つ私の住処《すみか》でもある建物、それは病院だった。古い洋館を改装したこの病院に入院する患者は全員、重い病に侵されている。

『丘《おか》の上《うえ》病院』という名のこの場所は、命の灯《ひ》が消えかけている者たちが、体の、そして心の苦痛を取り除きながら、最後の時間を過ごすための『ほすぴす』という施設だ。

現世に強い『未練』を持ったまま命を落とすと、肉体という檻から解放された魂は現世に縛りつけられる。それを私たちは『地縛霊』と……。

ん？　その辺りの説明はもう知っているからいらない？

……まあ、いらないなら私も面倒なのでわざわざしないでおこう。

まあ、そういうわけでこの病院にやって来る患者たちは、誰もが『死』を意識している。強い『未練』がある状態で『死』を意識すると『腐臭』を発するようになる。

その『腐臭』によって、このままでは『地縛霊』と化すような患者を見つけ、それに対処するのが私の地上での仕事だ。だからこそ、私は病院の『ますこっと』として、日々この美しく愛らしい姿で患者たちの心を癒すかたわら、患者たちの『未練』の内容を探り、それを解消しているのだ。

……こう考えると、私、少し働きすぎではないだろうか？

これだけ頑張っているのだから、おやつの質をもっと上げてくれても罰《ばち》は当たらないと思うぞ。

そんなことを考えつつ病院に近づいた私は、たくしいから降りた人物を観察する。

比較的若い女だった。手足は枯れ木のように細く、頰はこけて、眼窩が落ちくぼんでいる。髪だけはやけに光沢のある黒髪をしているが、あれは医療用のかつらで、頭髪はかなり薄くなっているのだろう。ここの患者は、同じような外見をしていることが多い。おそらくは末期がんを患《わずら》っている。

しかし、私が特に気になったのは、女から漂ってくる負の気配だった。顔の筋肉は完全に弛《し》緩《かん》し、口が力なく開いている。背中は老婆のように曲がり、うなだれているので、いまにも前方に倒れてしまいそうだ。

私は女まで数めえとるの位置に近づくと、「わんっ！」と一声吠《ほ》えた。女は緩慢な動きで首を回し、私を見る。たとえ死を間近に控え、絶望している者たちでも、私の美しく愛らしい姿を目の当たりにすれば、いくらか表情が緩むことが多い。しかし、女の表情筋はぴくりとも動かなかった。まるで、私が見えていないかのように。

どれだけの絶望に苛まれれば、こんな抜け殻のような姿になってしまうというのだろう。

これは大物が来たな。むせ返るような『腐臭』に圧倒されながら、私は内心でつぶやく。ここまでひどい状態の人間が命を落とせば、間違いなく『地縛霊』と化す。そして、どれだけ『道案内』が必死に説得しても決して『我が主様』の元へと向かうことはなく、時間の経過とともに劣化していき、ついには消滅してしまうだろう。

特に担当があいつでは、まともに説得もしないだろうしな。数分前に見た粗野な同僚のことを思い出した私は、大きく息をついた。

まあ、このような人間を救うために、私は地上にいるのだ。『我が主様』から承《うけたまわ》った重要な任務、しっかりと果たしてみせよう。

病院から出てきた看護師たちに迎えられた女が、弱々しい足取りで正面玄関に吸い込まれていくのを見送りながら、私は軽く口角《こうかく》を上げた。


そろそろかな？　窓際の柔らかい絨毯の上に寝そべっていた私は、ゆっくりと瞼を上げて立ち上がる。洋館の一階にある遊戯室。昼間は患者たちの憩《いこ》いの場となっているこの広い部屋こそ、私の寝床だった。

あくびを嚙み殺しつつ、大きな窓の外を眺める。月は浮かんでいないが、星々が瞬いている。なかなか気持ちのいい夜だ。扉を鼻先で押して薄暗い廊下に出た私は、その突き当たりにある大きな古時計を眺める。

かつて、あの古時計にまつわる謎を解き、仲間たちとともに危機に立ち向かった。その記憶が蘇り、胸の奥が温かくなってくる。

時計の針は、零時を少し回ったところだった。頃合いだ。

私は古時計の手前にある、幅広の階段の下まで来ると、くんくんと鼻を動かした。上の階からむせ返るような『腐臭』が漂ってくる。

さて、お仕事の時間だ。階段を上がり、あと数段で二階に着くところに到着した私は、体を伏せて様子をうかがう。

階段のそばにある、なあすすていしょんで、夜勤の看護師が二人働いている。一人は記録を書き、一人は点滴の調剤をしていた。

いまだ！　私は四肢に力を込めて一気に体を加速させると、なあすすていしょんの前を通過し、二階の廊下に置かれている観葉植物の陰に身をひそめる。

一階はどこでも自由に過ごしてよいのだが、患者たちの病室がある二階、そしてこの病院の院長が住む三階への侵入は許されていない。もし見つかったら、明日のおやつをもらえなくなる。絶対に気づかれるわけにはいかないのだ。

看護師が廊下に出てこないことを確認すると、私は鼻をひくつかせる。

奥から、甘く不快な臭いが流れてくる。体を低くしながら進み、臭いの源を探していった私は、廊下の右奥にある扉の前で足を止めた。間違いない。『腐臭』はこの部屋から漂ってくる。

後ろ足で立ち上がった私は、前足の肉球を三日月状の取っ手に引っかけて、それを押し下げる。かちりという音とともにわずかに開いた扉の隙間に、体を滑り込ませる。

かつてこの建物に外国人の富豪が住んでいたときには、住人の部屋として使用されていた広い病室。明かりは消されていたが、夜行性である犬の目には、窓から差し込む星明かりで十分だ。窓際に置かれた寝台に、昼に見た女が横たわっているのが見える。

ゆっくりと彼女に近づき、寝台の端に前足をかけて立ち上がる。覗き込んだ女の顔は、思わず身を引きそうになるほどに苦痛と悲哀に歪みきっていた。乾燥してひび割れた唇の隙間から、獣の唸り声のような音が響いてくる。

寝台についた名札には、『柏木美穂』と記されていた。

これが名前か。さて、状態はどんな感じかな。

私は目を凝らす。犬としてではなく、高貴な霊的存在としての目を。寝台に横たわる体が透けていき、その体内が露《あら》わになる。

ああ、これはひどいな……。私は口元に力を込めた。

肺、肝臓、骨、腹膜《ふくまく》、いたるところが赤黒い塊に侵食されていた。がん細胞の塊だ。子宮や卵巣などの臓器が手術で摘出された痕跡があるところを見ると、その辺りから発生したものだろう。

全身で分裂をくり返しているがん細胞に栄養を全て吸い尽くされ、消耗している。悪液質《あくえきしつ》とか呼ばれる状態だ。このままでは残された時間はあと数日といったところだろう。

ただ、彼女を侵しているのはがん細胞だけではない。その心は絶望に蝕まれているはずだ。そうでなければ、ここまで濃厚な『腐臭』を放つはずがない。

命の灯が消える前に、絶望の原因、この女を苛んでいる『未練』を突き止め、それを解消する。それができなければ、彼女の魂は消滅するまで『地縛霊』としてこの地上に縛られ続けるだろう。

あまりのんびりとしている余裕はないな。さっさとはじめてしまおう。

深い眠りについているいまなら、簡単に記憶を探れるはずだ。まずはこの女の身になにが起きたのか、ちょっと覗かせてもらうとしよう。

寝台の端から両足を離した私は、床の上で寝そべって瞼を下ろすと、意識を集中させる。高貴な霊的存在としての自らを、柏木美穂の意識と同調させていく。

次の瞬間、彼女の記憶が流れ込んできた。

なになに、幼馴染と婚約を交わし、その子供を身ごもったが、そのとき子宮頸がんが発見された。子供を出産するために治療を遅らせ、それに反対されたり、がんのことで罪悪感をおぼえて欲しくないから、婚約者にはなにも伝えずに距離を取った。

一人前の料理人になって戻ってきた婚約者にも、すでに結婚をしていると嘘をついた。しかし、やはり娘が二人の愛の結晶であることを伝えたいという想いを抑えきれず、折り紙に伝言をしたためて渡した。

なるほど、なかなか複雑な事情があるわけだ。しかしそれだけなら、これほど強烈な『未練』に縛られることはないだろう。愛する男に会い、間接的にとはいえ想いを伝えたのだから。

その後になにかがあり、柏木美穂は絶望のどん底へと落とされた。それを探るとしよう。

私はさらに深く彼女の意識の奥へと潜っていった。

2

書斎の椅子に座っていた柏木美穂は万年筆をデスクに置き、大きな息をつく。強い倦怠感《けんたい》が血流にのって、全身の細胞を侵していた。

日に日に体力が落ちていることを実感する。体重もこの三ヶ月で五キロ以上減った。体の内部をがん細胞に蝕まれているのを感じる。自分に残された時間はあとわずかだろう。けど、まだできることがある。目を閉じると、瞼の裏に、はにかんだ笑顔を浮かべた少女の姿が浮かんだ。いまは隣の部屋にいる、愛しい娘の姿。

先週軽く風邪を引いてしまい、まだ病み上がりの穂乃花は、三十分ほど前から昼寝をしていた。

もうすぐ、あの子を置いて逝《い》かなければならない。あの子の成長を私は見ることができない。

胸の中身がえぐり取られるような哀しみに襲われた美穂は、大きく首を振った。

いや、私はあの子を見守り続ける。たとえこの体が消え、あの子からは見えなくなったとしても。それに……。

少女の姿に、愛する男性の姿が重なる。

きっと、彼が私の代わりにあの子を支えてくれるはず。

美穂は目を開くと、左手の薬指に嵌めている指輪を見つめる。先月、平間大河が贈ってくれた婚約指輪。

また彼に会えるとは思わなかった。しかも、こんなに素晴らしいプレゼントをもらえるなんて。

穂乃花のことは大河に伝えるつもりはなかった。自分と違い、大河には未来がある。それを縛ってしまうことを、そして自分の死の責任を彼が背負ってしまうことを恐れていた。だから、何も告げずに逝くつもりだった。

けれど、自分の命が尽きる前に彼はやって来た。これはもしかしたら運命なのかもしれない。私たちの愛が、あんなに可愛らしい姿になってこの世界に生まれ落ちたことを彼に知ってもらうべきなのかもしれない。

伝えるべきか、それとも黙っているべきか、大河に会ってから悩みに悩んだ。そして、全てを運命に委ねることにした。

従兄《いとこ》の真柴直人に夫を演じてもらうと同時に、真実と彼への想いをしたためた手紙を縞模様の薔薇の形に折って渡した。

縞模様の薔薇の花言葉に彼が気づき、そしてあの手紙を読んでくれることを心の隅で願いながら。

大河と、そしてなにより穂乃花と別れなくてはならないことは、身を裂かれるほどに哀しい。けれど、それが私の運命だったのだ。がんを患う代わりに、私は穂乃花という何よりも大切な宝物を得ることができたのだから。

六年前、妊娠と同時に子宮頸がんにかかっていることが分かったとき、両親はすぐに子供を堕ろして手術を受けるように言った。けれど、美穂は頑として首を縦には振らなかった。

治療のためには子宮を摘出する必要があった。もしすぐに治療を受けることを選べば、一生子供を産むことはできなくなる。そしてなにより、すでに自らの子宮の中で芽吹いていた小さな命を、大河との愛の結晶を摘み取ることになる。そんなことはできなかった。

両親を説得し、そして主治医と何度も話し合った結果、胎児が母体の外でも生存可能になるまで待ち、帝王切開で出産したあと、すぐにがんの治療を行った。

手術により一度はがんを取りきれたものの、残念ながら三年前に肺に再発してしまった。そこからは少しでも長く穂乃花と一緒にいられるようにと、化学療法や放射線療法を受けてきたが、それも効果がなくなってきて、もはや体内で増殖し続けるがん細胞の勢いを止められなくなった。

すでに積極的な治療はやめて、痛みなどの苦痛を取る緩和治療を受けながら、残された時間を穏やかに過ごす段階に入っている。症状が進んで自宅にはいられない状態になったときのために、ホスピスの予約もしてある。

小高い山の中腹に立つ、『丘の上病院』という洋館を改造したホスピスで、一度見学に行ったが、自然に囲まれて終の棲家としては理想的な場所だった。話によるとドッグセラピーもやっていて、ゴールデンレトリバーと触れ合うこともできるらしい。

その話を聞いたとき、大きな黄金の毛をした犬と戯《たわむ》れる穂乃花の姿を想像して、思わず口元が緩んでしまった。

もう、死は受け入れている。一つ後悔があるとすれば、出産のタイミングが早すぎたのではないかということだ。穂乃花は生まれつき重度の難聴で、補聴器を使っても十分な聴力を得ることはできなかった。だから、いまでもコミュニケーションは主に手話で行い、発語は極めて少ない。

もしかしたら、もう少しがんの治療を遅らせて、穂乃花を子宮の中で育てていれば、難聴になることはなかったのではないか。産婦人科の主治医から、低体重で生まれたせいで難聴になったわけではないと説明を受けているが、後悔が消えることはなかった。

「……いまはそんなこと考えている暇ないか」

つぶやくと、美穂は再び万年筆を持つ。

自分が逝ってしまったあとも、穂乃花に定期的にメッセージを送れるように、ビデオレターを残そうと思っていた。しかし、大河への手紙を花に折って渡したことで、穂乃花にも同じようにメッセージをしたため折り紙を遺そうと思いついた。

耳が不自由な穂乃花にとっては、音よりも文字の方が伝わりやすいはずだ。手話での意思疎通はまだ完璧にできるわけではないが、文字でのコミュニケーションはかなりしっかりできるようになっている。それに穂乃花は絵本を読むのが大好きだ。音のない世界で生きてきた穂乃花にとって、絵と文字で生き生きと描かれる世界は、極めて魅力的に映るのだろう。

だから、私もあの子へのメッセージを花にしよう。毎年、誕生日、クリスマス、ひな祭り、七夕と、イベントごとに私の想いをプレゼントできるように。

できればそれを受け取るとき、穂乃花の隣に大河君がいてくれたらいいな。

二人が寄り添いながら、美しい花の形に折られた手紙を開いていく姿を想像し、美穂は口元をほころばせた。

さて、次は八歳の誕生日に贈る手紙だ。どんなメッセージにしよう。

頭の中で文面を考えていた美穂の耳に、突然、泣き声が飛び込んできた。隣の部屋で昼寝をしているはずの穂乃花の泣き声。

目を見開き、跳ねるように椅子から立ち上がった美穂は、走って部屋から飛び出ると、隣の部屋のドアを開く。遮光カーテンが引かれた薄暗い部屋に置かれたベッドの上で、穂乃花が泣きじゃくっていた。

「穂乃花！　穂乃花、大丈夫⁉」

駆け寄った美穂は、穂乃花を抱きしめる。一瞬、穂乃花の体が硬直するが、美穂を見てこわばっていた表情がわずかに緩む。

『どうしたの？　怖い夢を見たの？』

手話で訊ねるが、穂乃花はぶるぶると首を横に振り、両手で腹部を押さえた。

『お腹が痛いの？』

再び手話で質問すると、穂乃花はしゃくり上げながら頷く。穂乃花のシャツをまくった美穂の口から、小さな悲鳴が漏れた。穂乃花が両手で押さえている右のわき腹に、青い痣《あざ》のようなものができていた。

「お父さん！　お母さん！」

美穂は声を嗄《か》らして両親を呼ぶ。十数秒して、廊下を駆ける音が聞こえてきて、父の雄大と母の聡子が部屋に入ってきた。

「美穂、どうした⁉」

雄大が声を張り上げる。

「穂乃花がお腹が痛いって。それに、なんか痣ができてる。お医者さんに診《み》てもらわないと」

早口でまくし立てると、雄大は「分かった。すぐに車の準備をする」と、慌てて部屋から飛び出していった。

「大丈夫だよ。すぐにお医者さんが治してくれるからね」

肩を震わせる穂乃花を力強く抱きしめながら、美穂は語りかける。その言葉が娘に届かないことを、もどかしく思いながら。

隣で絵本を開いている穂乃花を、美穂は見つめる。穂乃花が腹痛を訴えて昼寝から起きてから、三十分以上が経過していた。

雄大の車でかかりつけの小児科医院へと向かう途中、痛みが引いてきたのか穂乃花は泣くのをやめた。いまは何事もない様子で、待合室に置いてあった幼児向けの『クリスマス・キャロル』の絵本を一生懸命読んでいる。

最後まで読み終わった穂乃花が絵本を閉じ、美穂を見上げた。

『面白かった？』

手話で訊ねると、穂乃花は頷いたあと小首をかしげて、やや拙《つたな》い手話を返す。

『幽霊って　本当に　いる？』

『うん、きっといるよ。けど、怖い幽霊じゃないよ。優しい幽霊ばっかり。みんな穂乃花と仲良くできるよ』

そう信じてくれれば、たとえ姿が見えなくなっても私が見守っていると、穂乃花が信じてくれるかもしれない。この子の寂しさを少しだけ紛らわせることができるかもしれない。

『お化けの声なら　私にも　聞こえる？』

『もちろんだよ。穂乃花にも聞こえるよ。だから、幽霊の声が聞こえても、怖がらなくていいんだよ。穂乃花を幸せにしてあげるための声だから』

耳が不自由な娘が不憫《ふびん》になり、美穂は唇を噛みながら必死に手を動かした。

『それにね、穂乃花はとってもいい子だから、幽霊だけじゃなくて、天使も声をかけてくれるかも』

『天使　どんな声？』

『どんな声かな？　きっとすごく優しい声だよ。穂乃花にだけ聞こえる声』

『本当？　楽しみ！』

無邪気な笑みを浮かべる穂乃花の頭を撫でていると、『柏木さん、診察室へどうぞ』と、天井のスピーカーから気怠《けだる》げな男の声が聞こえてきた。

『順番が来たよ。お医者さんに診てもらおうね』

穂乃花は大きく頷き、絵本を本棚に戻した。

穂乃花の手を引いた美穂は、付き添いの雄大とともに診察室へ入る。

「えー、柏木穂乃花ちゃんですね。今日はどうしました？」

電子カルテのディスプレイを眺めたまま、こちらを向くこともせず、中年の小児科医がつまらなそうに言う。半年ほど前までは、老齢だがいつも笑顔を絶やさない医師がいたのだが、彼が引退して息子が跡を継いでいた。

二度ほどこの医師に穂乃花を診せたが、ほとんど話も聞かず、おざなりに診察をして処方箋を出されただけだったので、あまり印象はよくなかった。しかし、ずっとこの医院にかかっているので、いまさら他の医療機関を受診する気も起きない。

「さっき昼寝から起きたら、お腹が痛いって泣き出して……」

「でもいまは、けろっとしていますけど？」

美穂の言葉を遮るように、医師は言う。

「ここに来る途中で、痛みは治まったみたいなんです」

「ああ、じゃあ胃腸炎ですかね。整腸剤を出しておきますね」

体を見ようともせず診察を切り上げられかけ、美穂は「待ってください！」と声を上げる。

「それだけじゃないんです。お腹に青い痣ができているんです」

「痣？」

医師はいぶかしげにつぶやくと、無造作に手を伸ばして、穂乃花のシャツをめくろうとする。怯えた様子で穂乃花が身を引いたのを見て、美穂は「私がやります」と娘の背中をゆっくりと撫でながら、慎重にシャツをたくし上げる。右わき腹にくっきりと刻まれた青い痣を見て、医師の眉間にしわが寄った。

「これ、どうしたの？」

詰問《きつもん》するような口調で、医師が言う。

「それがよく分からなくて……」

おずおずと答えると、医師が睨んできた。

「お母さんには聞いていません。お嬢ちゃん、ここどうしたの？　どうしてこんな痕がついているの？　何があったのか教えて」

顔を近づけた医師にまくし立てられた穂乃花が、泣き出しそうな表情で、助けを求めるような眼差しを向けてくる。

「やめてください！　この子は聴力に問題があるんです！」

かばうように穂乃花を抱きしめながら言うと、医師は虚《きょ》を突かれたように口を半開きにしたあと、頭を掻いた。

「ああ、すみません。知らなかったもので」

「知らなかったって、うちの子はずっとここに通っているんですよ。先生にもこれまで二回診てもらっています。カルテに書いてないんですか？」

あまりにもひどい態度に、思わず声が大きくなる。医師は不愉快そうに鼻の付け根にしわを寄せた。

「書いてありますよ。ちょっと見逃しただけじゃないですか。それより、その子に聞いてくださいよ。なにか、そんな痣ができる心当たりがないのか？　例えば……なにかに強くぶつかったり」

どこか含みのある医師の口調を不審に思いつつ、美穂は手を動かす。

『お腹をどこかにぶつけたりした？』

穂乃花は首を横に振った。

「どこにもぶつけた覚えはないそうです」

「本当に私が言った通りの質問をしたんですか？」

「どういう意味でしょう？」

意味が分からず、美穂は低い声で聞き返す。

「いやね、私は手話とか分からないもので、なにか適当な質問をしたんじゃないかなって

「……」

「いい加減にしろ！」

美穂の背後から怒声が響き渡る。医師が体を大きく震わせた。美穂の心臓が跳ねる。穂乃花だけはなにが起きたのか分からず、不思議そうに目をしばたたかせていた。

振り返ると、それまで黙って立っていた雄大が、鬼のような形相《ぎょうそう》を浮かべていた。

「医者だと思ってさっきから黙って聞いていれば、なんだその態度は。私の家は、先々代がこの医院を建てるとき、かなりの寄付をしたんだぞ。恩を仇《あだ》で返すつもりか！」

「いえ、それは……」

口ごもる医師に、雄大は追いうちをかけるように言う。

「それに、先代はもっと丁寧に子供を診てくれた。こちらの話をよく聞いて、不安に思っていることについて一つ一つ詳しく説明してくれたんだ。なのに、あんたは……」

「やめて。いまはそんなこと言っている場合じゃないでしょ」

美穂にいさめられた雄大は、険しい表情で口をつぐむ。大きく息をついた美穂は、医師に向き直った。

「父が失礼なことを言って申し訳ありません。あの、それで、この子は大丈夫でしょうか？」

気まずさをおぼえながら訊ねると、医師は不貞腐《ふてくさ》れたかのような態度でまた電子カルテのディスプレイを見つめはじめた。

「まあ、いま痛がっていないなら大したことないんじゃないですかね。整腸剤と痛み止めを出しておきますよ。じゃあ、お大事に」

突き放すように医師は言う。そばに控えていた看護師が申し訳なさそうに「処方箋が出ますので、待合室でお待ちください」と促してきた。

しかたなく穂乃花を連れ、まだ医師を睨んでいる雄大とともに診察室を後にする。

本当に大丈夫なのだろうか？　不安に思いつつ、美穂は穂乃花に視線を落とす。診察が終わって安心したのか、穂乃花は嬉しそうに微笑んで手を握ってくれた。

笑えるということは、大丈夫なんだろう。きっと、寝ぼけてベッドの端にでもお腹をぶつけただけなんだ。

半ば強引に自らを納得させた美穂は会計を済ませて処方箋をもらい医院を後にした。

薬局で薬を受け取って帰宅すると、穂乃花は疲れたのか、『お昼寝　いい？』と手話で訊ねてくる。美穂は笑顔で頷くと、穂乃花とともにベッドに入った。

目を閉じる穂乃花の柔らかい髪を、美穂は優しく撫で続ける。

このまま時が止まってしまえばいいのに。

残された時間がじわじわと侵食されているのを感じながら、美穂はそう願わずにはいられなかった。

「穂乃花、待って！」

野原を駆けていく穂乃花の背中に、美穂は呼びかける。しかし、穂乃花は足を止めることも、振り返ることもなかった。

ああ、そうだ。いくら呼んでも聞こえるわけがないんだ。

美穂は地面を蹴って走りはじめる。しかし、いかに必死に足を動かしても、穂乃花の小さな背中は近づくどころか、さらに離れていく。

どうして？　どうして追いつかないの？

パニックになりながら、美穂は手を伸ばす。息が苦しい。めまいがする。早鐘のような心臓の拍動が鼓膜にまで伝わってくる。

次の瞬間、足が縺《もつ》れて、美穂は背の高い野草の絨毯に倒れ込む。

「穂乃花、待って。お願い、私を置いていかないで」

違う。私が穂乃花を置いていってしまうんだ。私がもうすぐ穂乃花の前から消えてしまうんだ。

脳神経が焼けついたかのように思考がまとまらない。喘《あえ》ぐように酸素を貪りながら顔を上げると、遥か遠くで穂乃花が足を止めていた。

よかった。気づいてくれた。

安堵した美穂は、ゆっくりと振り返った穂乃花の顔を見て、か細い悲鳴を上げる。愛する娘の顔は、青白く変色していた。まるで、死人のように……。

ワンピースの袖や裾から覗く四肢には、赤と黒と青、三種類の絵の具をパレットの上で無造作に混ぜ合わせたかのような禍々《まがまが》しい色の痣が、無数に刻まれていた。

穂乃花が虚ろな瞳でこちらを見ながら、ゆっくりと青ざめた唇を開く。その口から、悲痛な泣き声が漏れ出した。

「穂乃花！」

鼓膜に痛みをおぼえるほどの大声を聞きながら、美穂は勢いよく顔を上げる。デスクの上に置かれていた花の折り紙に手が当たり、いくつかが床へと落ちた。

荒い息をつきながら美穂は周囲を見回す。年季の入った高級感を醸し出すデスクと本棚が置かれた細長い空間。美穂は自分が書斎にいることに気づく。

「夢……？」

つぶやきながら、美穂は額を拭う。粘着質な汗がべっとりと手の甲についた。

昨日、小児科医院から帰った穂乃花がもう腹痛を訴えないことに安心して、深夜まで手紙を書き続けていたが、そのまま眠ってしまっていたようだ。掛け時計を見ると、すでに朝の八時半を回っていた。窓からはうららかな日が差し込んでいる。

「ひどい夢……」

つぶやいた美穂は体を震わせる。なぜかいまだに泣き声が聞こえてくる。穂乃花の悲痛な泣き声。美穂は息を呑んで立ち上がる。勢いで椅子が倒れ、大きな音を立てた。

昨日と同じように書斎を飛び出して穂乃花の部屋に入ると、ベッドの上で穂乃花が火が付いたように泣いていた。

「どうしたの⁉　大丈夫⁉」

駆け寄った美穂は、顔を上げた穂乃花を見て身を震わせる。口元を両手で覆っているため顔の下半分はよく見えないが、穂乃花の鼻から目元が蒼白《そうはく》になっていた。まるで、夢の中で見た姿のように。

『また、お腹が痛いの？』

全身の汗腺から氷のように冷たい汗が湧き上がってくるのを感じながら、美穂はせわしなく手を動かす。穂乃花はかすかに頷いた。

また腹痛がぶり返したんだ。あの医院じゃだめだ。もっと大きな病院でしっかり検査をしてもらわないと。

『穂乃花、ちょっと待っていてね。おじいちゃんを起こして、病院に連れていってあげるから。すぐに治してあげるからね』

美穂が手話で伝えると、穂乃花はかすかに頷いた。

すぐにお父さんを起こさないと。

廊下に飛び出た美穂は、階段を駆け上がって両親の寝室へと向かう。

「お父さん！」

ノックもせずにドアを開けるが、中には誰もいなかった。

なんでいないのよ⁉　悲鳴を上げかけた美穂は、一階にある客間に真柴直人がいることを思い出す。

十歳以上年上で、ずっと東京に住んでいる直人とは、正月や父の誕生日など、親戚一同が集まるときに顔を合わせるぐらいだったが、そのたびに優しく接してもらった。数年前に直人は、自分でＩＴ事業の会社を立ち上げみるみる大きくし、いまは上場企業の社長となっていた。

美穂が末期がんに侵され、残された時間が少ないことを知った直人は、なにかできることはないかと言ってくれて、三ヶ月ほど前からこの家に泊まって穂乃花の遊び相手をしてくれたり、病院への送り迎えや遺書の準備の手伝いなど、様々な世話を焼いてくれている。

先月には無理を言って、平間大河の前で夫を演じてもらいさえしていた。

彼に頼めば、病院まで車で連れていってくれるはずだ。世間知らずの父よりも、きっと頼りになる。

両親の寝室を出た美穂は、階段を駆け下りて客間のドアをノックすると、返事を聞く前に開ける。しかし、直人の姿も部屋にはなかった。

「なんで⁉」

叫んだ美穂の視界に、壁に掛かった時計が飛び込んでくる。その針は、八時四十五分を示していた。

ああ、もうこんな時間だった。書斎で寝落ちをしたので、時間の感覚が狂っていた。いまなら、みんな朝食をとっているに決まっている。

美穂は廊下を駆けていく。かすかに穂乃花の泣き声が背後から聞こえる。愛する娘の元へ行きたいという衝動に耐えながら、美穂は廊下を駆けた。リビングダイニングへと飛び込むと、雄大がソファーで新聞を読み、直人はダイニングテーブルで紅茶を飲んでいた。聡子は奥のキッチンにいるようだ。

「美穂ちゃん、どうした？」

ティーカップを手にしたまま、直人が訊ねてくる。

「穂乃花がまたお腹が痛いって泣き出して……、早く大きな病院に……」

乱れた息の隙間をついて、美穂は声を絞り出す。

「穂乃花が⁉」

雄大が勢いよく立ち上がる。直人も椅子から腰を浮かし、キッチンから聡子も顔を出した。

「お願い、車の準備をして。私はあの子を連れてくるから」

そう言い残した美穂は、穂乃花の元へと駆け戻っていく。部屋に入ると、穂乃花はまだベッドで泣いていた。

「大丈夫よ。もう大丈夫。すぐに病院に連れていってあげるからね」

美穂は娘の体を抱きしめる。胸の中で穂乃花が顔を上げる。その瞬間、美穂の喉の奥から笛を吹くような音が漏れた。

穂乃花の両頬が真っ赤に変色していた。まるで、誰かに平手で強く殴られたかのように。

さっきまではこんな色になっていなかったはず。私が離れている間になにかあったの？

そこまで考えたところで、美穂は大きくかぶりを振る。

いや、そうとは限らない。さっき、穂乃花は口元に両手を当てていたので、顔の下半分はよく見えなかった。もしかしたら、あのときすでに両頬は真っ赤になっていたのかもしれない。

重要なのは、『いつ』ではなく『どうして』だ。片頬だけなら間違ってどこかにぶつけたという可能性もあり得るが、両頬では事故ということはないはずだ。

誰かが穂乃花を叩いた？　背中に冷たい震えが走った。

私と穂乃花以外で、この家にいるのは両親と直人だけだ。その中に、穂乃花を叩いた人物がいる？

昨日見た、穂乃花のわき腹の青痣が頭をかすめる。てっきり、寝ぼけてベッドの縁かどこかにぶつけたのだと思っていた。けれど、もしかしたらあれも誰かに殴られた痕だったのかもしれない。

誰かが眠っている穂乃花に近づいて、その柔らかく白い腹部に拳を打ち込んでいった……。

恐ろしい想像に、美穂は自らの両肩を抱く。

「美穂ちゃん」

唐突に背後から声をかけられ、美穂は体を硬直させた。おずおずと振り返ると、部屋の入り口で直人が心配そうにこちらを眺めていた。その後ろには、雄大と聡子の姿も見える。

反射的に美穂は両手を広げ、娘を守るような体勢を取る。

三人の誰かが穂乃花を叩いたの？　なんでそんなことを？　脳髄《のうずい》を素手で掻き混ぜられているかのように思考がまとまらない。

「穂乃花ちゃんの様子はどうかな？　大丈夫そうかい？」

いぶかしげな表情を浮かべながら、直人が部屋の中に入ってくる。

「近づかないで！」

金切り声が部屋に響き渡った。みんなが急に来ると、直人と両親が目を大きくする。

「お、大声出してごめん。みんなが急に来ると、穂乃花がびっくりするから」

必死に取り繕うと、直人は「そう……」とどこか疑わしげな眼差しを向けてきた。

落ち着け。落ち着かないと。美穂は深呼吸をくり返す。まだ本当に穂乃花が暴力を振るわれたとは限らない。そうだ。この三人は穂乃花をとても可愛がってくれている。寝ている間に叩いたりするわけがない。

自分に言い聞かせながら美穂は無理やり笑顔を作る。

雄大たちが不安げに顔を見合わせるのを尻目に、美穂は穂乃花の背中を撫でる。

「それより、早く病院へ……」

そこまで言いかけたところで、美穂は息を吞んだ。パジャマの裾から覗く穂乃花の足首が青黒く変色していた。

「どうしたの、これ⁉」

美穂はパジャマの裾をめくる。露わになった足を見て、喉の奥から悲鳴がせり上がってきた。

そこには、いくつもの青黒い痕が刻まれていた。

まるで、くり返し足を殴られたかのように。

「どうした⁉」

近づいてくる雄大に、美穂は「来ないで！」と叫ぶ。

「穂乃花の足が痣だらけなの！　なんでこんなことになってるのよ!?」

「どうしてって……、どこかにぶつけたんじゃ……」

視線を泳がせる雄大を、美穂は睨みつけた。

「ぶつけた？　これが自分でぶつけた痕に見えるの？」

美穂は体を横にずらし、死角に隠れていた穂乃花を見せる。頬が真っ赤に変色し、足にいくつもの痣が生じているその姿に、雄大、聡子、直人が言葉を失った。

「昨日、医院で言われた。お腹の痣も、なにかにぶつけた痕に見えるって」

まくし立てる美穂に、雄大が「落ち着きなさい」と胸の前で両手を開いた。

「まさか、穂乃花が誰かに殴られたって言うのか？」

「違うって言うの!?　どう見ても、そうじゃない！」

美穂の剣幕に、雄大は「いや、そうだが……」と口ごもる。

「じゃあ、誰かがこの家に忍び込んで、穂乃花ちゃんに暴力を……？」

口元を手で覆って絶句する聡子に、美穂は鋭い視線をぶつけた。

「誰かが？　昨日、今日と二日続けてわざわざこの家に侵入した人がいるっていうの？　玄関も窓も、しっかり鍵がかかっているし、セキュリティシステムだって作動しているはずなのに」

そうだ。気づかれることなく、この家に二日も続けて忍び込むなんてできるわけがない。自分がなぜ、目の前の家族たちを警戒しているのかにあらためて気づき、美穂は穂乃花の体を強く抱きしめた。

「でも、そうとしか……」

聡子は助けを求めるように、夫と甥《おい》を見た。

「そうだよ、美穂ちゃん。まずは落ち着いて、これからどうするか考えよう」

諭《さと》すような口調で言いながら、直人が前に出る。

「近づかないでって言ったでしょ！」

美穂の怒声に、直人の動きが止まった。

「今日、私は穂乃花の泣き声を聞いてすぐにここに来た。そしてみんなを呼んだ。もし本当に侵入者がいたら、私たちの誰かが気づいているはず」

「じゃあ、誰が穂乃花ちゃんを叩いたって言うの？」

不安げに体を小さくしながら、聡子が訊ねてくる。美穂は乾燥した口の中を舐めると、ゆっくりと口を開いた。

「最初から、この家の中にいた人としか考えられない」

一瞬の沈黙のあと、雄大が唇を歪ませた。

「お前は、私たちの誰かが犯人だと疑っているのか！」

父親の怒声に、美穂は反射的に首をすくめる。昔から父に怒鳴られると、恐怖で体が動かなくなった。いまは没落したとはいえ、かつては名家だったこの家の主である雄大は、絶対的な存在だった。その意向に逆らったのは、唯一、子宮頸がんの治療よりも穂乃花の出産を優先すると決めたときだけで、その際も、平間大河と東京に行くことを諦めるという条件を提示して、なんとか必死に説得する形だった。

「馬鹿なことを言っていないで、さっさと穂乃花を病院に連れていくぞ。準備をしろ」

有無を言わせぬ口調で告げつつ、雄大が近づいてくる。無意識に「はい」と頷きかけたとき、穂乃花がしがみついてきた。か細い腕から伝わってくる震えに、美穂ははっと我に返る。

「どきなさい。穂乃花の傷を見る」

雄大が伸ばしてきた手を、美穂は思い切り振り払った。なにをされたのか分からないのか、口を半開きにして立ち尽くす雄大の胸を、美穂は両手で思い切り押す。

バランスを崩し、雄大は二、三歩後ずさった。

「穂乃花に触らないで。病院には私が連れていきます!」

硬直している三人を尻目に、美穂は娘を抱き上げると、逃げるように部屋をあとにした。

『いまは、大丈夫?』

ソファーに横たわっている穂乃花に手話で語りかける。

『大丈夫』

気怠そうに手を動かす穂乃花の両頬にくっきりと浮かぶ赤い痕に、美穂は唇を嚙む。

いったい、いつまで待てばいいんだろう。掛け時計を見ると、時刻は正午を少し回っていた。午前の診療が終わっている待合室には、美穂と穂乃花以外に人はいない。

穂乃花を抱いて自宅を飛び出した美穂は、昨日受診した小児科医院へとやって来ていた。

本当なら大きな病院まで行きたかったのだが、がんで蝕まれた体では、徒歩で三十分はかかる総合病院まで穂乃花を抱いていくことは不可能だった。仕方なくこの医院を訪れ、昨日の無愛想な医師に、「大きな病院へ搬送してください」と訴えた。医師は一通り穂乃花の体を診察したあと、「分かりました。総合病院に連絡しますから、ちょっと待合室で待っていてください」と告げた。しかし、すでに二時間以上待っているが、一向に声がかかることはない。

「あの、まだですか？　まだ、総合病院には受診できないんですか？」

この二時間、何回も口にした質問を受付の事務員にぶつける。

「もう少しお待ちください。いま、先生が連絡を取っていますから」

こちらを見ることもせず、事務員は機械音声のような感情のこもらない声で答える。

「さっきからずっと同じこと言っているじゃないですか」

美穂が文句を言うが、事務員は「お待ちください」とくり返すだけだった。

タクシーさえ拾えたら……。財布だけでも持って家を出なかったことを、美穂は激しく後悔する。

『ママ　どこか　痛い？』

唇を嚙む美穂を、穂乃花は心配そうに見上げてくる。ここに来る途中で昨日のように痛みは治まったのか、すでに穂乃花は泣き止《や》んでいた。しかし、表情はさえず、どこかつらそうにソファーに横たわり続けている。赤く変色した頰と、足の痣と相まって、その姿は痛々しかった。

こんなにつらそうなのに、私のことを心配してくれるなんて。

美穂は覆い被さるように娘を抱きしめた。

この子を幸せにしてあげたい。穂乃花を出産してから、いや、妊娠していることを知ってから、それが生きる理由になっていた。がんが再発して、残された時間が少ないことを知ったあとは、自分が逝ったあとも穂乃花が多くの人に愛されながら成長していける環境を作ることに腐心し続けた。

幸い、両親は孫をとても可愛がってくれ、直人も親戚として穂乃花を支え続けてくれると約束してくれた。だから、安心していた。穂乃花はあの家でずっと幸せな人生を送れるはずと。愛する娘の成長を見届けることができないのは心残りだが、それでも強い未練を残すことなく人生の最期を迎えられると思っていた。しかし、その計画は完全に破綻《はたん》してしまった。

あの家の誰かが、穂乃花に危害を加えたから。

穂乃花の足首に青黒く浮き出ている痣を、美穂はそっと撫でる。なぜ、そして誰がこんなひどいことをしたのか、想像もできない。

さっき、少し落ち着いた穂乃花になにがあったのかおそるおそる聞いてはいた。しかし、穂乃花は『分からない　お腹　痛かった』とくり返すだけで、誰に襲われたのか聞き出すことはできなかった。

いや、いま考えるべきなのは、誰が犯人かじゃない。このあと、どうするべきかだ。穂乃花をあの家に戻すわけにはいかない。もう両親も直人も、信用することができない。そして、私の命はもうすぐ尽きる。

私が逝ってしまったあと、誰に穂乃花を託《たく》せばいいというのだろう。誰がこの子を幸せにできるというのだろう。

歯を食いしばって考え込む美穂の視界の隅で、美しい光が瞬いた。美穂ははっと息を呑むと、左手を顔の前に掲げる。左手の薬指に嵌まった指輪のダイヤモンドが、虹を閉じ込めたかのような美しい光を孕んでいた。

そうだ、彼だ。平間大河、穂乃花の父親にして、誰よりも愛する人。彼ならきっと誰よりも穂乃花を愛してくれる。この子を幸せにしてくれる。

穂乃花のことを伝えるのは、彼の将来の障害になってしまうかもしれないと踏み切れなかった。だからこそ、手紙を薔薇の形に折って渡した。いつか、気づいてくれることを祈って。けれど、状況が変わってしまった。

実家が安全な場所でなくなったいま、穂乃花を幸せにしてくれるのは彼だけだ。優しい彼なら、きっと私との間にできたこの子を愛してくれるはずだ。

彼にすぐ連絡を取ろう。この子を彼に託そう。

そう心を決めた瞬間、自動ドアが開く音が鼓膜を揺らした。振り返った美穂は、眉根を寄せる。医院の出入り口に、制服警官と、太った中年女性、そして安物のスーツを着た若い男が立っていた。

なんで警察官が……？　首をひねる美穂を、彼らが見つめてくる。その視線の鋭さに、美穂は身をすくめた。

「この二人ですか？」

男が、美穂を睨みつけたまま言う。「ええ、そうです」という声が響いた。見ると、医師がいつの間にか診察室から出て、冷めた眼差しを向けてきていた。

「どういうことですか？　大きな病院に紹介してくれるはずでしょ」

状況が摑めないまま、美穂が上ずった声を上げる。医師は芝居じみた仕草で両手を広げた。

「虐待が疑われる症例は、警察と児童相談所に連絡する決まりになっているんですよ」

「ぎゃく……たい……？」

なにを言われたのか理解できず、美穂は呆けた声でその言葉をくり返す。

「どう見ても虐待じゃないですか。顔には叩かれた痕があるし、足も内出血だらけだ。腹部にも殴られた痕がある」

「違うんです！　そうじゃないんです！」

必死に訴えると、医師は小馬鹿にするように鼻を鳴らす。

「なにが違うと？　その子は間違いなく何度も殴られている。そんな小さな子供に暴力を振うなんて、ひどい母親だ」

「私はこの子を殴ったりしない！」

怒りで目の前が真っ赤に染まる。その剣幕に圧倒されたのか、医師は顔を引きつらせて一歩後ずさった。彼をかばうように、スーツ姿の男が美穂の前に立ち塞がる。

「申し遅れました。私は久住《くずみ》と申します。刑事をやっています」

久住と名乗った男は、警察手帳を掲げる。

「失礼ですが、なぜお子さんがそんな状態になったのかご説明願えますか」

言葉面《づら》こそ丁寧だが、その態度には有無を言わせぬ迫力があった。

「それは、私にもなにがなんだか……」

口ごもる美穂に、刑事はずいっと顔を近づけてくる。怯えた穂乃花が隠れるように、美穂の背中にしがみついた。

「先生がおっしゃるように、その子は殴られたようにしか見えない。違いますか？」

「……違いません」蚊の鳴くような声で美穂は答える。

「では、あなたが暴力を振るっていないというなら、誰がその子を叩いたのか教えてください」

「分かりません。本当に分からないんです。一人で寝ていたこの子が急に泣き出したから慌てて部屋に行ったら、こんな状態で……」

「そのとき、部屋には誰かいたんですか？」

「……いません」

「では、家にいたのは？」

久住は立て続けに質問を浴びせかけてくる。

「この子と私、そして私の両親と従兄です」

「つまりその中に、あなたの娘さんを叩いた人がいるということですね？」

美穂が答えられずにいると、久住は「ですね？」と念を押してくる。

「分かりません！　私にもなにが起きているか分からないんです！　だから、この子の安全を守るため、実家からここに逃げてきたんです！」

頭につけたウィッグの髪を両手で掻き乱す。

「落ち着いてください。娘さんの安全は私たちが保証しますから」

「本当ですか⁉」

手の動きを止めて久住を見上げると、それまで少し離れた位置に立っていた中年女性が近づいてきて、「ええ、本当ですよ」と頷く。あご周りについた脂肪が揺れた。

「児童相談所の職員です。私たちが責任を持って娘さんを預かります」

「穂乃花を……預かる……？」

口から零れた言葉は、自分が発したとは思えないほどに弱々しく、かすれていた。

「ええ、その子は虐待を受けている可能性が高い。その疑いが晴れるまで、私たちが保護します」

女性はひざまずくと、細かく震えている穂乃花に柔らかく声をかける。

「こんなに震えて怖かったのね。もう大丈夫よ。私たちがあなたを守ってあげるからね」

「違います！　あなたたちが怖くて穂乃花は震えているんです！」

「あら、穂乃花ちゃんっていうのね。いい名前。おばちゃんのこと怖い？　怖くなんかないわよね。ほら、怖いなんて言わないですよ」

美穂を見ることもせず、当てつけるように女性は言う。

「穂乃花は聴覚に障害があるんです。あなたの声は聞こえていません。その子の保護者は私です。勝手なこと言わないで！」

「その保護者から虐待を受けていると思われる状況だから、私たちが呼ばれたんですよ。ああ、穂乃花ちゃんは耳が少し悪いのね。かわいそうに」

冷たく美穂に言い放った女性は、一転して微笑みながら穂乃花を抱きしめた。状況を把握できていない穂乃花は、体をこわばらせて目を閉じる。

「穂乃花に触らないで！」

引きはがそうとした美穂の手首が、強い力で摑まれる。

「落ち着いてください」美穂の手首を摑んだ久住が低い声で言う。「虐待が疑われた際の、決められた措置《そち》です。しっかりと調べて、あなたが暴力を振るっていないと分かれば、またお子さんと生活することができます。ほんの少しの間、我慢すればいいだけですよ」

「……ほんの少しの間？」

美穂はうなだれると、ゆっくりと頭に手を伸ばし、ウィッグを固定している金具を外していく。

「これを見てもそんなこと言えるんですか！」

勢いよく取り外したウィッグの下から現れた髪が全く生えていない頭を見て、久住も児童相談所の職員も、そして医師も絶句する。

「私は末期がん患者なんです。いつ死んでもおかしくない。だから、穂乃花を返して！」

必死に訴えると、動揺の表情を浮かべつつも、女性は首を横に振った。

「だとしたら、なおさらこの子を保護する必要があります。重い病に侵された親が、子供を道連れにしようとすることもあるので」

一瞬、何を言われたのか分からなかった。数秒後、その言葉の意味が脳に浸透してくるにつれ、身を焦がすほどの怒りが腹の底から湧き上がってくる。

「私が無理心中するっていうの⁉ 私はこの子を産むために、がんの治療を遅らせた。私は命をかけてこの子をずっと……」

感情が昂りすぎて舌が回らなくなる。激しいめまいに襲われ、体のバランスが保てなくなる。崩れ落ちそうになった美穂の体を、久住が慌てて支えた。

「……お願い、その子を連れていかないで。……その子のためだけに、私は生きているの」

必死に懇願しながら手を伸ばす。女性の顔に憐憫《れんびん》が色濃く浮かぶ。

「お母さん、あなたの状況には心から同情します」

これまでとは違い、気持ちのこもった口調で女性は言った。美穂が「じゃあ……」と顔を輝かせると、女性は弱々しく首を横に振る。

「けれど、明らかに虐待された痕跡がある以上、私は娘さんを保護する義務があるんです。中し訳ないですが、ご理解ください」

つむじが見えるほどに頭を下げると、女性は穂乃花を抱き上げ、出入り口へと向かう。

「まぁま！　まぁまぁ！」

穂乃花が必死に身をよじって手を伸ばしてきた。

「穂乃花！　お願い、その子を連れていかないで！　お願い！」

涙を流しながら懇願するが、女性は穂乃花を抱き上げたまま、医院から出ていってしまった。

追いかけないと。穂乃花を助けないと。叫ぼうと息を吸った瞬間、美穂は大きく咳《せ》き込んだ。

呼吸をしようとするが、まるで溺《おぼ》れているかのように、喉の辺りでぶくぶくと水泡がはじける音が聞こえてくる。口の中に、生臭い液体が逆流してきた。

再び咳き込むと、空気とともに大量の赤黒い液体が口から迸った。美穂を支えていた久住が、「うわぁ」と情けない悲鳴を上げて後ずさる。支えを失った美穂は、床に四つん這いになると、激しくむせ続けた。咳が出るたびに、赤黒い飛沫《ひまつ》が床を汚していく。

「か、喀血《かっけつ》だ。救急車を！」

医師が慌てふためきながら、事務員に指示をする。

四つん這いで激しく咳き込み続ける美穂の視界に、上方から黒い幕が下りてくる。もはや、自分の体を支えることすらできなかった。美穂は顔から、自分が吐き出した血液に倒れ込んでいく。頬に当たる生温かい感触が不快だった。

もはや何も見えなかった。警官や医師たちの喧騒《けんそう》もほとんど聞こえてこない。

これが、『死』なのかな……？

自動ドアが閉まる寸前に見た、真っ赤に変色した頬を涙で濡らした穂乃花の姿が、漆黒の視界の中に浮かび上がる。

なんでこんなことに……。あの子を幸せにしてあげたかったのに……。

強い未練に体が、魂が縛りつけられるのを感じながら、美穂の意識は暗い闇の底へと落下していった。


森の山道を進んでいく車に揺られながら、美穂は胸元に手を当てる。掌に鼓動が伝わってきた。

なんで、まだ私の心臓は動いているんだろう。もう生きている意味なんてないのに。

窓の外を眺める。青々と茂った樹々の葉の隙間から、柔らかい木漏れ日が差していた。本来なら美しい光景なのだろう。しかし、心は動かなかった。

先週、穂乃花が児童相談所の職員に連れていかれてからというもの、ありとあらゆる感情が消え去っていた。

あの日、喀血した美穂はがんの治療を受けている総合病院に救急搬送された。喀血の原因は、肺にあるがんの転移巣《そう》の血管が破け、そこから出血したというものだった。放射線科医がカテーテルを使ってその血管からの出血を止めてくれたおかげで、なんとか体は一命をとりとめることができた。しかし、心はその活動を止めてしまった。

美穂が緊急入院したことを知って、両親や直人が面会に訪れたが、すべて拒絶した。いかに血が繋がっているからといって、いかに自分のことを心配してくれるからといって、穂乃花に暴力を振るったかもしれない者たちと顔を合わせることなどできなかった。

入院から二日すると、娘を連れ去られ、血を吐いて倒れた美穂に同情したのか、久住が面会に訪れて状況を説明してくれた。美穂の頭にそのときの光景が蘇る。

「いつ、穂乃花と会えるんですか⁉」

顔を合わせるや否や叫んだ美穂に、久住は申し訳なさそうに告げた。

「すみません。まだ会わせるわけにはいかないんですよ。誰が娘さんに暴力を振るったか分からないので」

久住の説明によると、家族の誰かから虐待を受けた可能性が高いので、穂乃花を家に帰すことなく、児童相談所が責任を持って保護をしているということだった。

穂乃花が安全な場所にいることにわずかに安堵すると同時に、愛しい娘にまだ会えないことに深く失望する美穂に、久住は憐《あわ》れみのこもった声で説明を続けた。

「あなたが娘さんを虐待していないことが証明できれば、会うこともできます。ただ、あの子は耳が不自由なので、どうにもコミュニケーションが難しいらしく……。手話の通訳も付けたんですが、あの子自身が何が起きたのか分からずに混乱して、うまく答えられないそうです」

見知らぬ場所に連れていかれ、怯えているであろう穂乃花の姿を想像し、胸が張り裂けそうだった。

「もし、誰が穂乃花にあんなことをしたのか、誰が犯人なのか最後まで分からなかったら、あの子はどうなるんですか」

「……はっきり分かりませんが、あなたのご家族も容疑者である以上、簡単に家に帰すわけにはいかないと思います。今後は施設で生活することになるかもしれません」

「そんな……」

絶句する美穂の脳裏に、一人の男性の姿がよぎる。愛しい男性の姿。

「父親がいます！」

唐突に叫んだ美穂に、久住は「はい？」といぶかしげに聞き返す。

「あの子の父親が東京にいるんです。料理人をしていて、もうすぐこの街でレストランを開業する予定なんです。その人になら、穂乃花を預けられますよね⁉」

希望を見出した美穂だったが、久住の表情は険しいままだった。

「その男性は、戸籍上の父親になっていますか？」

「いえ……、戸籍上の父親はいません。迷惑がかかると思ったから……。子供がいることも、彼は知りません」

「だとすると、難しいかもしれません。その男性は法的には、娘さんの父親ではありませんから」

「で、でも、彼は間違いなく穂乃花の父親なんです。そうだ、遺伝子検査とかしてもらえたら分かります」

必死に訴えるが、久住はゆっくりと首を振るだけだった。

「私は法律の専門家ではありませんけど、それは簡単なことではないと思います。特に、あなたのご両親などがお孫さんの親権を主張した場合、極めて複雑な裁判になる。判決までにかなりの時間がかかるでしょう。けど……」

「けど……、私には時間が残されていない。そんな依頼を受けてくれる弁護士を探す時間も……」

うなだれる美穂に、久住は「残念です」と声をかけて椅子から立ち上がる。

「私の方でも、誰が娘さんに暴力を振るったか調べてみます。ただ、娘さんの記憶が定かでない以上、あなたが犯人ではないとすぐに証明するのは難しいのが現状です。申し訳ありません」

一礼して久住は病室をあとにした。扉が閉まる音が、やけに大きく耳に響いた。

穂乃花が連れ去られてから、美穂の心身の状態は明らかに悪化した。特に心が。胸郭の中身がごっそりと抜き取られたかのような虚無感が常にまとわりつき、ただ苦しみと痛み、そして身の置き所のない哀しみだけを感じ続けた。

もう死んでしまいたい。消え去って、この拷問のような時間から解放されたい。四六時中そんな考えに囚われ、早く楽にして欲しいと主治医に何度も訴えた。穂乃花がいなくなった人生など、意味がないのだから。

美穂の状態を持て余したのか、主治医は予約していたホスピスへの転院を勧めてきた。

「柏木さんのようにつらい想いを抱えてふさぎ込んでいる患者さんが、あのホスピスに行くと、人が変わったかのように明るくなることがあるんですよ。私たちの中では、『癒しのホスピス』として有名なんです」

そんな言葉を信じたわけではなかったが、街中にある病院の狭い病室で朽ちていくよりは、森の中に建つ洋館で過ごす方がいくらかいいと思った。それに、山の中腹に建つあのホスピスなら、思い出すことができるかもしれない。

街を見下ろす展望台で、愛する人からプロポーズを受けた夜のことを。

彼との愛の結晶を、文字通り命を賭《と》して生んだ一人娘を奪われたいま、過去の記憶に縋ることぐらいしかできなかった。それがつらい現実から目を背けているだけだと気づきながら。

転院の手続きは迅速に行われ、美穂はタクシーでホスピス『丘の上病院』へと向かうことになった。

焦点の合わない目で外を眺めながら、穂乃花を失ってからの出来事を思い出していると、運転手が「もうすぐ着きますよ」と声をかけてきた。同時に、左右に覆い被さるように並んでいた樹々が消え、視界が開ける。正面には威風堂々とした洋館が建ち、その手前には花が咲き乱れる庭園が広がっていた。庭園の中心は小山のように盛り上がっていて、その頂上に桜の大樹が生えている。

桜の根元で光が弾けた。目を凝らすと、気持ちよさそうに寝そべっている犬、ゴールデンレトリバーの美しい黄金色の毛が、陽光を淡く反射していた。

エンジン音に気づいたのか、ゴールデンレトリバーは耳をピクリと動かすと、気怠そうに起き上がり、大きなあくびをした。

普段なら微笑ましく感じるのだろう。しかし、心が石のように冷たく固まっている美穂は、表情を動かすこともせずただ目を伏せるだけだった。

丘の上病院に着くと、看護師に案内されてすぐに入院になった。主治医となったのは、長身で愛想のない壮年男性で、この病院の院長だということだった。彼は紹介状の内容に一通り目を通すと、がんの痛みを和らげるために使っている麻薬の種類をいくつか変更した。

その効果は目覚ましいものがあり、がんの骨転移によりずっと腰辺りにわだかまっていた疼《とう》痛《つう》が解けるように消え去った。

夕方、回診にやって来た院長にそのことを告げると、彼はほとんど表情を動かすことなく「それはよかった」と頷いたあと、平板《へいばん》な声で続けた。

「他にお困りのことはありませんか？　体の痛みだけではなく、精神的なつらさなど、なんでも教えてください。それを取り去れるよう、最善を尽くします」

能面を被っているかのように無表情で、言葉に抑揚もないのでどこか近づきがたい雰囲気を醸し出しているが、この院長が優秀で、さらに患者想いのいい医者であることが伝わってきた。だから、思わず穂乃花のことを相談しそうになった。

しかし、舌先まで出かかった言葉を美穂は飲み込んだ。

院長に相談したところで意味はない。虐待をした犯人が見つからない限り、児童相談所は決して穂乃花を返してはくれないだろう。犯人を探すのは医者ではなく、警察の仕事だ。

もう希望を持ちたくはなかった。それが叶《かな》わないと分かったとき、絶望が襲い掛かってくるから。

だから、黙っていよう。この場所で静かに朽ち果てよう。最愛の人と最愛の娘、二人との思い出をただひたすらに反芻しながら。

「特に困っていることはありません」

淡々と美穂は告げる。院長は無言で片眉を上げた。

「少し疲れたので、一人にしていただけるとありがたいです」

院長は「分かりました」と会釈して踵を返した。

「柏木さん」

ドアノブに手をかけたところで、院長は振り返ることもなく声をかけてくる。

「もし明日の朝にでも気が変わっていたら、遠慮なくご相談ください」

「……一晩でなにか変わるって言うんですか？」

かすかに苛立ちながら訊ねると、院長は振り返ってわずかに口角を上げた。

「この病院では、夜に奇跡が起きるんですよ」

出ていく院長を見送ると、美穂は大きく舌を鳴らした。

なにが奇跡だ。そんなものあるわけがない。誰も私を助けてなんかくれない。穂乃花を助け出してなんかくれないんだ。美穂はベッドに仰向《あおむ》けになると、高い天井を眺める。視界がかすみ、電球の明かりがぼやける。

「どうしてこんなことになったの……？」

穂乃花を幸せにしたかった。命が尽きる瞬間まで、愛する娘を見守っていたかった。がんが再発し、もはや根治が不可能だと知ったとき、残された時間を全て娘のために使おうと心に決めた。

完璧だった。たとえ自分がいなくなっても、穂乃花は祖父母に愛され、守られて育っていくはずだった。

……私との思い出を胸に抱きながら。

けれど、必死に作り上げたその美しい未来は崩れ去ってしまった。床に落ちた硝子細工が砕けるかのように。

なぜ、穂乃花がこんな仕打ちを受けなくてはいけないのだろう。誰が、いったいなぜ、穂乃花のあの瑞々《みずみず》しい頬を、陶器のように白く滑らかな足を叩いたというのだろうか。

父か、母か、それとも従兄か……。

さっき追加した鎮痛用の麻薬のせいか、強い眠気が襲ってくる。

美穂は思考を放棄する。底なし沼に沈み込んでいくような感覚をおぼえながら、意識が希釈されてくる。

「……穂乃花」

娘の名前を呼んだ瞬間、閉じた瞼の下から溢れた涙が、頬を伝っていった。

3

なるほどなるほど、そういうことか。

私はゆっくりと目を開けると、視線を上げる。寝台に横たわっている美穂の頬に一筋の涙の跡が走っていた。私がこれまでの出来事を引き出したせいで、つらい記憶を追体験したのだろう。

すまないことをしたね。私は後ろ足で立ち上がると、前足を寝台にかけ、美穂の頬を舐めた。わずかな塩味がする。

さて、どうしたものかな。私は寝台の縁に肉球を引っかけつつ考え込む。

彼女の記憶を見た私はすでに、柏木穂乃花の体に痣を刻んだ『犯人』に目星がついていた。犬の体になって地上に降りてくる前、私は何千年も『道案内』として無数の人間の死に立ち会ってきた。その経験が、私に真実を伝えていた。

ただ問題は、この真実を伝えただけでは柏木美穂を救えないことだ。

彼女を『未練』から解放するのは、真実ではなく、愛する娘を取り戻すことなのだから。

寝台から前足を外し、四つ足に戻った私は、部屋の中をうろうろと回転しながら思考を巡らせる。一つだけ方法はある。ただ、それはかなりの危険性を孕んでいるし、何より気が進まないのだ。

しかしなぁ……。私は寝台に横たわる柏木美穂の、険しい横顔に視線を送る。

彼女は、私の自慢の毛を『美しい』と褒《ほ》めてくれた。その礼としても、しっかりと『未練』から救ってやらなければならないだろう。

まあ、どこかの小汚い黒猫の炭で汚れたような毛と違い、黄金色に輝く私の毛は実際に美しいのだが。

しかたがない。やるか。決心した私は病室から廊下へと出ると、看護師がいないことを確認して駆け出す。なあすすていしょんの前まで走り、階段にたどり着いた私は、そこを駆け上がりはじめる。そう、寝床がある一階ではなく、私の目的地は三階だった。

首尾よく三階までたどり着き、二階よりだいぶ短い廊下を進んでいった私は、途中にある扉の前で足を止める。

……菜穂《なほ》。

この地上に降りてすぐのとき、(上司のせいで)夏毛のまま吹雪《ふぶき》のなかを彷徨い、凍死しかけていた私を救ってくれた、大切な友達。三年前、私は彼女と、『未練』から救い出してやった三人の患者とともに、この洋館に秘められた謎を解き、そしてこの病院を救った。

けれど、彼女は、私の一番の友達はもうここにはいない。

胸の奥が熱くなっていくのをおぼえながら、私は目を閉じる。瞼の裏に菜穂との懐かしい思い出が次々と映し出されていった。

哀愁を感じながら目を開けた私は、大きく息を吐く。

彼女はこの病院が続くことを望んだ。自分が逝ってしまったあとも、多くの患者がこの病院で救われて欲しいと願っていた。だから私はこの病院に残り、親友として彼女の遺志を守り続けている。

そして、それはあの男も同じはずだ。

私は主がいない部屋の前から離れると、隣の扉の前へと移動し、取っ手を両前足の肉球で挟むように摑んだ。

「うおん!」

気合を込めた私は、肉球で取っ手を挟んだまま体を大きく傾ける。円状の取っ手が回転し、がちゃりという音が響いた。

成功だ! 胸の中で歓喜の声を上げた瞬間、扉が勢いよくこちら側に開いてきた。体の均衡《きんこう》を失った私は、そのまま後方へと倒れていく。両前足でなんとか取っ手にしがみついて耐えようとするが、いかに摩擦《まさつ》係数の高い肉球とはいえ、四十きろぐらむ近くある私の体重を支えることはできなかった。

直立したまま傾いていき、ついに私は勢いよく倒れる。後頭部をしこたま床に打ちつけ、目の前に火花が散った。口から「きゃうん」という情けない声が漏れてしまう。

床に伏せた私は、両前足で頭を抱えながら歯を食いしばって痛みに耐える。この場にあの阿呆猫がいなくて幸いだった。こんな姿を見られたら、『やっぱり犬は運動神経が鈍いねえ。見なよ、ネコのこの軽快な身のこなしを』と、目の前で蚤《のみ》のようにぴょんぴょんと飛び跳ねられるに決まっている。

その光景を想像して、怒りで痛みが希釈されていく。私は深呼吸をくり返して気持ちを静めると、開いた扉の隙間から部屋に忍び込んだ。

広い空間の両側に、天井まで届くほどの本棚があり、大量の医学書が詰め込まれていた。窓際には机と椅子、そして一人用の寝台が置かれている。

ここに入るのははじめてだが、ある意味、想像通りの部屋だな。あの男らしい。

私はやけに簡素で、生活感のない空間を奥へと進んでいく。ふと机を見て、私は目を細めた。そこには、写真立てがいくつか並んでいた。そこに飾られている写真全てに、私の大切な親友、菜穂の姿が写っていた。

ひときわ大きな写真立て、そこには看護師姿の菜穂と、白衣を着た男、この部屋の主が並んでいる写真が飾ってあった。

お前も寂しいんだな。

私は寝台の上で小さな寝息を立てる院長に内心で語りかける。おそらく夢を見ているのだろう。閉じた瞼の下で眼球が動いているのが見て取れる。

無口で、ほとんど顔に感情が浮かぶことがないので、なにを考えているかいまいち分からない男だが、一人娘を心から愛し、彼女が逝ってしまったいまも想い続けていることは間違いなかった。だからこそ、彼女の遺志を継いでいまもこの病院で必死に働いているのだ。

院長が終末期の患者の苦痛を取る緩和医として、一流であることは分かっている。そして、機械のようなどこか冷たさをおぼえる態度とは裏腹に、この男は自らの仕事に誇りと強い使命感を持ち、患者の体の苦痛だけでなく、心の苦痛も取り去ろうと腐心している。その姿を、この病院の『ますこっと』として働いてきた三年間で目の当たりにしてきた。

患者の心を救う、それはすなわち『未練』から解放することだ。ときどき、内心まで見透かすような目で見つめてくるこの男が少し苦手なのだが、それでも院長と私はある意味、同志であることは間違いない。

だから、柏木美穂を救うために、この男に協力を仰ぐことにしよう。私だけの力では、彼女を『未練』から解放することはできないから。

私は床に寝そべると、意識を集中させる。さっき柏木美穂にしたように、記憶を探るのではない。高次の精神体としての『私』を、院長の夢へと忍び込ませるのだ。

ゆっくりと院長の意識と、『私』が同期しはじめる。次の瞬間、視界が明るい光に塗りつぶされた。

気づくと、私は庭にいた。私がいつも昼寝場所にしている、病院の外に広がる庭園。

一見すると現実世界のようだが、ここが夢であるのは間違いない。いまは夜のはずなのに、うららかな光が空から降り注いできているし、庭園の中心に鎮座する桜の大樹には、数ヶ月前に散ったはずの花が満開に咲き誇っていた。

色とりどりの花が咲き乱れる花壇の間を通っている道を進み、私は桜のそばまで近づく。

「なにを見ているんだ？」

幹に片手を当て、桜の花を見上げている男に私は声をかける。

「ああ、レオか」

私に気づいた男、この夢の主である院長は、いつも通りの平板な声で言う。

「おや、珍しいな。犬である私が人間の言葉を話しているというのに、全く動揺しないのは」

「これは夢だろう。夢の中なら、犬が話をしてもおかしくはない」

「その通り」

私は大きく頷く。さすがは冷静沈着な院長だ。説明の手間が省けてよい。

「それに、お前が話をしても別に驚きはない。お前が普通の犬でないことぐらい、この三年で察している」

「な、なにを言っているんだ⁉　私は普通の犬だぞ。いや、まあ普通の犬よりも遥かに雄々しくて、美しいが、それでも犬の規格を外れているわけじゃない。私が喋《しゃべ》れるのは、あくまでここが夢だからであって……」

しどろもどろで釈明する。ここには肉体はないはずなのに、動揺が精神に影響を与えているのか、胸辺りで心臓が早鐘のように脈打っていた。犬の皮膚には汗腺がないので、口から冷汗が漏れてぽたぽたと地面に落ちた。

「まあ、そういうことにしておこう」院長はふっと口元を緩めた。

「それで、なにを見ていたんだ?」私は慌てて話題を逸らす。

「桜だ。桜を見ていた。……あの子のことを思い出すから」

「……菜穂」

私がつぶやくと、院長は哀しげに目を細めた。

「この病院を残すことが菜穂の遺志だった。彼女が逝ってからの三年間、お前が必死に患者を救い続けたのは、彼女がそれを望んだからなのか?」

もしそうだとしたら、この男は菜穂との約束に縛られていることになる。最愛の娘を喪った哀しみを紛らわすために、自らを殺して働き続けていることになる。そうやって自分を偽り続ければ、いつか命が尽きるとき『未練』に囚われかねない。なんのための人生だったのだろうと。

「どうかな……」

院長は視線を上げたまま考え込む。私は静かに答えを待った。

もし院長がただ義務として患者を救っているとしたら、彼に協力を頼むわけにはいかない。おそらく、私が気づいた真実を伝えれば、院長は柏木美穂を『未練』から解放することができるだろう。しかしそれは、一線を越える行為でもある。

夢に現れた私から情報を得て、患者を救う。それができるようになれば、この病院の『奇跡』をさらに容易に起こせるようになる。院長は私の協力者として、これまで以上に患者の体だけでなく、心も救えるようになるだろう。

後戻りができないほどに。

この男は、私の大切な親友の父親だ。そんな人物が、将来『未練』に囚われ、『地縛霊』として現世を彷徨うことは絶対に避けなければならない。

答え次第では、彼の協力は諦めよう。この夢の記憶を消し、そして彼がいつでもこの病院をたたみ、新たな道を見つけられるように導いてやろう。

「たしかに、最初は義務感でこの病院を続けていたのかもしれない。そもそも、私が外科医をやめてこのホスピスをはじめたのは、菜穂を看取《みと》るため、そして看護師として働きたいというあの子の夢を叶えるためだった」

独白するようにつぶやき続ける院長の言葉に、私は黙って耳を傾ける。

「ただ、あの子がいなくなってからもこの病院を続けていくうちに気づいた。外科医として総合病院で働いていたときに看取った患者と、ここの患者とでは、最期のときの表情が全く違うことに。この病院の患者たちの多くは、とても穏やかな顔で息を引き取った」

「それはお前が緩和医として、巧みに麻薬などの鎮痛剤を使い、苦痛を取っているからだろう」

「たしかにそれもあるな」院長はかすかに頷いた。「ただ、いかに体の痛みを取ったとしても、ああも穏やかに逝けるとは限らない。終末期の患者は、体の苦痛だけでなく、それに勝るとも劣らない心の苦痛をおぼえるものだ。自分の命が尽きてしまうという現実を前に、心が悲鳴を上げるんだ。まだ消えるわけにはいかない、まだやるべきこと、やりたいことが残っているとな。それはいかに麻薬を使用しても、そう簡単に取れるようなものではない。しかし、この病院に入院した患者はなぜか、心の痛みまで癒されることがとても多い」

そこで言葉を切った院長は、思わせぶりな視線を私に向けてくる。

「そういう患者たちは、口を揃えて言うんだ。『夢の中に金色の犬が出てきた』『その犬に救われた』とな」

私は慌てて目を逸らしながら、胸の中で悪態をつく。

あの患者たち、余計なことを。夢で犬に救われたなどと言ったら、幻覚でも見たかと疑われるから黙っておけと念を押しておいたのに。

「ドッグセラピーはとても効果があるな」院長は忍び笑いを漏らした。

「ま、まあ、私のように雄々しくも可愛らしい犬と触れ合うことができれば、癒されるのも当たり前だな。夢にまで見るほどに私が魅力的だということだ」

早口でまくし立てると、院長はふっと表情を緩め、再び満開の桜を見上げた。

「なんにしろ、ここで残された時間を過ごした患者たちの多くは、穏やかに最期のときを迎える。そして彼らは混濁した意識の中、決まってこう言うんだ。『この病院で過ごせて幸せだった』と。その言葉を聞くとき、いつしか私も幸せを感じていることに気づいた」

普段はほとんど表情が浮かばない院長の顔に、笑みが浮かぶ。心から幸せそうで、それでいてほんの少しだけ哀しそうな笑みが。

「ここで緩和医を続けることは、菜穂から与えられた義務だと思っていた。しかし、いつの間にかそれは私の生きがいになっていたんだ。あの子は最期に、私に最高のプレゼントを遺していってくれたんだ」

私もだよ。私は心の中で小さくつぶやく。菜穂は私にも贈り物を遺してくれた。残酷で卑《ひ》怯《きよう》な唾《だ》棄《き》すべき存在であると同時に、高潔で慈愛に満ちた一面もある人間という不思議な生物の魅力を、どこまでも優しい彼女は教えてくれた。だからこそ、私はいまこうして自らの仕事に誇りを持って取り組むことができているのだ。

私とこの男は同類だったんだな。

ゆっくりと院長の隣に移動した私は、彼に倣《なら》って桜を見上げる。

「私はよくこの夢を見る。ここで咲き乱れる桜を見上げていると、声が聞こえてくる気がするんだ。菜穂の声が」

院長の目がかすかに潤んだ。

「しょせんは、私の願望が生み出した幻聴でしかないだろうがな」

「そうとは限らないぞ」

私がつぶやくと、院長は歯を食いしばったあと、震え声を絞り出した。

「そうか……、そうとは限らないのか。あの子が本当に私に語りかけてくれているかもしれないのか」

肉体が滅びたあと、人はどうなるのか。まだ生きているこの男に、その詳細を伝えることはできない。ただ、これくらいなら問題ないだろう。

「私はこれからもずっと、この病院で患者を救い続ける。そして命が尽きたとき菜穂に伝えるつもりだ。『お前のおかげで私は幸せに生きた』と」

「ああ、きっとお前ならできるさ」

院長と並んで桜の花を眺め続ける。さらさらと時間だけが流れていった。

私はゆっくりと口を開いた。

「院長、ちょっと頼みたいことがある。新しく入院してきた柏木美穂を救うため、協力してくれないか」

院長は珍しく、おどけるような口調で答えた。

「ドッグセラピーの手伝いか。悪くないな」

4

柏木美穂が入院してきてから三日が経った昼下がり、私はこすもすが咲いている庭園の小道を進んでいた。隣には院長が、いつも通りの無表情で歩いている。

「ああ、あそこだな」

院長が私に話しかけるように言う。完全に私をたんなる犬ではなく、特別な存在だと認識している。本当にこれでよかったのだろうかと不安がよぎるが、夢の中であれだけ詳細に柏木美穂に起きたことの『真相』を語ってしまったのだ。いまさら後悔しても仕方がない。とりあえず、気にしないことにしよう。

そう決めた私は、前方に視線を向ける。桜の大樹の下に、車椅子に乗った美穂が看護師とともに佇んでいた。若い看護師がしきりになにかを話しかけているが、美穂は無反応だった。力なくうなだれ、虚ろな目で地面を見つめている姿はまるで木偶《でく》人形のようで痛々しい。

「あ、院長先生」

こちらに気づいた看護師は声を上げると、不思議そうに私を見下ろす。

「珍しいですね。レオが院長先生についてくるなんて」

これまで、油断したら私の正体が気づかれるような気がして、院長を避け続けてきた。接触するのは基本的に、街に下りた院長が土産にお菓子を持ってくるときだけと決め、警戒してきた。しかし、もはや私が特別な存在だと明かしたいま、そんなことをする意味はない。これからはときどき、夢の中に侵入して、患者の『未練』を解く手伝いをさせるとともに、街に下りたときにどんなお土産を買ってきて欲しいか指示することにしよう。

「柏木さんと、二人と一匹で話したいことがある。少し外してもらってもいいかな」

院長の言葉を聞いた看護師は、「はぁ、二人と一匹で」と首をひねった。

余計なことを言うんじゃない。変に思われるだろ。私は心の中で悪態をつく。

「分かりました。それじゃあ、ナースステーションに戻っていますので、なにかあったら呼んでください。じゃあね、レオ。今日のおやつはシュークリームだから楽しみにしていてね」

「わん！」『しゅうくりいむ！』

思わず、鳴き声と言霊で歓喜の声を上げてしまう。再び、看護師の瞳が疑わしげに細められた。

「なんかレオって、人間の言葉を完全に理解しているよね。前から思っていたけど、頭よすぎじゃない？」

慌てた私は「わんわん」と吠えながら、自分の尻尾を追ってその場でぐるぐると回転しはじめた。

「……そうでもないか」

どこか白けた声でつぶやいた看護師は、「失礼します」と院長に一礼して離れていった。彼女が十分に離れるのを確認して、私は回転運動を止める。振り回された三半規管《さんはんきかん》が混乱して、世界が回転する。平衡感覚を失った私は、ふらふらと芝生の上に倒れた。

ぐるぐると回る世界で、院長が冷めた視線を注いでくる。

「ご体調はいかがですか？」

院長は美穂に語りかける。しかし、やはり彼女が反応することはなかった。その体からは、むせ返るほどに濃厚な『腐臭』が漂ってくる。

最愛の存在を奪われたことで、完全に心を閉ざしてしまったのだろう。現実と自分の間に、厚い殻を作り、その中に閉じこもってしまったのだろう。その殻を破る方法は一つしかない。

ようやくめまいの治まった私は、院長に目配せをする。彼はほんのわずかに頷いた。

「娘さんのこと、聞きました」

ぼそりと院長がつぶやいた瞬間、それまで無反応だった美穂の体が大きく震えた。ぎこちなく首を回した美穂は、大きく目を見開いて院長を見つめる。痩せて眼窩が落ちくぼんでいるため、眼球が飛び出したかのようにさえ見えた。

「虐待の疑いで、娘さんは児童相談所に保護されたんですよね。そして、あなたが暴力を振っていないと証明されない限り、娘さんに会うことはできない」

そこで言葉を切った院長は、一拍おいてから静かに訊ねる。

「娘さんに会いたいですか？」

「会いたいです！　お願いです。あの子に会わせてください！」

美穂は院長に向かって手を伸ばし、白衣の裾を摑んだ。

「分かりました。では、なぜ娘さんの身にあんなことが起きたのか、よく考えてみましょう。誰なら、娘さんを叩けたのか」

「誰なんですか！　誰があの子を叩いたの！」

鬼気迫る様子で叫ぶ美穂の肩に、院長は柔らかく手を置く。

「落ち着いてください。事件が起きたときのことを一つ一つ、慎重に見直していかなければ、真相を明らかにすることはできません。まずは深呼吸をしましょう」

院長の抑揚のない声には、患者の興奮を抑える効果がある。美穂もいくらか理性を取り戻したのか、言われた通りに深呼吸をした。

「では、はじめましょうか」

院長はそばにあった木製の長椅子に腰掛ける。私もそのそばに移動し、車椅子の美穂と向かい合うような形になる。

「事件が起きた二回とも、あなたは娘さんの泣き声を聞いてすぐに寝室に移動した。そうですね」

「はい、そうです」

おずおずと美穂は答える。さっきまで表情が消えていたその顔には、わずかに感情が戻りはじめていた。緊張と期待が、複雑に顔の筋肉を動かしている。

「あなたの家はセキュリティに守られていて、侵入された痕跡もなかった。以上のことにより、侵入者が娘さんを襲ったという可能性はほとんどない。ここまではよろしいですか？」

「……それはいいんですが、どうして先生は事件の状況をそんなに詳しくご存知なんですか？」

当然の疑問に、私はどきりとする。しかし、院長はまったく動揺を見せることなく答えた。

「関係者から詳細な話を聞きましたので」

警察関係者とは断言していないので、それは嘘ではない。病院関係者である私から、夢の中で詳細な話を聞いたのだ。この院長、なかなか食えないところがあるな。私が感心していると、院長は言葉を続ける。

「外部の者による犯行でないとすると当然、家にいた方々が疑われることになる。あなたのご両親、従兄の男性、そしてあなた自身です」

「はい……。ですから、穂乃花は児童相談所に保護されました。誰が穂乃花にあんなことをしたのか、それが分からない限り、私は娘に会えません。そして私が逝ったあと、施設で育つことになってしまうんです。そんなこと許せません！」

息を乱しながら、美穂は声を荒らげる。

「そもそも、本当に『犯人』はいるのでしょうか？」

問いかけるように院長が言うと、美穂は「……え」とまばたきをする。

「二回目のとき、あなたは娘さんの泣き声を聞いてすぐに部屋に行った。そうすると、頰に殴られたような赤い痕があり、そして足は青痣だらけになっていた。そうですね」

「……はい、そうです」

その光景を思い出したのか、美穂の眉間にしわが寄った。

「おかしいと思いませんか？」

「おかしいって、なにがでしょうか？」

美穂の眉間のしわが深くなる。

「両頰を殴り、足を何度も叩いたとしたらかなりの時間がかかるはずだ。最初に暴行を加えられた時点で、娘さんは大声で泣き出すでしょう」

美穂の口から「あ……」という声が漏れる。

「ええ、虐待された娘さんの泣き声を聞いてすぐにあなたが駆けつけたなら、それほど娘さんに怪我を負わせられるはずがないんですよ」

「で、でも実際に……」

「そう、実際に娘さんの頬や足には痣があった。そこから考えられることは一つです」

院長は噛んで含めるように、ゆっくりと説明をする。

「痣ができたとき、娘さんは痛みを感じなかったんですよ」

「そんな！　あんなにひどい怪我をするほど叩かれたのに、痛くないわけないじゃないですか」

「そこです」

院長が頷く。美穂は「そこ？」と戸惑い顔になった。

「娘さんが怪我をしていた。誰かに叩かれた。その大前提が間違っていたらどうですか？」

「どうですか、と言われましても……。だって、あの子は明らかに誰かに暴力を……」

美穂は視線を彷徨わせる。

「なぜ最初に、娘さんが暴力を受けたと思ったのか。それは、頬が真っ赤に変色していたからだ。そうですよね」

「そ、そうです」

「事件が起きる一、二週間前、娘さんは少し風邪気味だったんじゃないですか？」

「なんでそれを!?　そうです！　その通りです！」

私が記憶を見て、それを院長に伝えたからだよ。目を剝く美穂に、私は内心で語りかける。

「だとしたら、娘さんの頰を真っ赤にした『犯人』は明らかです」

もったいつけるように一拍おくと、院長は『犯人』の名を告げた。

「ヒトパルボウイルスB19ですよ」

「ウイルス……？」

呆然とつぶやく美穂に、院長はあごを引いた。

「ヒトパルボウイルスB19に感染すると、まずは咳や鼻水、咽頭痛《いんとう》などの感冒症状、つまりは風邪の症状が生じ、その一、二週間後に、両頰が真っ赤に変色します。伝染性紅斑《こうはん》、俗にリンゴ病と呼ばれる疾患ですね」

「リンゴ病……」

美穂の半開きの口から、弱々しい言葉が漏れる。

「そうです。リンゴ病によって生じる頰の紅斑は、境目がはっきりとしていることにより、平手で叩かれた痕のようにも見えます。そのため、素人《しろうと》や知識のない医師が虐待と間違って通報することも珍しくありません。娘さんを診察した医師が経験不足だったため、そのような誤解が生じたんでしょう」

淡々と院長が説明すると、美穂が車椅子から落ちそうなほどに前のめりになる。

「で、でも、児童相談所の職員も虐待だって思って、穂乃花を連れていったんですよ」

「いかに医師からの通報があったとしても、頰の紅斑だけだったら、児童相談所の職員はリンゴ病だと気づいたでしょう。けれど、娘さんには他にも虐待の兆候があったので、その可能性が見逃されてしまった」

「そうです！」美穂の声が上ずる。「穂乃花は頬が赤くなっただけじゃありません。両足に内出血の痕がいっぱいあって、それにお腹も痛いって泣いて……」

「アレルギー性紫斑《しはん》病」

遮るように、院長がその言葉を告げる。美穂は動きを止めると、「なんですか、それ？」とかすれ声で訊ねた。

「主に小児に起きる血管炎の一種です。アレルギー反応によって毛細血管が破れ、下肢を中心に内出血が起き、紫色の痣、紫斑が生じる。また、患児の半数ほどが強い腹痛を訴えます」

「内出血……、腹痛……。じゃあ、穂乃花の体にあった痣は」

「ええ、殴られた痕ではなく、疾患による紫斑だったのでしょう。アレルギー性紫斑病では、下肢だけでなく、腕や体幹に紫斑が生じることもある。娘さんの腹部に生じた痣もそれだと思われます。ただ、腹痛と腹部の紫斑が同時に生じたため、腹を誰かに殴られたかのように見えてしまった」

混乱で思考が回っていないのか、美穂はしきりにまばたきをくり返すだけだった。

「アレルギー性紫斑病は様々な原因で起きますが、多いのはウイルス感染です。そして、その原因となるウイルスの一つが、ヒトパルボウイルスB19です。娘さんはヒトパルボウイルスB19に感染した結果、リンゴ病とアレルギー性紫斑病を併発《へいはつ》し、両頬の発赤《ほっせき》、下肢や腹部の紫斑、そして強い腹痛が同時に発症した。その結果、まるでひどい虐待を受けたかのように見えてしまった。それが事件の真相です」

「じゃ、じゃあ、穂乃花は病気にかかっているんですか⁉」

美穂の声が裏返る。

「穂乃花は治るんですか⁉　早く病院に連れていってあげないと」

せわしなく左右を見回す美穂に、院長が柔らかく「大丈夫ですよ」と声をかける。

「リンゴ病は自然経過で治りますし、アレルギー性紫斑病も重大な合併症を起こさなければ、安静にしているだけで改善する疾患です。軽い腎炎《じんえん》を起こすことが多いですが、それもほとんどの場合、特別な治療をせずに回復します。それに、もう手配しています」

「手配？　なんの手配ですか？」

「念のため、腎炎が悪化しないか見ていく必要があります。病院で経過観察できたら、一番安心ですね」

院長はほとんど表情を動かすことなくうぃんくをする。

気味が悪いことをするんじゃない。私がため息をついたとき、遠くから車の駆動音が響いてきた。たくしいが山道をのぼって近づいてくる。

「昨日、街に行って、いまあなたに説明したことを児童相談所に伝え、娘さんを総合病院に連れていって診察を受けさせるようにお願いしました。疾患の可能性があるということで、児童相談所が素早く動いてくれた結果、娘さんは間違いなく伝染性紅斑とアレルギー性紫斑病を合併していると小児科専門医が診断を下し、虐待の疑いは晴れました」

「あ、ああ……」

たくしいが近づいてくるにつれ、美穂の口から言葉にならない声が漏れ出す。

「一晩入院して検査を受けたところ、重症ではなく自宅療養が可能ということで、あなたのご両親に連絡を取って相談し、許可を取りました」

院長が話しているうちに、たくしいが庭園の外に停車した。

「娘さんにこの病院に入院してもらい、あなたと同室でゆっくりと過ごしてもらおうと」

たくしいの後部扉が開いた瞬間、小さな人影が飛び出した。

「まぁま！」

車から降りた少女が一目散にこちらに駆けてくる。

「穂乃花！　穂乃花！」

叫びながら虚空《こくう》に向かって手を伸ばした美穂が、体勢を崩して車椅子から落ち、芝生の上に倒れ込む。そんな彼女に、走って来た柏木穂乃花が飛びついた。

母娘は会えなかった時間を取り戻すかのように、お互いの体に両手を回して抱き合う。娘の肩口に顔をうずめた美穂の嗚咽が、涙とともに穂乃花の服の生地に吸い込まれていく。

「まぁま。まぁま」

舌ったらずな声を穂乃花が上げると、美穂は体を離して、涙で潤んだ目で娘を見つめた。穂乃花が手話で何かを伝える。美穂の顔が哀しげに歪んだ。

「ごめんね、穂乃花。私も穂乃花と別れたくなんかなかったの」

手を複雑に動かしながら、美穂が言う。どうやら、どうして離ればなれにならなければならなかったのか訊ねられたようだ。しかし、なかなかその状況を六歳の子供に、しかも手話だけで説明するのは難しいだろう。

仕方ない。ここは少し助太刀《すけだち》するか。

私は言霊で穂乃花に語りかける。

『そう母親を責めるな』

穂乃花は背筋を伸ばすと、きょろきょろと辺りを見回す。高貴な霊的存在である私が放つ言霊は、人間の言葉などとは違い、意思が直接相手の魂に伝わる。耳が不自由であるこの子供にも、これ以上なく明確に私の意図を伝えることができた。

『柏木美穂はお前を心から愛していて、またお前と会い、守るために必死になっていたんだからな。彼女にとってお前は、なによりも大切な存在なんだ。そして、残された時間全てをお前と一緒に過ごそうとしている。だから、赦《ゆる》してやれ。分かったな？』

再び言霊で伝えると、穂乃花は素直に「ん」と頷いた。

「穂乃花、どうしたの？」

不安げに美穂が訊ねると、穂乃花がにっこりと微笑んで手を動かす。

「天使の声が聞こえた？」

まばたきをする美穂に、穂乃花は再び抱き着いた。そのとき、穂乃花とともにたくしいに乗って来た柏木雄大と聡子が、ゆっくりと近づいてくる。二人に気づいた美穂は、痛みに耐えるように唇をへの字に歪めた。

「ごめんなさい、ひどいことを言って。……お父さんとお母さんが、穂乃花を叩いたりするはずはないのに」

目を真っ赤に充血させた雄大は、「気にするな」と声を絞り出すと、娘と孫を包み込むように抱きしめた。

「こうしてまた家族が一緒になれたんだ。それだけでいいじゃないか」

嗚咽交じりに雄大が言う。聡子も夫と同じように、美穂と穂乃花を抱きしめた。

「行こう」院長は白衣の裾をはためかして身を翻すと、庭園を離れていった。

患者の様子を見ていなくていいのかい？　私は院長と並んで歩きながら、からかうように「わん！」と吠えた。

「家族水入らずの時間を邪魔するほど無粋《ぶすい》じゃない」

まるで私の意図を完全に読んだかのように院長が答える。

たしかにその通りだな。私は院長とともに庭園の小道を進みながら、首だけ回して振り返った。

『家族』に戻った四人が泣きながら、しかし幸せそうに身を寄せ合っていた。

看護師がくれたおやつのくっきいを食べ終えた私は、あくびをしながら病院の正面玄関を出て、庭園へと向かう。今日もいい天気だ。昼寝がはかどりそうだ。

お気に入りの場所である桜の樹の下へと向かうと、そこには小さな先客がいた。絵本を胸に抱いた柏木穂乃花が、顔を伏せて体育座りをしている。絵本には『マッチ売りの少女』と記されていた。

うーん、せっかく昼寝を楽しもうと思っていたが、ここは『あふたあさあびす』というやつをやらなくてはいけない状況かな。

穂乃花の母親、柏木美穂は二時間ほど前に命を落としていた。

三週間前、（私のおかげで）院長が虐待事件の真相をあばき、娘とともにこの病院で過ごせるようになったことで、美穂の体調は明らかに改善した。

残された時間を一秒も無駄にしないよう、院長から外出許可を得て穂乃花を思い出の場所に連れていっていた。

平間大河とともに通った高校、穂乃花と大河が初めて顔を合わせた公園、大河とよく並んで話をした河川敷、そして、大河からぷろぽおずを受けたあの展望台。

それまで、ほとんど動物に触れたことがなかった穂乃花にいたく気に入られた私は、そのたびに、外出についていくはめになった。正直、面倒だったのだが、この病院の『ますこっと』としての仕事でもあるし、ご褒美《ほうび》として看護師がくれるおやつの質も上がるので、我慢して付き合ってやっていた。

眼下に広がる街の夜景を夢中で見つめている穂乃花に、美穂は幸せそうに微笑みながら語りかけた。

「ここはね、ママの思い出の場所なの。ママがあなたのパパからプロポーズされた特別な場所。あなたもつらいことがあったら、ここで夜景を見て。そうしたら、きっと嫌なことも全部忘れられるから」

聴覚に障害がある穂乃花に、それが聞こえないことは分かっていたはずだ。大河に娘のことが伝わるか否かを運命に委ねている美穂は、それでいいと思ったのだろう。ただ、娘に想いを込めて語りかけたかったのだ。

私はそのとき、ちょっとだけ気を利かせてみた。穂乃花に言霊で『ここはお前の母親にとって特別な場所だ。大人になったときつらいことがあったら、ここで夜景を見るといい』とだけ伝えた。穂乃花は一瞬だけ不思議そうに視線を彷徨わせたが、すぐに小さく頷いた。母親の想いが十分に伝わらないと可哀そうだと思い、何度か言霊で通訳を買って出ていた。その結果、穂乃花は私からの言霊を『天使の声』として受け入れて、あまり不思議がらなくなっていた。

活動的になった美穂は、穂乃花に精いっぱいの思い出を作り続けた。しかし、それも長くは続かなかった。穂乃花を展望台へ連れていった夜、美穂の容態が急変した。

おそらく、最も大切な場所を最愛の娘とともに訪れることができたことで、彼女は満足したのだろう。娘への想いを綴《つづ》った折り紙も、その前日の夜には全て完成していた。

三日間意識が混濁し、寝たり起きたりをくり返しながらも、美穂はできる限り娘に話しかけ、そしてその小さな頭を撫で続けた。

そして今日の昼過ぎ、彼女はその命を燃やし尽くした。両親と、そして最愛の娘に見守られながら。

娘を遺して逝くことが悔しくないわけではなかっただろう。しかし、できることを全てやりきった彼女の最期は穏やかで、『腐臭』は完全に消え去り、薔薇の花のような香りに包まれていた。

いまは、雄大と聡子が院長と話をしている。間もなく葬儀社の社員がやって来て、柏木美穂の遺体は実家へと搬送されていく予定だ。

穂乃花はその小さな体には収まりきらない哀しみに苛まれ、美穂とともによく日暮れまで佇んでいたこの桜の下にやって来たのだろう。

『大丈夫か？』

言霊で話しかけながら、穂乃花に近づいていくと、私は彼女と意識を同調させる。

穂乃花は驚いたように顔を上げ、私を見つめた。

『あなたが喋っているの？』

私と同期しているため、彼女の思考も私に直接伝わってくる。こうすれば、言葉が十分に話せない子供とも、それどころか動物とも意思疎通をすることができる。

『ああ、その犬は関係ない。とても美しく、雄々しい犬だが、お前と話している私とは一切、なんの関係もないんだ』

一応、私が特別な存在だということは可能な限り隠しておきたい。私は早口で釈明すると、穂乃花に尻を向けて桜の根元に寝そべる。

『じゃあ、あなたは誰なの？』

『私はお前たちが、しにが……いや、天使と呼ぶ存在だ』

『やっぱり天使なんだ！』

『ああ、そうだ。お前たちの目では見ることはできない。だが、私たちは実際に存在する。人間の魂と同じようにな』

『魂？』

穂乃花の不思議そうな思いが伝わってくる。私は振り返って穂乃花を見ると、言霊を飛ばした。

『魂とは生物の本質だ。それは、たとえ体が朽ちても残り続ける。いま、空からお前を見守っている「彼女」のようにな』

穂乃花は目を見開いて空を見上げる。私もそれに倣うと、犬の目ではなく、霊的存在としての目を凝らす。桜の樹の少し上あたりに、淡く輝く拳大の光がふわふわと浮かんでいた。

人間である穂乃花の目には、その光は見えないはずだ。しかし、彼女の視線はまっすぐに、その光に注がれていた。

人間の絆《きずな》というのは興味深い。ときにこのような、不思議な現象を引き起こすことがある。

さて、ここまでしたのだ。最後まで、あふたあさあびすとやらをするとしよう。

『おじいちゃんとおばあちゃんと仲良くね。そして、私と同じくらいあなたを愛してくれる人が、もうすぐ会いに来てくれるかもしれない。だから、その人を待ってあげて。あなたもその人を愛してあげて』

肉体から出たばかりの魂に、言霊を発する能力はない。ただ、彼女の意思は伝わってくる。

だから、少しばかり通訳を買って出てやろう。

『ママ！　おいていかないで！　ずっと一緒にいて！』

穂乃花のつぶらな瞳から涙が流れ出る。

『大丈夫、私はずっと穂乃花のことを見守っている。そして、いつかまた会えるから』

『本当？　本当にまた会えるの⁉』

潤んだ目で穂乃花は母親の魂を見つめ続ける。

『ああ、本当だ』

私は言霊で穂乃花に伝える。

『お前はいつか母親に会える。天使である私が保証する。だから、いまはお別れを言うんだ。そして、幸せな人生を送れ。それが、柏木美穂のなによりの願いなんだからな』

穂乃花は少しだけあごを引いた。

『ママ、バイバイ。大好きだよ』

次の瞬間、美穂の魂の横に二回りほど大きな光球が出現した。

『もういいかしら。お別れは終わったかな？』

最近、この地域の担当になった同僚の『道案内』が言霊で訊ねてくる。私は『ああ』と答える。

『しかし、なかなか粋《いき》なことをするじゃないか。家族との別れの時間を取ってくれるとは。前任のあいつとは大違いだ』

この同僚が担当になってから、だいぶ仕事がやりやすくなった。

『あいつと一緒にしないでくれる』

同僚は苛立たしげに瞬いた。

『悪かった。それじゃあ、彼女を頼んだぞ』

私が前足を軽く挙げると、同僚は『オッケー！』と軽快に言霊を飛ばし、美穂の魂を促すようにして上昇していく。

二つの光球が天にのぼり、そして消えていくのを、私は穂乃花とともにずっと見つめ続けた。


いつものように庭園で昼寝をしていた私は、日が落ちてきたのであくびをしながら病院へと向かう。そろそろ夕飯の時間が近いので、遊戯室で待機をしておかなくては。

柏木美穂が命を落としてから、すでに四週間ほどが経過していた。この間、『未練』に縛られた患者が入院してくることはなかったので、最近私は暇を持て余していた。

まあ、病院と警察は暇がいいとも言う。ゆっくり過ごすのも悪くない。

そんなことを考えながら病院に近づいた私は、玄関先に積まれている地方紙の夕刊の束に気づいた。こんな山の中腹までご苦労なことだが、入院している患者の中には新聞を読みたがる者も少なくない。これだけまとめての注文なら、採算が取れなくもないのだろう。

なにか面白い記事でもないかな。私は一束取り出すと、それを広げて読みはじめる。前足をうまく使い、肉球の摩擦でめくって内容に目を通していく。

そのとき、玄関からぬっと人影が現れた。びくりと体を震わす私と、病院から出てきた院長の目が合う。数秒の沈黙。

新聞をめくりかけたところで固まっている私に、「他の者には見つからないようにな」と言い残すと、院長は庭園へと向かっていった。生前、菜穂が大切に花を育てていた庭園の管理は、いまは院長の仕事となっている。最初の頃はよく植物を枯らしていた院長だったが、三年経って腕が上がったのか、最近の庭園には常に美しい花が咲き誇っていた。

菜穂の生前の恋人だった名城《なしろ》という医者も、彼女の死から三年経ったいまも、週に一回はこの病院に勤務に来ては、懐かしそうに庭園の花を眺めている。

なんとなく気まずい思いをしながら、再び新聞をめくりはじめた私の目に、一つの記事が飛び込んできた。それは、火事の記事だった。この街にある家が全焼したらしい。

またか……。最近、この街では不審火が相次いでいた。公園や学校などが燃やされていたはずだ。

物騒だな。そんなことを思いながら文字を目で追っていった私は、次の瞬間、後頭部を殴られたかのような衝撃をおぼえる。

『……この家に住む柏木雄大さん（56）と妻の聡子さん（52）が煙を吸って病院へ運ばれ、治療を受けている。また孫の穂乃花ちゃん（6）の行方が分かっておらず……』

柏木家が全焼し、穂乃花が消えた⁉ 硬直した私はあることに気づき、大きく息を呑む。これまでに不審火が起こった場所、それらはもしかしたら全て柏木家に関係している場所ではないだろうか。

穂乃花がはじめて父親と会った公園、美穂と大河が通っていた高校、二人が語り合った河川敷……。

柏木家に、穂乃花の身になにかが起こっている。私は身を翻すと、長く垂れた耳をはためかせながら走っていく。

美穂の『地縛霊化』を止めた時点で、私の仕事は終わっているのかもしれない。しかし、彼女は娘が幸せになると信じたからこそ、『未練』を全く残さずに逝くことができた。残された穂乃花の身になにが起きているのか、それを調べるのは『あふたあさあびす』として当然のことだ。

山道を駆け下りはじめる。「夕飯までには帰ってくるんだぞ」という院長の声が、後ろから追いかけてきた。

……これはひどい。

美穂の記憶の中で見た道を頼りに、柏木家にたどり着いた私は絶句する。消火からかなり時間が経っているというのに、辺りは涙が出るほどに焦げ臭かった。もはや影も形もなくなっている柏木家の周りには規制線が張られ、警察官や消防関係者らしき者たちがたむろしている。

いったいなにが起きているというのだろう。

混乱しつつ進んでいくと、闇を切り取ったかのように黒い猫が男と並んで前方に立っていた。猫が振り返り、目を見開く。

『阿呆猫⁉』

『馬鹿犬⁉』

私と、彼の言霊が重なる。

彼の名はクロ。この世界に私に続いて降り立った『元道案内』で、私の同僚だった。

『なんでお前がここに？』

『にゃんで君がここに？』

私とクロの言霊が再び重なった。

なにが起きているか分からないまま、私たちは目をしばたたかせながら見つめ合うのだった。

第三章　死神たちのダンス

1　クロ

僕は目の前で間抜け面を晒しているゴールデンレトリバーと見つめ合う。彼こそがこの現世に派遣された最初の『道案内』、つまりは僕が地上に落とされた元凶だ。

しかも、極めて優秀な『道案内』だった僕がネコにされたのは、いまはレオと名乗っているこの馬鹿犬の推薦によるものだったりする。

つまり、こいつが全部悪い！

久しぶりに馬鹿犬に会ったせいで、忘れていた苛立ちが湧き上がり、尻尾が激しく左右に揺れ出す。

『なんだ気持ち悪い。尻尾を振ったりして。そんなに私に会えたのが嬉しいのか』

レオは呆れた調子で言霊を飛ばしてくる。

『ネコが激しく尻尾を振るのは、怒りのサインだって何度も言っているだろ。人間にシュークリームをもらいすぎて、頭の中身まで生クリームになったのか』

『……そんな、握り拳ぐらいの頭しかない猫なんかに揶揄される筋合いはない。犬は猫なんかと違い、極めて知的な生物だ。忘れていたのは、単に興味がないからだ』

『相変わらず無知だね。ネコの知能は犬っころに勝るとも劣らないと最新の研究で分かっているのさ。ただね、君たちみたいにすぐに人間に尻尾を振って媚びを売る犬と違って、ネコはプライドが高いから……』

僕たちが言霊で言い争っていると、「穂乃花！」という叫び声とともに、そばにいた大河が、燃えて見る影もなくなっている柏木家に向けて走り出す。

ああ、そんなに焦るな。いま行ってもトラブルに……。

全力で駆けていった大河は案の定、規制線に近づいたところで見張りの警官に止められる。それでも叫びながら暴れる大河に、多くの警官が集まって騒然としてきた。

ほら、トラブルになった……。

大きくため息をついた僕は、向かい合っているレオに視線を向ける。

『いまは言い争っている場合じゃなさそうだね。なんでか分からないけど、君も柏木家を確認しに来たんだろ』

『その様子だと、お前もらしいな』

『そうだよ。この柏木家がかかわる「仕事」をして、いまあそこで暴れて騒ぎを起こしている馬鹿を、さっき「未練」から救ったんだ。で、アフターサービスとしてついてきたらこの有様さ』

『あの男、平間大河だな。柏木美穂の想い人で、その娘である柏木穂乃花の父親だ』

レオの言霊を聞いた僕は、すっと目を細める。

『いろいろ情報を持っているみたいだね。ここは一時休戦にして、情報交換といかないかい。一仕事終えたのはいいんだけど、この火事は予想外のことでね。いろいろとインフォメーションが欲しいのさ』

『奇遇だな。私も同じ提案をしようとしていたところだ。犬と猫、どちらが優れているのかは棚上げにして、休戦協定を結ぶとしよう』

レオは前足を片方上げる。僕もそれに倣った。お互いの肉球が触れ合う。

そのとき、「なにやってるんだ、こいつら」という声が降ってきた。僕とレオは同時に大きく体を震わせると、首を回す。いつの間にか近づいてきていた制服警官が、ハイタッチしている犬と猫（つまりは僕たち）を不思議そうに見下ろしていた。

僕たちは顔を見合わせると、アスファルトを蹴って駆け出す。背後から「なんだったんだ？」という声が聞こえてきた。

狭い路地へと飛び込んで数十秒走ると、小さな公園が見えてくる。

『とりあえず、あの公園に！』

言霊で叫んだ僕は無人の公園に入ると、ネコの頭を形どった、中が空洞になった半球状の遊具に飛び込んだ。

『ここまで来れば……安心だ……』

暗い遊具の中に入り込んだ僕は、とぎれとぎれに言霊を発しながら、必死に酸素を貪る。

『ほんの数十秒走っただけで息が上がるとは、猫とは本当に軟弱《なんじゃく》な生き物だな。私たち犬なら、何十分でも走り続けられるぞ』

遅れて入って来たレオが、自慢げに鼻を鳴らす。

『ネコはね……、待ち伏せ型の……、ブリリアントな狩りをする……動物で。犬みたいに……集団で下品……寄ってたかって……』

そこまで言霊を飛ばしたところで、僕は面倒になってやめる。どこか勝ち誇ったようなレオの表情が癪《しゃく》にさわった。
二、三分すると、黒く美しい毛で覆われた胸の中で暴れていた心臓もやがて落ち着き、肉球から滲み出していた汗も引いてくる。
『さて、それじゃああらためて情報交換といこう』

『そうだな。気は進まないが「あれ」をやるか』

『うん。たしかに気は進まないけど、仕方ないよね』

僕とレオは同時にため息をつくと瞼を下ろし、精神集中をはじめる。高貴な霊的存在としての僕たちの本質がじわじわと共鳴していく。額の辺りがじんわりと温かくなると同時に、僕とレオの柏木家についての記憶が一気に空間に満ちる。

融合したその記憶、情報の波が『僕』に流れ込んでくる。僕はそれを抱きしめるように受け止めた。

ゆっくりと目を開けると、レオと目が合った。

『なるほど。柏木美穂が別れを告げたあと、平間大河にそんなことが起きていたのか。しかし、首を吊ろうとしていたとは、危ないところだった。よく「地縛霊化」を止められたな』

『君こそ、よく虐待の疑いを晴らして、柏木美穂を「未練」から解き放ったね。それがなければ、平間大河の夢の中に彼女が現れることもなく、あんなにあっさりと彼の「未練」を消し去れたか分からないよ』

あまり気の合わない相手だが、いい仕事をした際には称賛するのがフェアな態度だろう。

『しかし、新しい「道案内」はなかなか融通が利いて助かるな。まさか、わざわざ柏木美穂の魂を連れていくとは思わなかった』

レオの言霊に、僕は頷く。

『前の「道案内」とは大違いだよね。あいつ、いつも偉そうだったし、魂の扱いが雑だったから、仕事がしにくかったんだよ』

僕とレオの間に流れていた険悪な雰囲気もいつの間にか消えていた。まあ、犬なんていう愚鈍な動物とは言え、元は同じ『道案内』の同僚だ。いがみ合っても仕方がないしね。

僕がそんなことを考えていると、レオは大きく頷く。

『地上に降りてから三体、この地域を担当する「道案内」と仕事をしてきたが、いまの担当が一番いい。直前の担当はあまりに野卑で傲慢《ごうまん》なので問題外だったが、最初の担当も軽薄で訳の分からない舶来語《はくらいご》ばかり使ってきて辟易したものだ』

『……最初の担当って僕なんだけど』

しかも、お前のせいで地上に落とされる羽目になったんだぞ。

僕は前足の鋭い爪をにゅっと出す。

やっぱりこいつとは、いつか決着をつけなくては。

『しかし、やはりなぜ柏木家が燃えたのか分からない。これまで、柏木美穂と関連がある場所で次々と小火《ぼや》があったのと関係しているのか……』

金色の毛に包まれたレオの顔が険しくなる。僕も抜き身の爪をしまい、頭の中で状況を整理していく。

『関係していると考えるのが当然だろうね。柏木美穂とゆかりのある場所に、誰かが放火して回っている可能性が高いんじゃないかな』

『ただ、今回はこれまでの小火とは全く規模が違う。屋敷が焼け落ちているんだからな』

『放火だとしたら、犯人はあの屋敷の住人が焼け死んでもかまわなかったんだろうね。いや、もしかしたら殺すことが目的で火をつけたのかも。実際に柏木雄大と聡子は重傷を負って病院で治療を受けている。それに……』

『……柏木穂乃花の行方が分かっていない』

レオの押し殺した調子の言霊を聞きながら、僕はさっき見た光景を思い出す。屋敷の大半は炭と化し、二階を支えていた柱まで焼け崩れたのか、がれきの山ができあがっていた。もしかしたら、あの下に穂乃花の遺体があるのかもしれない。そうだとしたら、大河は再び『未練』に囚われかねない。最愛の女性に続き、彼女の忘れ形見、二人の間に生まれた愛の結晶まで喪うことになるのだから。

自分の苦労が水の泡になる危惧《きぐ》をおぼえるが、それよりも遥かに、大河に対する同情心の方が強かった。なんとか穂乃花には生きていて欲しい。そう思わずにはいられなかった。

ふと見ると、レオもつらそうに顔をしかめていた。僕以上に穂乃花の安否を心配しているのだろう。彼は柏木穂乃花と直接会って言霊をかけ、彼女はそれを「天使の声」と喜んだのだから。

『まずは情報を集めて整理しないとね』

諭すような調子で言霊を放った僕は、あることを思い出す。

『ああそういえば、「人魂」はこの事件とは関係あるのかな』

『「人魂」？　それは、山で目撃されているという青い炎のことか？　馬鹿らしい。単なる見間違いか子供のいたずらだ。そもそも、この地方には昔からその手の言い伝えがある。今回の件と関連付けて考える必要なんてない』

『そうとも言いきれないよ。たしかに伝承はあるけれど、実際に山で青い炎が目撃されはじめたのはこの二ヶ月くらいだ。単なる迷信じゃなくて、実際になにかが起きている可能性はある。それに、僕が平間大河の自殺を止めたのは、その『人魂』を探しに行った山での出来事だ。そして、小火が起きた場所は大河の想い人である柏木美穂にゆかりのある場所。こう考えると、今回の火事と山で目撃された青い炎に、なにか関係があってもおかしくないと思うんだ』

僕の言霊を聞いたレオは、難しい顔で考え込む。頭を使いすぎているせいか、その喉から唸るような声が漏れた。

バカでかい犬に目の前で唸られると、ちょっと怖いからやめて欲しいんだけど……。

僕が内心で文句を言っていると、レオは勢いよく顔を上げた。

『やる気か⁉』

僕は後ろ足で立ち上がると、爪を出した両前足を大きく掲げる。

『なにを言っているんだ、お前は？』

呆れた調子の言霊を飛ばされ、僕は四つ足に戻った。

『……急に動くから驚いただけだよ』

不貞腐れながら言い訳すると、レオは面倒くさそうにかぶりを振った。

『さっきお前が言った通り、いまは情報を集めることが重要だ。できることなら、捜査関係者から情報を引き出したいところだが、いくら誰からも愛される美しい姿をしている私でも、警察に潜入するのは難しい』

『誰からも愛される？　そんなでかい図体《ずうたい》して、誰からも恐れられるの間違いじゃないかい？　まあ、たしかに犬らしく尻尾ふりふり近づけば、人間の警戒心も解けるだろうね』

僕の揶揄に、レオの目つきが鋭くなる。

『どうやら、金色に輝く毛を持つ私の魅力が羨ましいようだな。お前のように真っ黒だと、人間に愛されるどころか、ごみでも落ちているとしか思われないだろうからな』

『この艶やかな光沢を孕む毛の美しさが分からないなんて、なんてプアな感性なんだ。君は普段から、自分は芸術を理解しているとか宣《のたま》っているけど、そんなじゃあ、たかが知れているね』

『なんだと！』『なんだ！』

僕とレオは激しく睨み合う。数十秒後、僕たちは同時に目を逸らした。

『いまは黄金色に輝く毛色の美しさをお前に教えている場合じゃないな』

『ああ、たしかに僕の漆黒の毛色の美を理解しない君と、芸術の話をしても時間の無駄だ』

僕は気を取り直すように、一舐めした前足で顔を拭くと、『それじゃあ、行くよ』と遊具の出入り口へと向かう。

『行くって、どこにだ？　警察署に行っても、侵入して資料を漁《あさ》るのは難しいと……』

右前足の爪を一本だけ出すと、僕は「ちっちっ」と舌を鳴らしながら左右に振る。

『そんな面倒なことをしなくても、捜査情報を引き出すことぐらいわけないさ。いいから、黙ってついてきなって』

胸を張った僕は悠然と遊具を出て、夜の公園を歩き出した。

『ここに戻って、なにをするつもりだ？』

背後から言霊で話しかけてくるレオに、僕は前足の爪を一本立てて「しっ」と声を出した。

『私たちの言霊は、意識して飛ばさない限り人間には聞こえないんだ。黙る必要はないだろ』

レオの文句を聞き流しながら、僕は電柱の陰から様子をうかがう。黄色い規制線の外側に数人の制服警官が立っている。公園をあとにした僕たちは、再び火災現場、柏木家の近くまで戻ってきていた。

現場の周囲に大河の姿はない。帰ったのか、それとも事情聴取のために警察署にでも連れていかれたのか。まあ、どっちでもいい。いま探しているのは大河ではない。とっておきの『情報源』だ。

目を凝らして辺りを見回していた僕は、思わず『いた！』と言霊を上げる。

安物のスーツを着た長身で細身の若い男が、制服警官と話していた。

僕は『ここで待ってて』とレオに言霊で告げると、男に近づいていく。

男と警官まで数メートルの位置で足を止め、「んにゃー」と一声鳴いた。二人がこちらを向く。

「なんだ、ネコか」

警官がつぶやくと同時に、スーツの男がふらふらと歩き出した。

「あれ、どちらへ？」

いぶかしげに訊ねる警官に「……ちょっとね」と答えると、スーツ姿の男はわずかに左右に揺れながら、レオが隠れている電柱の脇にある細い路地へと吸い込まれていく。首をひねる警官を残して、僕は男のあとを追った。

街灯の明かりも十分に届かない狭い路地で、男は星が瞬く夜空を呆けた表情で見上げていた。

『やあやあ、久しぶりだね。君がいてくれて助かったよ』

男に近づきながら、僕は人間に聞こえるように調整した言霊を飛ばす。彼は緩慢な動作で振り返ると、焦点がぶれた瞳でこちらを見つめてきた。

『おい、どういうことなんだ。ちゃんと説明しろ。その男、たしか穂乃花が連れていかれたときにいた男だな』

後ろからついてきたレオが、苛立たしげに言霊を飛ばす。

『紹介するよ』

僕は前足で男を指した。

『彼は久住、この街の警察署に勤める刑事で、僕の「情報源」さ』

『情報源？』

『そう、彼はとっても単純……、素直な男でね。ものすごく「催眠術」にかかりやすいんだ。ちょっと目を合わせただけで、なんでも言うことを聞かせられるくらいね』

地上に降りてすぐに巻き込まれた連続殺人事件を調べた際に、僕は久住に出会った。この街で起こる様々な事件の捜査をする刑事という立場であり、いとも簡単に情報を引き出せたり、意のままに操ることができるこの男の存在を使い、僕は大切な『友達』とともにその殺人事件を解決し、多くの者たちの『未練』を解消した。

それから一年、僕は頻繁に彼を『情報源』として利用している。

『つまり、この男に「催眠術」をかければ、この街で起きた事件の捜査情報を好きなだけ引き出せるというわけか？』

啞然として口を半開きにするレオを見て、僕は胸を張る。

『それだけじゃない。思い通りに操ることも簡単だよ。こっちが思った通りに動いてくれるから、まるで僕自身が刑事になったみたいに操作することができるんだ。まあ、自分の身が危険になることとか、他人を傷つけさせることはこの男の本能が拒絶するからできないけど、それ以外ならなんでもござれさ。どうだい、羨ましいだろ』

『……なぜ教えなかった』

意味が分からず「んにゃ？」と首をひねると、レオは僕を睨みつけた。

『こんな使い勝手のいい人間がいるなら、私にも教えるべきだろうが！　仕事がとても楽になったはずだ』

『なんで苦労して見つけた「情報源」を、君に教えなきゃいけないんだよ。そもそも、君の職場はこの街でなく、丘の上のホスピスだろ』

『うちに入院してくる患者の大半は、もともとこの街に住んでいたんだ。減るものでもないし、私にも利用させてくれてもよかったではないか』

『久住は一人しかいないんだ。僕が必要なとき、君の仕事に使われていたら困るだろ。悔しかったら、自分でこういう便利な奴を探せばいいじゃないか』

僕とレオの視線が激しく火花を散らす。

『……ねえ、こんなことしている場合ではないんじゃないかな』

『……たしかに、その通りだな。とりあえず情報収集といこう』

お互いに大きな息をついた僕たちは、立ち尽くしている久住に向き直る。

『さて、久住君。さっそく今回の火事のことについて聞かせてもらおうかな』

久住にも聞こえるように調整して僕は言霊を放つ。彼はかすかにあごを引いた。

まずはなにから聞こうかな……。僕が頭の中でなにから訊ねるべきかシミュレートしていると、レオが一歩前に出た。

『柏木穂乃花はどうなったんだ？　彼女は見つかったのか？』

僕の『情報源』なのに……。少し不満をおぼえるが、黙っておく。それほどに、レオの態度は切羽詰《せっぱつ》まっていた。まあ、それも当然だろう。彼は穂乃花の『天使』なのだから。

「見つからない」

久住は熱に浮かされたような口調で答える。

「ずっと探しているが、まだ発見されていない。ただ、まだ焼け落ちた屋敷の残骸の下を調べていないから、そこに遺体がある可能性はある」

『……そうか。分かった』

悲痛な言霊を発したレオは、俯いて黙り込んでしまった。その様子に少々同情しつつ、今度は僕が久住に質問をする。

『今回の火事は、最近この街で続いている不審火と関係あるのかい？』

「その可能性が高いと考えている。ただ、これまでの小火とはあまりにも規模が違いすぎるので慎重に捜査している」

『柏木雄大と聡子の容態は？』

「二人とも火が上がったあと逃げ出して、命に別状はない。煙を吸ったのと、炎に一瞬まかれて熱い空気を吸ったせいで、このままでは気道がむくんで窒息《ちっそく》する可能性があるということで、人工呼吸管理になっている」

『屋敷には真柴直人という親戚の男も住んでいたはずだが、そいつは生きているのか？』

「生きている」

久住は頷いた。

「調べたところ、一昨日《おととい》から仕事で東京に戻っていた。すでに警視庁にも確認を取っている。火が出た時間は、銀行で打ち合わせをしていたらしい」

東京の警察も確認しているということは、真柴直人が東京に戻っていたということは間違いないのだろう。あの男は美穂の病状が悪くなり、動揺する柏木家を一時的に支えるためにこの街に滞在していた。美穂が亡くなってある程度経ったいま、柏木家に残る理由もないのかもしれない。

『火元はどこか分かっているのかい？』

「消防の調査によると、一昨日まで真柴が使っていた客間が最も損傷が激しく、そこが火元と思われている。もともと、石油ストーブを使っていたので、その燃料に引火して大きな火災に繋がったようだ」

『ん？　ということは事故の可能性もあるのか？』

「いや、その可能性は低いと思われている。部屋の窓がわずかに開いていたし、中にはライターが落ちていた。おそらくは誰かがそのライターで火を放ったはずだ」

『犯人の目星はついているのかな？　柏木家に恨みを持つような人物は？』

「まだ捜査をはじめたばかりだから、犯人に繋がるような手がかりはない。いまのところ、柏木家をめぐるトラブルも聞こえてこない。昔はこの地方の名家だったが、いまはそれほど財産も持っていない普通の家でしかない。しいて言うなら、先月亡くなった一人娘が、元恋人との別れ話で少しもめていたという噂ぐらいだ」

その噂は完全なる誤解なのだが、まあいいとしよう。少しずつ、情報は集まってきた。けど、誰がなぜ柏木家に火を放ったのかは全くの五里霧中《ごりむちゅう》だ。

そのとき、遠くから「久住、どこだー？」という声が聞こえてきた。もうあまり質問をする余裕はないな。

『他になにか、事件で不審な点はなかったのかい。なんでもいいから教えてくれ』

訊ねると、久住は「……鳥」とぼそりとつぶやいた。

「んにゃ？」

僕が小首をかしげると、久住は抑揚のない声で言った。

「出火元と思われる部屋に鳥の死骸があった。……大きな鳥の焼死体が」

2　レオ

『なんで私がこんなことをしないといけないんだ』

闇に覆われた森を歩きながら、私は言霊で愚痴をこぼす。

火事で焼けた柏木家のそばで阿呆猫と顔を合わせたあと、私はその裏手に広がる山の探索をはじめた。

絨毯のように敷き詰められた木の葉を踏むたび、さくさくと音を立てる。二週間ほど前に雨が降ったきり最近は晴れの日が続いているので、乾燥して崩れやすくなっているのだろう。

足を止めた私は、辺りを見渡す。街の明かりがかすかに届くだけの暗い森だが、十分に視界を保つことができる。人間と違い、犬は夜行性の動物だ。夜の行動はお手の物だ。

しかし、本来これはあの阿呆猫の任務ではないか。私は病院、あの阿呆猫は街としっかり担当地域は分けられている。まあ、この山の中まで『街』とするかは議論の余地はあるが、少なくともここから遠く離れた場所で働く私の仕事ではないはずだ。

二時間ほど前、久住という刑事から情報を搾り取ったあと、あの阿呆猫は私に向き直った。

『それじゃあ、手分けしてこの事件を調べていこう。とりあえず君は、柏木家の裏手にある山を調べてくれるかな。あそこでも「人魂」は目撃されているからさ、もしそれと放火事件になにか関係があるなら、手がかりが見つかるかもしれない』

『なぜ私があんな広大な山を探索しなくてはいけないんだ。お前がやればいいだろう』

『ネコの体は長時間の移動に向いていないんだよ。それに比べて、犬ってやつは群れで何時間もかけて獲物を追い詰めるような、陰湿な狩りをする動物だから、お手の物だろ。まあ、君の足なら一晩かければかなりの部分を調べられると思うよ。というわけでよろしく』

クロは皮肉っぽく口元のひげが付いている部分を持ち上げた。

『勝手に決めるな。放火事件と関係しているかどうか不明な「人魂」のために一晩中、山を徘《はい》徊《かい》するなど、あまりにも効率が悪すぎる』

『それじゃあ、僕がやるつもりだった効率のいい捜査を担当するかい？』

『効率のいい捜査とはなんだ？』

『電子の海の中から必要な情報を引き出す捜査、つまりはインターネットで調べることさ』

喉から思わず「くぅーん」という声が漏れてしまった。『いんたあねっと』というものがとても便利なものであることは知っていた。しかし、私が住処にしている遊戯室には、『ぽあそなるこんぴーたー』とかいう機械の箱は置かれていない。なあすすていしょんに行けばあるのだが、あそこには二十四時間態勢で看護師が詰めているので、犬の私が侵入して使うわけにもいかなかった。

なので、私はいんたあねっとがどのようなものか、ほとんど理解していない。そもそも、機械についた釦《ボタン》をかちかちと叩くよりも、紙の書物をめくって情報を得る方が遥かに趣《おもむ》きがあるではないか。

『やっぱり君、パソコンは全然ダメみたいだね。うんうん、そう思ったよ。君って時代についていけないで、「昔はよかった」とか文句を言う老人みたいなイメージがあるからね。ただね、知識も感性もアップデートしていかないと、過去の遺物に成り下がっちゃうよ。まあ、もう手遅れかもしれないけどさ』

勝ち誇った様子でまくし立てるクロに腹が立ち、私は牙を剥いて唸り声を上げる。その迫力に圧《お》されたのか、クロは身を伏せて腰を引いた。

『えーっと、……というわけでさ、ここは適材適所といこう。僕はネットで可能な限りの情報を調べるからさ、君は「人魂」について調べてよ。できるだけ早く、柏木穂乃花の行方を突き止めるためにはそれが一番効率的だよ』

穂乃花のことを出されては、私もそれ以上ごねるわけにいかなかった。『分かった』と私がため息をつくと、クロは陰鬱《いんうつ》な言霊で付け足した。

『もちろん、柏木穂乃花がまだ生きていたらの話だけどさ』

穂乃花はまだ生きているのだろうか？　それとも、あの火事で焼け死んでしまったのだろうか。

桜の樹の下で哀しげに座っている穂乃花の姿を思い出し、胸が苦しくなってくる。

少なくとも、あの火災現場には『地縛霊』はいなかった。しかし、だからといって安心はできない。幼い子供はもともと『地縛霊』になりにくい。しかも、穂乃花にいたっては母親が死んだばかりだ。命を失ったらその魂は地上に縛られることなく、母親の魂の元へ向かおうとするだろう。

　そこまで考えたとき、私ははっと顔を上げる。そうだ、あいつに聞けばいいではないか。

『質問がある。出てきてくれ』

　乾いた落ち葉の絨毯に座り込み、目を閉じて言霊で呼びかける。そのまま数十秒待った私は、頭上に気配をおぼえて瞼を上げる。淡い光の塊がそこに浮かんでいた。この地域を担当している『道案内』だ。

『よく姿を現してくれた。助かる』

　やはりこの『道案内』とは仕事がしやすい。粗野な前任や、その前の軽薄な奴（いまは阿呆猫となっているあいつだ）とは比べ物にならない。

『訊ねたいことというのは……』

『柏木穂乃花が死んだかどうかなら、答えられないわよ』

　私を遮るように、彼女は言霊を放った。

『答えられない？　どうしてだ。これまで、そのくらいのことなら教えてくれていたじゃないか』

『これまでとは状況が違うの。……「我が主様」からの天命が下った』

　厳《おごそ》かに発せられた言霊に、私の全身に緊張が走る。

『「我が主様」から……』

息が乱れてしまう。創造主である、『我が主様』の御意思を成し遂げること、それこそが私たちの存在理由だ。私が人間の魂を『未練』から救い、あるべき場所へと向かえるようにしているのも、全て『我が主様』の命によるものだ。

『我が主様』の天命。それは私たち高貴な霊的存在にとって、自らのすべてをかけて成し遂げるべきことだった。

『これよりしばらくの間、私たち「道案内」は現世のことがら、特に人間の生死にかかわることには一切干渉できない。私が呼びかけに答えるのも、これが最後だ。今回の件が終わるまでは』

目の前に浮かぶ『道案内』の言霊からは、人間の女性のような調子は消えていた。それが事態の重大さを伝えてくる。

『今回の件というのはなんだ？　柏木家の火事のことか？』

『それは、あくまでその一部でしかない。それ以上のことを教えることは禁じられている。いま私たちは、あなたたちがどのような結末を迎えるかに注目している。それは、私たちの本質がいかなるものかを示すものでもあるから』

『私たち？　それは、私とクロのことか？　我々はただこれまで通りに、仕事をしているだけだ。それが「私たちの本質を示す」とはどういう意味だ？』

私はまくし立てるように言霊を発するが、『道案内』からの答えはなかった。

いったいなにが起きているんだ。まったくわけが分からない。混乱した私が頭を振っていると、目の前に浮かぶ『道案内』より一回り大きく、そしてさらに強い輝きを孕んだ光の塊が、空から降りてきた。

『あなたは……』

私は目を見開く。それは上司だった。私を犬の体で地上に降ろすという非常識な決定をした（しかも真冬に夏毛で降ろすという失敗をして私を殺しかけた）、『道案内』を統括する上司。

『久しぶりだな』

上司はいつも通りの軽い口調の言霊を飛ばしてくる。しかし、私の緊張はさらに高まった。

上司が地上に降りてくるのは、この一年間はなかった。やはり、なにか大きなことが起きている。

『聞いての通り、「我が主様」の天命により、我々は当分、現世に干渉ができなくなる。やれることは魂の「道案内」のみだ。地上で起こることは、現在そこに実体を持っている霊的存在たちの自由意思にすべて任せる』

『つまり、私やクロのように、肉体を与えられた「道案内」にということですね』

私の問いに、上司は『その通りだ』と明快に答えた。

『なぜそんな事態になっているかについては……教えていただけないんですよね』

『詳しくは教えられない。それを解き明かすのも、君たちに与えられた使命だからな。君たち自身の自由意思による選択を尊重し、その結果を見る。それが「我が主様」の天命だ。我々の本質を見極めようとなさっているのだろう』

『本質？　どういう意味です？』

『それも教えられない』

あまりにも曖昧な答えばかりされ、さすがに苛ついてくる。

『なら、なぜわざわざあなたが地上に降りてきたんですか。さっきから答えられないことばかりだ』

『そう怒るな。わざわざ「我が主様」の許可を得て、一つだけアドバイスをしに来たんだからな』

『あどばいす？』

私は首をかしげる。

『そうだ。我々は極めて強い霊的エネルギーで構成された存在だ。そして、いま獣の肉体を持って現世に具現化している君たちは、その強力なエネルギーを地上の物理現象に変換することができる。その気になれば、天候すらも思いのままに操れるだろう』

『……よく意味が分からないのですが？』

『なんだ、理解の悪い奴だな』

あなたの説明が分かりにくいだけではないか。私が内心で上司に文句を言っていると、とりなすように『道案内』が言霊を挟んできた。

『つまり、あなたたちはこの世界で強力な力を発揮することも不可能じゃないってこと。もちろん、霊的エネルギーを物理現象に還元するので、あなたたち自身の「存在」がすり減って、……場合によっては消滅するけどね』

『私たち自身が消滅する可能性があるって、それって現実的には不可能ってことじゃないか』

私の指摘に、上司は『まあ、そうとも言えるな』と無責任極まりない回答をして、『道案内』とともにふわふわと上昇し出した。

『あっ、ちょっと待ってください。なにがなんだか分からない』

『悪いが、私たちに赦されているのはここまでだ。あとはどういう結末になるのか、しっかりと見守らせてもらうよ。君たちの上司としてね』

その言葉を残して、上司たちは夜風にかき消されるように姿を消した。

『いったいなんだったんだ……』

樹々の枝の間から星が瞬く夜空を見上げながら、私は言霊でつぶやく。事件解決のための手がかりを得ようと、この地域を担当する『道案内』を呼び出したのに、得られたものは得体のしれない不安だけだった。

天界ではなにか大きなことが起きている。おそらくはあまりよくないことが。しかし、それが今回の件になにか関係があるというのだろうか。たしかに放火は小さな事件ではないが、いまのところ死者は確認されていないし、『地縛霊』も生じていない。大きな騒ぎになるような理由が思い当たらなかった。

不吉な予感だけが胸の中で膨らんでいく。

悠長に森を調べている場合じゃない。さっきクロが『情報源』にした刑事でも使って、もっと積極的に捜査をしなければ。

あの刑事の『催眠術』への感受性はかなり飛び抜けている。あんなに簡単に操れるのは、千人に一人いるかどうかだ。うまく利用すれば、様々なことを調べられるはずだ。柏木穂乃花の行方だけでなく、私が知らないうちにこの街の陰で起きている何か大きな出来事についても。

クロがこの森を調べても、『人魂』の痕跡を見つけることはできなかった。猫は犬以上に夜目が利く。あの阿呆猫が調べてもなにも発見できなかったということは、やはり森に浮かぶ『人魂』など、たんなる噂話に過ぎないのだ。

そう判断して山を下ろうとした瞬間、私の体に震えが走った。

……ああ、そうだった。夜の視力では猫の方が上だが、奴らでは足元にも及ばない素晴らしい能力を私たち犬は持っている。

嗅覚だ。私は首を軽く反らすと、濡れた黒い鼻をひくつかせる。

ありとあらゆる感覚が鈍い人間と比較すれば、猫の嗅覚もそれなりのものだが、犬は桁《けた》違いだ。この長く伸びた優美な顔の内側にある鼻腔《びこう》には、びっしりと嗅《きゅう》細胞が敷き詰められており、遥か遠くから漂ってくるわずかな臭いも逃すことなくとらえることができる。

間違いない、これは人の臭いだ。ここからそう遠くない場所、おそらくは数百めえとるほど離れた位置に人間がいる。

私は集中して臭いが漂ってくる方向を探ると、落ち葉の絨毯を蹴って駆け出す。闇が下りた森の中、立ち並ぶ太い樹の間をすり抜けるように、私は嗅覚を頼りに力強く駆けていく。心臓が力強く脈打ち、四肢の筋肉に血液を送り込む。全身に力がみなぎっていく。

狩猟動物としての本能が呼び覚まされていくのを感じながら、私は獲物に向かって最短距離で近づいていった。

いた！　前方の樹々の隙間から、かすかに明かりが漏れ、そのそばに人影が見えた。予想していた青い炎ではない。人工的な黄色い光、おそらくは懐中電灯の明かりだ。

『人魂』とは関係ないのか？　しかし、こんな深夜に森を一人でうろついているなど、普通ではない。なにか事件と関係があるはずだ。

相手は武器を持っている可能性もある。警戒しなければ。

私は走ったまま、腹の底から「うおん！」と大声で吠えた。人影がこちらを向く。懐中電灯の明かりがまっすぐに私の顔に浴びせかけられ、目が眩《くら》んだ。

視界が真っ白になったまま全力疾走しては、樹の幹に激突しかねない。私は速度を緩めつつ、横っ飛びをして懐中電灯の明かりから逃れる。

まだ白い霞がかかっている目を凝らして、人影を見る。闇の中、一瞬その異形《いぎょう》の姿が見えた。拳大ほどの瞳を持つ異形《いぎょう》の姿が。その口元は、嘴のように出っ張っている。

なんだ、この化け物は？　混乱しつつ、樹々の間を斜めに進みながら、半円を描くようにして人影に近づいていくにつれ、その正体がはっきりと見えてきた。

化け物ではない。人間だ。頭に『がすますく』を被った人間。

相手が何者なのか、こんなところでなにをしているのかは分からないが、とりあえず飛び掛かって押し倒し、反撃する力を奪ってしまおう。

　そう決めた私は、完全に私の姿を見失って視線を彷徨わせている人影に向かって、太い幹の陰から襲い掛かる。両足で地面を蹴り、人影の顔面に向かって宙を飛んでいく。

　私は十歳児程度の体重がある（最近、重すぎるとおやつを減らされているほどだ）。その私に不意を突かれ飛び掛かられて、立っていられる人間などいるわけがない。

　組み敷いた人影の頭部から、私はがすますくを咥えてはぎ取る。中年男の顔が現れた。

　男と私の視線が交錯する。その瞬間、冷たい震えが背中に走った。

　牙を剝いた大型犬に押し倒されたというのに、男の顔には驚きも、恐怖も浮かんでいなかった。いや、それどころか、ありとあらゆる感情がその顔からは消え去っていた。

　なんなんだ、こいつは。私は首筋に牙を立てると、男を観察する。もちろん、牙を皮膚に突き立ててはいないが、首元に嚙みつかれているにもかかわらず、男は悲鳴一つ上げず、ただ虚ろな目で空《くう》を見つめ続けていた。

　見知らぬ男だった。さっき覗いたクロの記憶の中にも出てこない。くたびれたすうつを着ているところから、一見するとどこにでもいる『中年さらりいまん』といった風体《ふうてい》だが、それにしては様子があまりにもおかしい。なにか怪しい薬でも使っているのだろうか？　そもそも、深夜にこんな山奥でなにを？

　疑問で脳が満たされていくのをおぼえた私は、男の首筋に牙を当てたまま、眼球だけ動かして視線を上げる。視界に入ってきたものを見て、私は眉間にしわを寄せる。

男に意識を集中していたから気づかなかったが、地面からなにか人工物が生えていた。悲鳴のような、不快な機械音が響いている。

人の背丈ぐらいの、筒状の装置。その側面には、様々な計器や『ばるぶ』などが付いていた。

『なんだこれは……？』

思わず言霊でつぶやいた瞬間、組み敷いていた男が激しく暴れ出した。不意を突かれた私は、体の上から振り落とされる。その隙をついて立ち上がった男は、懐中電灯を拾うと、森の中へと逃げていった。

『あっ、待て！』「わん！」

言霊と吠え声で警告するが、男はこちらに一瞥《いちべつ》もくれることなく走って離れていく。

どうする？　追うべきか？　この設備は逃げない。なら、まずは男を捕まえるべきだ。そう判断して両前足で地面を蹴って駆け出した私は、次の瞬間、急停止をして顔から落ち葉に突っ込んでいく。

頭を振って枯れ葉と土を振るい落とし、地面から生えている装置を凝視する。そこから漂ってくる臭いが私の足を止めていた。

もはや男の姿は見えない。臭いを頼りに追うこともできるかもしれないが、それよりもこちらの方が優先だった。

私は慎重にその黒く細長い装置に歩み寄ると、鼻先をそっと近づける。鼻腔いっぱいに刺激が広がり、痛みをおぼえた私は「きゃん」と顔を背ける。

この臭いを知っていた。とても危険な臭いだ。……様々な意味で。

『なるほど、これが「人魂」の正体か』

言霊でつぶやいた私は涙で滲む目で、葉の半分以上が落ちた枝の隙間から覗くこの山の頂上を眺める。

これが動機か。だとしたら、犯人は……。

はっと息を呑んだ私は、斜面を駆け下りはじめる。

事件の輪郭がぼんやりと見えてきた。しかし、さっきの上司たちから聞かされた不吉な話題についてだけは、いまだわけが分からない。

この街で、なにが起こっているのだろう。そして、これからなにが起こるというのだろうか。

不安に追い立てられるように、私はただひたすらに足を動かし続けた。

3　クロ

『ただいま』「にゃーん」

言霊と鳴き声を同時に発しつつ、僕は窓の隙間から住処である麻矢の部屋へと入る。当然、返事はない。ルームシェアをしている麻矢はいまごろ東京（あれ？　千葉だったっけ？）にあるネズミをマスコットにした夢の国に行っているので当然だ。

ネズミがたくさんいるレジャー施設か……。ネコの僕にとっても獲物を狩り放題の『夢の国』に違いない。いつか行ってみたいものだ。

そんなことを考えながら、僕はデスクに置かれているパソコンの電源を入れた。インターネットに接続するとマウスに肉球を置いてカーソルを移動していく。爪で左クリックをくり返すと、クラウド上に保存されている柏木美穂の画像にアクセスできた。パスワードを要求するウィンドウが画面に現れる。

僕は爪で慎重にキーボードを叩いていった。

あの馬鹿犬と精神をリンクした際、美穂の過去の記憶も見ることができた。その中で、美穂はクラウド上にたくさんの写真を保管し、家族と共有していた。もちろん、そのパスワードを打ち込んでいる映像も、美穂の記憶の中で目撃している。

やっぱり僕みたいなシティボーイは、文明の利器を積極的に使っていかないとね。あのじじ臭い馬鹿犬とは一味違うのさ。

僕は「にゃにゃにゃー」と鼻歌を歌いながらパスワードを打ち込むと、Ｅｎｔｅｒのボタンをたーんと勢いよく叩く。ディスプレイにたくさんの画像フォルダが表示された。

「んにゃ？」

一つだけ他の家族には見られないプライベートフォルダがあることに気づき、僕は声を上げる。

他人には見られないようにして保管している写真、もしかしたらなにか事件のヒントが隠されているかもしれない。

そのフォルダを開いた僕は、まばたきをくり返したあと、目を細める。そこに収められていたのは、すべて美穂と大河が写っている写真だった。まだ年端《としは》も行かない頃から、高校の卒業式まで、十数年間の二人の思い出がそこには詰まっていた。子宮頸がんにより残された時間が少なかった美穂にとって、ずっと愛していた大河との写真を眺めることは大きな癒しになっていたのだろう。

そして、大河に勝るとも劣らないほどに愛していた存在、大切な愛娘《まなむすめ》の写真も美穂は眺め続けていたはずだ。

僕は大河のフォルダを閉じると、『穂乃花　その22』と記されているフォルダを開ける。可愛らしい少女を写した無数の写真が、画面いっぱいに広がる。写真に表示されている日付を見て、僕は前のめりになった。

それらは、柏木美穂が命を落としたあとに撮影されたものだった。

おそらくは柏木雄大や聡子が孫を撮影した写真を、美穂にも見られるようにアップロードしていたのだろう。そして、美穂の死後も可愛い孫を撮っては、クラウド上に保管していた。いまもそれらは、このアカウントからも見られる設定になっていた。

これで美穂の死後、穂乃花がどのように過ごしていたかを確認することができる。

僕は美穂の死から数日後の写真から順番に、ディスプレイに表示していく。さすがに、母を喪ってすぐの表情は明らかに沈んでいた。顔色は悪く、俯きがちな写真が多い。一人娘を亡くした雄大と聡子も気力を失っていたのか、写真自体がかなり少なかった。

画面をスクロールしはじめた僕の喉から、「にゃん?」という声が漏れた。

にゃんだこれは? 僕はその写真を拡大する。

美穂が命を落としてから一週間後くらいで撮影された、リビングで穂乃花がソファーに腰掛けている写真。問題は彼女に寄り添うようにソファーにいる、僕の毛と勝るとも劣らないほどに黒い存在だった。

そこにはカラスが写っていた。地上に降りてすぐのとき、つがいのカラスに襲われたトラウマが蘇り、嫌悪感で尻尾がぶわっと膨らんでしまう。

なんで、カラスが? 少なくとも、美穂の記憶にはこの黒い鳥は存在していなかった。

——出火元と思われる部屋に鳥の死骸があった。……大きな鳥の焼死体が。

ついさっき、(催眠術をかけた)久住から聞いた話が頭をよぎる。つまり、このカラスが焼け死んだ『大きな鳥』か。

焼死という悲惨な最期を遂げたと思うと、嫌悪感が同情に変化していく。

しかし、この哀れなカラスは、なぜ柏木家にいたのだろう。

拡大していた写真を消すと、再び現れた大量の画像のリストの中から、ヒントになりそうなものを探していく。ふと、大量の静止画像の中にいくつか動画があることに気づいた。

僕は一つの動画に目をつける。サムネイルには柏木家の庭と思われる場所に立っている穂乃花が写っていた。

爪でマウスをクリックすると、画面いっぱいに動画が再生される。

『穂乃花ちゃん、危ないよ』

女の声が響く。おそらくは柏木聡子の声だろう。

『大丈夫ですよ。僕がついていますから』

男の声が響くと同時に、画面の端から現れた真柴直人が穂乃花に寄り添った。ということは、これを撮影しているのは柏木雄大だろうか。

『でも、つつかれたりしたら……』

不安げに聡子の声が言う。

つつかれる？　僕が首をひねると、映像が大きく振られ、庭の隅に生えている大きな樹が映し出される。その根元辺りで、黒い物体がうにょうにょと蠢《うごめ》いていた。

映像がその物体にズームされていく。それはカラスだった。大きなカラスが漆黒の羽をはばたかせているが、その動きはどこかぎこちなく、体が浮き上がることはない。

『怪我しているみたいだな。巣から落ちたんだろう』

鳥のくせに巣から落下したのか。なんとも間抜けなカラスだ。まあ、夜行性の僕たちネコと違って文字通り鳥目の奴らは、夜にはほとんど何も見えなくなるからね。

『どうします？』

聡子の戸惑い声が聞こえる。

『夏ごろからあの樹にカラスが巣を作って不快だった。穂乃花に危害を加えたりはしないのでほっといたが、ときどき穂乃花が外で遊んだビー玉やおはじきを盗んだりしていたから、いつか駆除するつもりだったんだ』

雄大の声がした。

カラスは本能的に光るものを集めるという、あさましい習性があるからね。ネコのように、ちょうど抱きつけるぐらいの柔らかい塊(ぬいぐるみとかね)を集める優雅な趣味とは大違いだ。

キラキラ光る物体なんかより、柔らかい塊の方が遥かに有用だ。昼寝のときには顔を置く枕になるし、前足でホールドして、後ろ足で連続キックを入れれば最高のストレス解消になる。

僕はちらりとベッドに視線を送る。あのベッドの下に広がる僕のプライベートスペースには、この前買ってもらったマグロ形の蹴りぐるみが置いてある。それを思いきり蹴りたいという誘惑を必死で抑え込んだ。

『じゃあ、駆除業者でも呼びますか』

『そうしたいところだが、穂乃花がな……』

二人の会話を尻目に、画面の中の穂乃花はじわじわとカラスに近づいていく。それに気づいたカラスは、暴れるのをやめて穂乃花を見つめた。

一人と一羽の距離が縮まっていくのを、僕は息をひそめて見守る。やがて、距離が三メートルほどまで縮まったとき、カラスが穂乃花に向かって跳ねていった。その動きはぎこちなく、羽だけでなく足も負傷しているようだった。

『穂乃花!』

雄大と聡子の声が重なる。映像が大きく揺れる。真柴が慌てて一人と一羽の間に割って入ろうとする。しかし、穂乃花は大きく両手を広げて、自ら距離を詰めると、芝生の上に座り込んだ。

鋭い漆黒の嘴が穂乃花の顔面をとらえるかと思った瞬間、カラスは穂乃花の肩口に顔をうずめた。穂乃花は壊れやすいおもちゃでも扱うように、柔らかくカラスを抱きしめる。

真柴が驚きの表情で動きを止め、雄大と聡子の息を呑む音が聞こえてきた。

数十秒、愛おしそうにカラスの頭を撫でた穂乃花は、ゆっくりと立ち上がると、黒い鳥を抱きしめたままこちら側に近づいてきた。

ディスプレイの中から、穂乃花が訴えかけるような眼差しを向けてくる。

『……そのカラスを飼いたいの？』

画面の端で、手が複雑に動いているのがかすかに見える。おそらく、聡子が話しかけながら手話をしているのだろう。穂乃花は何度もくり返し頷いた。

まるで母に抱かれて安心しきっている赤ん坊のように、カラスは穂乃花の腕の中で目を閉じていた。

動画が停止する。僕は大きく息をついた。

なるほど、母親を亡くして失意の穂乃花の頼みで、怪我をしていたカラスをペットに迎え入れたというわけか。しかし、カラスなんていう不吉な動物をペットにするなんて趣味が悪い。それくらいなら、さっさとネコを飼うべきだ。ネコの可愛らしさは他の生物の追随を許さない。

それに、ある程度成長したネコなら、カラスだろうがネズミだろうが、害獣を駆除してくれる。

まったく、雄大たちがぐずぐずしているから、愛らしいネコでなく禍々しいカラスなんかに家に居つかれてしまうのだ。

過去の記憶からどうしてもカラスに対する拒否感が拭えない僕は、内心で文句を言いながら再び画像リストが表示された画面をスクロールしていく。カラスと仲睦《むつ》まじく戯れる穂乃花の写真が大量に流れていく。たいした怪我ではなかったのか、その中には部屋で飛んでいるカラスを穂乃花が追いかけているものも含まれていた。

最近の写真に近づくにつれ、穂乃花の表情が明るくなっていくのを見て、僕は目を細める。どうやら、禍々しい外見に似合わずこのカラスは、母を喪って傷ついた穂乃花の心を癒すという役目をしっかりと果たしていたようだ。

まあ、ネコのような愛らしさはないものの、カラスもそれなりに知能が高い生物だ。穂乃花から注がれる愛情を受け止め、同じように愛情を返すくらいはできたのだろう。遺憾ながら、それは認めざるを得ない。

しかし、このカラスは焼け死に、穂乃花は行方不明になっている。いったい、柏木家に何が起きたというのだろう。

カラス……、鳥……、焼き鳥……。

脳内に湧き上がって来た食欲を誘うワードを、首を振って必死に消し去ると、僕は頭を整理していく。

柏木家の火事、連続放火事件、山で目撃された『人魂』。

焼死体で発見された鳥の正体は分かったものの、まだ事件の真相は濃い霧の中に隠れている。

やがて、スクロールされていた画面が止まる。フォルダに収められているすべての画像に一通り目を通した僕は、天井を仰いだ。

さて、これからどうしたものか。後ろ足で後頭部を掻きながら、僕は考え込む。

――捜査に行き詰まったときは、犯行現場に戻るべきだ。現場百遍という言葉をおぼえておけ。

この前、麻矢が見ていた刑事ドラマで主人公のベテラン刑事が言っていた言葉を思い出す。

ここは捜査のプロの言葉に従い、とりあえず、あの現場に戻ってみるか。いや、あのドラマに出ていた男は、実際は演技のプロだから、あまり当てにしない方がいいのかにゃ？

僕は必死にこれから取るべき行動をシミュレートしていく。

現場に行くのはいいとして、山で目撃されている『人魂』についての情報を知りたいところだけど、あの馬鹿犬、頼りないからなぁ……。

そこまで考えたとき、額の辺りにむずむずとする電波が走るような感触が走った。僕ははっと顔を上げて窓の外を見る。

かなり離れているからやや聞き取りにくいが、レオからの言霊だ。僕はかすかに漂ってくるそれに意識を集中させる。

山の中で怪しい男を目撃して、襲い掛かったが逃げられてしまったという内容が伝わってくる。

『にゃにしているんだよ！　この馬鹿犬！』

重大な手掛かりをみすみす逃したレオに対する怒りを乗せた言霊を、遠くの暗い山に向かって放つ。

『馬鹿とはなんだ！　私の極めて優秀な鼻があったからこそ、その男を発見できたんだぞ！昨日、お前は『人魂』の痕跡を見つけられなかっただろうが！』

さっきよりも遥かに明瞭な（怒りに満ちた）、言霊が返ってくる。

『結局、そいつを逃がしたなら同じことだろ。なんのために、そんなでかい図体しているんだよ！　犬のくせに人間を逃がすなんて、恥ずかしい』

『捕まえようと思えば、簡単に捕まえられた。大型犬の狩猟能力をなめるな！　男を追わなかったのは、それよりも重要な手掛かりを見つけたからだ』

『重要な手掛かり？　にゃんだ、それ？』

僕が訊ねると、レオは苛立たしげな言霊で説明してくる。それを聞いた僕は思わず、フレーメン反応が起きたときのように、口を半開きにして、空中を眺めてしまう。

まさか、あの山にそんな秘密が……。だとしたら……。

僕はせわしなく肉球でマウスを操作し、キーボードを爪で叩いて、ネット検索をしていく。レオから『おい、どうした？　なにか返事をしろ。聞こえているか？』という言霊が飛んでくるが、答える余裕などなかった。

数分間、必死に検索をし続けた僕は、とうとうお目当ての情報にたどり着く。

『……そういうことか』

思わず、言霊でひとりごつ。

『どういうことだ。ちゃんと説明しろ』

『面倒くさいから嫌だ』

遠方まで言霊を飛ばすのは、けっこう疲れるんだよ。

『はぁ!? お前、ふざけるなよ。こっちは夜の森を歩き回って、ようやく見つけた情報を教えてやったっていうのに。あまりなめたことをしていると、私の牙で動物病院送りに……』

『分かった、分かったからそうキレるにゃよ。まだ、ちょっとした仮説を思いついただけなんだ。それを確かめに行くから、君も来なって』

『……来なって、どこに行くつもりなんだ？』

レオからいぶかしげな言霊が聞こえてくる。僕は片側のウィスカーパッドをにっと上げた。

『現場百遍ってやつさ』

焦げ臭い……。

家から出て柏木家が建っていた現場へと戻ってきた僕は、夜風に乗って漂ってくる悪臭に顔をしかめた。

ブロック塀の上から、数十メートル先にある柏木家の残骸を眺める。生垣を囲うように張られた規制線の外側には、制服警官が立っているが、深夜だけあってその姿は少ない。

これなら楽勝。僕は歩道へと降りると、前傾して走りはじめた。自慢の爪がアスファルトをとらえ、四肢の強靭な筋肉で引きつけることで加速し、みるみる生垣に近づいていく。僕はスピードを落とすことなく、生垣に空いたわずかな隙間に飛び込んだ。

目にも止まらぬ素早さと、闇に溶けるこの美しい黒色の体。監視の警官に見つからずに侵入するなどお茶の子さいさいだ。

柏木家の敷地に忍び込んだ僕は、警戒して辺りを見回す。さっき見たときは何人もいた鑑識や刑事、消防関係者の姿は、深夜だけあって消えていた。

さて、それじゃあ僕の仮説が正しいか、確認するとしよう。

僕は完全に燃え落ちている、もともと柏木家の屋敷が建っていた場所へと近づいていく。もはや原形をとどめていないが、部屋の位置関係は美穂の記憶からある程度は摑める。

ここが玄関だった場所だから、この辺りに廊下があって、その右手に……。

柔らかい肉球を傷つけないように注意しながら残骸の上を進んだ僕は、特に損傷が激しい空間へとやって来た。ここが火元となった場所、一昨日まで真柴直人が滞在していた客間だ。

僕は客間の中心だった場所まで移動する。その周囲だけやけにがらんとしていて、黒く炭化した床が剝き出しになっていた。久住が言っていた石油ストーブも、オイルライターも、鳥の死骸も見当たらない。おそらく、火災の原因を探るため、証拠品として回収されたのだろう。

この事件の真相を探るための手がかりはすでに持ち去られている。しかし、高貴な霊的存在である僕なら、この状態でも全然かまわない。

僕はその場に香箱座りをして、精神を集中させる。

ほんの数時間前まで、この空間にはたくさんの捜査関係者が行き交っていた。彼らの残した意識が、まだ漂っているはずだ。それをかき集めて再構築すれば、火災直後のこの部屋の様子を目撃することができる。ネコの目でなく、霊的な存在としての目で。

両眼を大きく見開いてゆっくりと深呼吸をくり返しているうちに、じんわりとホログラムのように部屋を行き交う鑑識の姿が見えてきた。

なんか、半透明の人間が見えているのって、幽霊を見ているみたいで気持ち悪いにゃ。

そんなことを考えながら、僕は部屋の中心に置かれた煤《すす》にまみれた機器、熱で溶けて半分崩れている石油ストーブへと近づく。よく見ると、ストーブは内側から破裂したように壊れていた。中に入っていた燃料に火がつき、火災が起きたのは間違いないだろう。

さて、他の手がかりは……。つぶやきながら僕は、実体のない石油ストーブを通り抜ける。ほんの数十センチ離れた床に、黒いオイルライターの残骸が落ちていた。これが、石油ストーブに火を放った凶器か。

そのライターに覆い被さるように、黒く細い線で、飛行機の絵のようなものが床に描かれている。顔を近づけてよく見ると、それは骨だった。大型の鳥の骨。

鳥の焼死体というから『焼き鳥』という、食欲を誘うイメージを抱いていたが、実際はあまりの火力に、羽や肉などの軟部組織は完全に焼けて消え、骨だけがわずかに残ったようだ。

さっき見た穂乃花との写真を思い出し、（相手がネコの天敵であるカラスとはいえ）しんみりした気持ちになってしまう。怪我していたところを穂乃花に救われ、そしてペットとして穂乃花の心を癒していた存在が、こんな悲惨な最期を迎えなくてはならないとは……。

このカラスの魂が無事、『我が主様』の元へと向かえましたように。

一通り、焼け死んだカラスの冥福《めいふく》を祈った僕は、半透明に浮かび上がっている石油ストーブ、ライター、そしてカラスの骨格の位置関係を確認する。

石油ストーブは灯油を燃やす円筒状の燃焼筒を、金属製の柵で囲んだタイプのものだった。燃焼筒の下にある土台部分が、灯油を入れる容器になっている。

給油口は見えないので、おそらく破損した部分にあったのだろう。そこはちょうど窓の方向を向いている。そしてライターとカラスの骨も、石油ストーブと窓の間に落ちていた。

にゃるほど……。

僕はかろうじて残っている外壁に近づき、その窓を見上げる。熱のためガラスは完全に融け落ちているが、窓枠は少しずれていて、少しだけ窓が開いていたようだ。

ぴょんと飛び上がって、窓枠をすり抜けると、外へと飛び出た。煤で汚れている芝生に着地した僕は、必死に頭を働かせながら庭を歩いていく。

レオが調べた『人魂』の手がかりと、僕がネットから集めた情報、そして事件現場の光景から、なにが起きたのか大体のことは分かった。

霧に隠れて見えなかった事件の輪郭は摑めつつある。しかし、その全容をすべてとらえたわけではなかった。

一番いいのは、犯人に語らせることだが、誰もが久住みたいに『催眠術』にかかりやすいわけではないし……。どうしたものか。

悩んでいると、バキバキという音が聞こえてきた。そちらを見ると、大型犬が生垣を無理やり通り抜け、疲労を感じさせる足取りでこっちに近づいてくる。

『なんだ、君か。こんなところでなにしているんだい？』

『なにしているんだい、じゃない！　お前がここに来いと言ったんだろ！』

やって来た大型犬、レオは憤懣《ふんまん》やるかたないといった様子で言霊を飛ばしてくる。

『ん？　ああ、そうだったそうだった。あんまり集中していたから忘れていたよ』

『忘れていた？　何時間も真っ暗な山の中を彷徨い、苦労して手がかりを摑んだ私を呼びつけておいて、その言い草はなんだ？　正面の扉の前には警官がいるから、この生垣を突っ切ってこないといけなかったんだぞ』

レオはにじり寄ってくる。

『君の図体がでかくて、毛色が目立つのがいけないんだろ。僕の責任じゃないよ』

『……なんだと』

レオの口元が歪み、鋭く大きい牙が露わになる。さすがに身の危険を感じた僕は慌ててその場を取り繕った。

『き、君が見つけてくれた手がかりのおかげで、事件の真相にだいぶ近づけたよ。いやいや、お手柄お手柄。さすがは犬だけあって、広範囲の捜査はお手の物だね』

軽く持ち上げると、レオは濡れた鼻を鳴らす。

『まあ、私は優秀だし、犬は猫のような矮小《わいしょう》な動物とは違うからな』

相変わらず単純な奴だ。しかし、言うに事欠いて、ネコが矮小だと？　僕がこっそり前足の爪を出して戦闘態勢に入ると、レオは大きくかぶりを振った。

『それより、お前はなにに気づいたんだ。早く教えてくれ。一刻もはやく柏木穂乃花がどこにいるのかを調べないといけないんだ』

たしかに、この馬鹿犬と決着をつけるのはいまじゃないな。僕は爪をしまうと、『言葉で説明するより、意識をリンクさせて教えた方が早いよ』と言って、霊的存在としての『僕』をネコの体からわずかに滲み出させる。

『またお前と意識を共有するのか。あまり気が向かないのだが……』

『急がせたのは君だろ』

僕が「シャー」と威嚇すると、レオは『分かった分かった』と意識の同調をはじめた。

ほんの十数秒の同調で、僕の推理がレオへと流れ込む。レオは大きく目を見開いた。

『ということはあいつが……』

『そうだね。すべてあいつが仕組んだことだと思う。動機も、犯行方法も明らかなんだからさ』

『じゃあ、あいつに催眠術をかければ……』

『うーん、それはどうかな。そう簡単に催眠術にかかりそうなタイプじゃないから、起きている間は難しいと思うんだよね。寝ているところに近づくのも、イージーじゃないし』

『じゃあ、どうするんだ！』

レオが大きな言霊を放ってくる。

『そんなに興奮するなって。僕もいま、どうするのがベストか必死で考えていたところなんだよ。そこに君が現れて邪魔されたのさ』

僕は再び考え込む。数瞬後、レオが「わん！」と吠えた。

『なんだよ、急に。びっくりするじゃないか』

文句を伝えると、レオはどこかシニカルな表情を浮かべて『あれだ』と、あごをしゃくる。その先には、焼け落ちた柏木家の向こう側、裏庭の隅にそびえ立つ大樹があった。

『あの樹がどうしたの？』

僕が首をかしげると、レオは黄金の毛に包まれた胸を張った。

『あれを使えば、この事件は解決できるはずだ』

4　レオ

しんと静まり返った深夜の住宅街、街灯の光も十分に届かない暗い路地を、人影が足音を忍ばせながら進んでいく。

路地の奥で足を止めた人影は、きょろきょろと神経質に辺りを見回したあと、ぎこちない動きで、ぶろっく塀によじのぼった。

隣の家の敷地から塀に覆い被さるように、大樹が人の胴体ほどの太い枝を伸ばしている。人影はおずおずと手を伸ばしてその枝にしがみつくと、芋虫のようにゆっくりとした動きで幹へと移動し、そこから梯子《はしご》をのぼるように太い枝に手足をかけて、樹をのぼっていく。

五めえとるほどの高さから生えている枝の付け根に、細かい木の枝や針金などを大量により合わせて作られた巨大な鳥の巣があった。なんとかそこに手が届く高さまでのぼった人影は、巣に手を伸ばす。

硬貨、小さな硝子玉、おはじき、鍵などを次々に取り出しては、舌打ち交じりにそれを捨てていく。

その動作を数回繰り返したところで、人影が大きく震えた。巣の中から引いた手に握り込まれたものを見て。

人影が安堵の息を吐いた瞬間、大樹の頂上付近から、小さな影がするすると栗鼠《りす》のように幹を下って、男の顔の目の前までやって来る。

「にゃおおおーん！」

小さな影、クロがその小さな体躯《たいく》には似合わない力強い咆哮を上げる。それに驚いたのか、人影は体の均衡を崩し、立っていた枝から足を滑らせた。

人影が落ちていく。途中、太い枝に引っかかることで落下速度が弱まったが、それでも勢いよく芝生に背中から叩きつけられ、「ぐふっ」とこもった声を上げた。

これは肋骨《ろっこつ》にひびぐらい入っているかもしれないな。まあ、それも自業自得だ。

崩れ落ちた柏木家のかろうじて残っている外壁の陰に隠れていた私は、姿を現すと、倒れて苦しげにうめいている人影にゆっくりと近づいていく。隣にいる男とともに。

「こんばんは」

私の隣に立つ男、この街の警察の刑事である久住が、人影を見下ろしながら言う。しかし、これは彼が自発的に発している言葉ではない。私が『催眠術』でこの男を操り、喋らせているのだ。

まさか、ここまで簡単に操れる人間がいたとは。この男がいれば、仕事を楽に進められるだけでなく、その気になれば『でぱちか』とやらで特製のしゅうくりいむが発売されたとき、それを買わせることも可能ではないか。

煌《きら》びやかな未来を想像して、思わず涎《よだれ》をこぼしていると、『おい、レオ』と頭上から言霊が降ってきた。

『なにしているんだよ。君の計画通り、その男を落としたんだから、さっさと作戦を進めなよ』

見上げると、クロが樹の幹に頭を下にしてしがみついていた。

『言われなくても分かっている』

私は頭の中に湧いたしゅうくりいむをなんとか掻き消すと、目の前に倒れている男に、久住の口を通じて再び話しかけた。

「こんな真夜中に木登りですか、真柴さん」

倒れている男、真柴直人は助けを求めるように視線を彷徨わせる。

クロから事件の真相を聞いた翌日、私は夕食をとりに警察署から出た久住を操り、ここで待ち伏せをしていた。

「お、お前は誰だ……？」

かすれ声を絞り出した真柴は、背中に痛みが走ったのか顔をしかめる。私に操られている久住は、上着の懐から警察手帳を出すと、真柴の顔の前に突き出した。

「刑事課の久住といいます」

真柴の顔から一瞬で血の気が引いていく。

これは……、楽しい。はまってしまいそうだ。クロの奴、こんな面白いことをしていたのか。

「警察……、その犬は……？」

真柴はどこか疑わしげな眼差しを私に注いでくる。

「……警察犬です」

「警察犬？」

真柴の視線に含まれる疑念の濃度が上がった気がするが、まあ気にしないことにする。さっさと話を進めてしまおう。

「ちなみに先ほど、お電話を差し上げた刑事が私です」

柏木家が火事になったことを警察から聞いた真柴は、今日の夜にこの街に戻り、明日、柏木雄大と聡子を見舞ったあと、警察と話をすることになっていた。久住に『催眠術』をかけたときにその情報を引き出した私は、すぐに真柴に連絡を取った。

私の考えた作戦を実行するために。

「じゃあ、さっきの電話で話したことは……」真柴が震え声を絞り出す。

「電話で話したこととはなんのことですか？　とりあえず、鑑識や消防の調査は終わったので、この火災現場は封鎖こそするものの、夜間の見張りは置かないという話ですか？　明日の早朝から、焼けた家だけでなく、大人数をかけてこの敷地全体を徹底的に探索することですか？」

私に操られた久住は、笑みを浮かべたまま前傾して、真柴の顔を「それとも」と覗き込む。

「火元である客間には、暖房器具以外にめぼしいものは見つからず、そこが故障して自然発火したと思われるという嘘ですかね」

「嘘……、ということは……」

「ええ、現場では暖房器具以外にも不審なものが残されていました。らいたあと、からすの死体ですよ。柏木家に飼われていたからすのね」

そこでわざと一拍おいて『溜《た》め』を作った私は、久住の口を借りて告げる。

「真柴さん、柏木家に火を放ったのはあなたですね」

火事で融け落ちた柏木家の窓硝子のように、真柴の顔がぐにゃりと歪んだ。

「そんなわけないだろう！　私はこの家が火事になったとき、東京にいたんだ。……アリバイ、そうだアリバイってやつがある。疑うなら、東京で話し合いをしていた相手に確かめて……」

「なんの話し合いですか？」

久住が発した問いに、真柴は「は？」と呆けた声を上げた。

「ですからなんの話し合いをしていたんですか？　たしかに、この家で火事が起きた時刻、あなたは東京の銀行にいたことが確認されている。では、あなたはなぜ銀行に行っていたんですか？」

「なぜって……、そりゃ、融資の話とかをしに……」

「潰れかけているあなたの会社への融資を頼みに、ですかね」

目尻が裂けそうなほどに、真柴は目を見開く。

「なにを……」

「調べはついているんですよ。あなたの会社は投資に失敗し、すでに不渡りを一回出していますね。もう一度不渡りを出したら倒産だ。それを避けるために、あなたは必死に金策に走っていた」

私はちらりとまだ樹の幹にしがみついているクロに視線を向ける。この情報は、クロがいんたあねっとで調べたものだった。

真柴の会社の件が分からなければ、事件の真相を摑むことは難しかった。私もいんたあねっとを少し学んだ方がいいかもしれない。ただ、この大きな前足であの小さな釦がたくさんついた板を打つのは難しいんだよな……。

私が前足を持ち上げて黒い肉球を眺めていると、真柴が声を荒らげた。

「だったらなんだって言うんだ！　火事が起きたとき、私がこの街にいなかったことに変わりはないだろ！　私に放火なんかできない」

「いいえ、それができるんですよ。あなたはこの街を、柏木家を去るとき、『時限発火装置』を仕掛けていったんです」

「わ、私は機械工学の知識はないぞ。時限発火装置なんて作れるわけがない。そもそも、そんな装置の痕跡なんて、現場から見つかっていないだろ」

喘ぐように真柴がまくし立てる。

「いいえ、見つかっています。らいたあと、からすの死骸、それこそが『時限発火装置の痕跡』です」

青ざめる真柴を眺めながら、私は久住を使って説明をはじめる。

「現場で見つかったらいたあは、蓋を開くだけで火が灯るものだった。そして、すとおぶの燃焼筒は細い金属の柵に囲まれていた。その柵を挟んで、らいたあの蓋を閉めて引っかけておけば、誰かがそれを取れば火が付く。あとはらいたあのそばに灯油を浸《ひた》した布でも置いておき、それを土台の灯油缶の給油口まで伸ばしておけば、時限発火装置ができあがる。とても簡単な仕組みですよ」

それこそが、すとおぶの土台が内部から破裂していたこと、そしてそのすぐそばにらいたあが落ちていたことの理由だ。

「ふざけるな！」真柴が上ずった声を上げる。「そんなのお前の妄想《もうそう》だ。たしかに、その状態でライターを取れば火事を起こせるかもしれない。けど、誰がライターを取るっていうんだ。誰が見ても危険だって分かるはずだ」

「ええ、たしかに子供でも一目で危険だと分かるでしょう。そんな露骨な装置では、誰も引っかからないはずです」

そこで言葉を切った私は、静かに付け加える。

「相手が人間ならね」

めまいをおぼえたのか、座り込んでいる真柴の体が大きく傾いた。

「ええ、そうです。あなたが作った『時限発火装置』はすとおぶ、らいたあの他にもう一つ、大切な部品があった。からすです。部屋で焼け死んでいたからす」

真柴の目は焦点を失っていて、もはや久住から発せられる言葉が聞こえているのか定かではないが、気にせずに私は説明を続ける。

この男の精神を、徹底的に弱らせなくてはならないのだから。

「三週間ほど前、柏木家は庭で怪我をしていたからすを、ぺっととして飼いはじめました。母親を喪ったばかりの柏木穂乃花はからすを大切にした。その甲斐もあって、そのからすは自分で飛び回れるまでに回復しました。ただ、そのぺっとにはいたずら癖があった。光るものを何でも集めようとするというたずらです」

私は久住をさらに前傾させる。真柴は「ひぃ」と小さな悲鳴を上げると、尻餅をついたままずりずりと後退した。

「柏木家を離れるとき、あなたはすとおぶの柵にらいたあを挟んだうえで、それをほんのわずかに開いた窓側に向けた。日光が差し込んだら、らいたあがきらきらと光るように。そして外を飛び回れるまでに回復していたからすは、その光に本能的に引き寄せられ、窓の隙間から客室に侵入し、らいたあを咥えて持ち去ろうとした。そして……時限発火装置が作動したんです」

姿勢を戻した久住に両手を大きく広げさせると、私は「これが私が解明した事件の真相です」と伝える。

『にゃにが「私が解明した」だよ。解明したのは僕だぞ』

クロが言霊で文句を言ってくるが、聞こえないふりを決め込む。

「さて、なにか反論はありますか」

挑発的に言う久住を、真柴は震える指でさす。

「全部でたらめだ！　なんで私がこの家を燃やさないといけないんだ。大切な親戚なんだぞ！」

「親戚だからこそですよ。この家に住んでいた三人が命を落とせば、その遺産はあなたに入ってくる」

「遺産？」真柴はわざとらしく鼻を鳴らす。「柏木家が大富豪だったのは遥か昔の話だ。いまじゃ、この敷地と裏にある山ぐらいしか資産はない。どちらも大した価値はない。山なんて安値でも売れないような土地だ。なんでそんなもののために、私が人殺しになるようなリスクを負わないといけないというんだ」

予想通りの反論だな。私は口元をほころばせると、久住の口を動かす。

「その二束三文の土地に、『お宝』が埋まっているからですよ」

「なにを……言って……」

真柴の呼吸が荒くなる。

「真柴さん、あなたは四ヶ月以上前から柏木家に住み込んでいますね」

「美穂ちゃんが病気で大変な状態だったから、少しでもサポートできればと思っただけだ。それのなにが悪い」

「悪くはないですよ。けれど、本当ならあなたはそんなことをしている場合ではなかったのではないですか。なんと言っても、会社が不渡りを出して、倒産の危機だったんですから。支えるだけなら、誰かを雇いでもすればよかったはずだ。それなのに、なぜあなた自身が会社から遠く離れたこの土地で、それまであまり顔を合わせたことのなかった美穂さんに、いろいろと世話を焼いたんですか」

「た、大切な親戚だから……」

真柴の回答はどこまでも歯切れが悪かった。

「いいえ、違います。柏木家に取り入ることこそ、会社を、そしてあなた自身を救う唯一の方法だったからですよ」

　私に操られた久住が、一歩前に出る。

「あなたは、裏にある山を柏木家から買い取ろうとしていましたね」

「それは……、売り物にならない土地を買い取ることで、雄大さんたちを金銭的に助けられると思ったから……」

「嘘だ！」

　鋭く言うと、真柴の体が大きく震えた。

「あなたは柏木家を助けようとしたんじゃない。彼らから詐取《さしゅ》しようと企《たくら》んでいたんだ。あの山の中に眠る『財宝』を」

「財宝？　ばかばかしい。埋蔵金があるとでも言うのか」

　目を逸らしながら真柴は吐き捨てる。

「いいや、埋蔵されているのは金じゃない。『がす』ですよ」

　私が告げると、真柴は口が半開きになる。そこから「ううっ」といううめきが零れた。

「先日、この裏にある山で松茸を無断採取していた男が、青い炎、『人魂』を目撃しています。それが今回の放火事件に関係があるのではないかと考えた『私』は、裏山を徹底的に調べました」

『関係があると考えたのは僕だよ。君はぐだぐだ文句を言っていたじゃないか』

　またクロがちゃちゃを入れてくる。うるさいことこの上ない。再び無視をして、私は久住を操り続ける。

「そこで、地面に埋まった悲鳴のような機械音を立てる筒状の装置を発見しました。それがなんのためのものか調べたところ、天然がすの試験採掘に使うものだと分かりました。地下深くまで筒を埋め込み、そこから少量の天然がすを採取して調べるものです」

本当は私の極めて優秀な鼻が、がすの臭いを嗅ぎ取ったのだが、まあそんなことは些細なことだ。大切なのは……。

「この山には天然がすが埋蔵されているということです。そういえば過去に、廃坑となった炭坑跡に子供が侵入して死亡するという事件があったらしいですね。おそらく炭坑ががす脈を掘り当て、それが溜まっていたのでしょう。つまり、あの山の深くに繋がっている大穴から大量のがすが採取可能だということです。そうですよね」

水を向けるが、もはや真柴は真冬の屋外に裸で放り出されたかのように、がたがたと震えるだけだった。仕方なく、私は話を続ける。

「あなたは柏木家に取り入り、信頼させて、大量のがすが埋まっている山を安値で買い叩き、その収益で会社の倒産を防ぐつもりだった。しかし、さすがに一人娘の命が残り少ない状況で土地の売買の契約を結ぶ余裕は柏木雄大にはなかった。虐待疑惑などもありましたしね。だから、あなたは柏木美穂が亡くなるのをずっと待っていた。しかし、一ヶ月前に彼女が亡くなると、雄大は山を売るのを躊躇《ためら》いはじめた。あの山の中腹、炭坑の入り口にある『展望台』は美穂にとって特別な場所だった。そして、美穂が亡くなる前、何度もそこに行ったことで、そこは穂乃花にとっても大切な場所になっていたから」

説明もそろそろ大詰めだ。久住を操り続けることに疲労をおぼえつつ、私は口の周りを一舐めして、気合を入れなおす。

「金銭的な支援のためという名目で山の買い取りを提案していただけに、強引に取引を進めることも難しく、時間だけが過ぎていき、そしてとうとう会社が末期的な状態となって東京に戻らなくてはならなくなった。そのとき、あなたに悪魔が囁いた。柏木家の人々が消えれば、全てがうまくいくんじゃないかと。だから、あなたはこの家をあとにするとき、あのからすを使った時限発火装置を残していった」

「本当にそんな適当な装置を作ったとしても、それが作動する保証なんてないだろ！」

混乱の底からいくらか回復したのか、真柴は久住を睨みつけた。

「ええ、保証なんてない。あなたも絶対に三人を殺そうという殺意があったわけではなかったんでしょう。小物のあなたは、わざと作動するかどうか分からない装置を使った。もしそれで三人が命を落としても罪悪感に押しつぶされないよう、からすが悪いんだとでも自らに釈明ができるように。未必《みひつ》の故意というやつですね。別に三人が死ななくてもよかった。家が燃えて困窮する柏木家に支援するという名目で、今度こそ裏山を買えるだろうから。そしてあなたは戻ってきた。助かった雄大が目を覚ましたら、山の売買を持ちかけるために」

「でたらめだ！」

唾を飛ばして、真柴が叫ぶ。

「全部お前の妄想だ。証拠があるのか、証拠が！」

「そう、証拠です！」

久住が大きな声を出す。それに押されたかのように、真柴は軽くのけ反った。

「状況証拠からいって、いまの推理は間違っていない。しかし、直接的な証拠が必要だった。あなたを逮捕するために」

そして、精神的に負けを認めさせ、弱らせるために。私は胸の中で付け足す。

「だから、罠を仕掛けたんです。火元になった客間からは、すとおぶの他には特に目ぼしいものは発見されなかったってね。それを聞いたあなたは、こう思ったはずだ」

私は焦《じ》らすように一拍おいた。

「すとおぶに仕掛けたらいたあは、からすが持ち去ったと」

真柴の呼吸が荒くなっていく。

「そのらいたあさえ処分できれば、完全犯罪だ。火災発生時、東京にいたあなたに疑いがかかることはなく、柏木家の火事は古いすとおぶが原因となった事故と判断される。だからあなたは、なんとかからいたあを見つけなくてはならないと思った。明日、この敷地が警察によって徹底的に探索される前に。まあ、その情報はあなたをおびき寄せるための嘘なんですけどね」

「お前……よくも……」

自分がいいように操られたことを知り、真柴の頬が紅潮していった。私は気にすることなく、最後の仕上げに入る。

「さて、あなたはどこを探すか。簡単です。巣ですよ。柏木家に飼われていたからすがもともと棲《す》みついていた、この大樹に作られた巣。そこにらいたあがあるはず。そう考えたあなたがこうしてやって来るのを予測し、私たちはここで待ち構えていたんです。そして、あなたはまんまと罠にかかった。さて」

久住が真柴の固く握られた右拳を指さす。

「見せてもらえますか？　さっきからあなたが大切そうに握り込んでいる物を。ああ、一応言っておきますけど、放火に使われたらいたあは証拠品として署に保管されています。代わりに私が巣の中に、同僚の刑事から借りたらいたあを仕込んでおきました」

「拒否する！」

右拳を背中に隠して、真柴が声を張り上げた。

「もしライターを持っていたところで、私が放火犯だという直接的な証拠にはならない」

「その通りですが、かなり有力な状況証拠ですよ。十分に逮捕、起訴できるはずです」

「それはあくまで『ライターを持っていると仮定したら』だ。つまりいまの時点で私は容疑者でもなんでもない。私がなにを持っているのか、お前に見せる義務はないはずだ。もしどうしても見たいなら、裁判所から令状を持ってこい」

こわばった表情ながら、真柴は口角を上げた。私は大きくため息をつくと、久住を通して、目の前の哀れな男に告げる。

「真柴さん、なにか誤解があるようですね。あなたはすでに犯罪者なんですよ」

「なに言っているんだ！　私が放火したかどうかは、ライターを持っているか分からない限り……」

「放火じゃありません」

真柴が「……え？」と間の抜けた声を漏らす。

「ここはあなたの土地じゃない。そして現在、警察が封鎖している。そんな場所にあなたが忍び込んだんですよ。つまりあなたは、不法侵入の現行犯なんです。現行犯逮捕に令状はいりません」

口をあんぐりと開いた真柴は、助けを求めるように視線を彷徨わせはじめた。

「では、あなたが握っている物を見せてもらいましょうか。それとも、先に手錠をかけられる方がいいですか」

久住が一歩近づいた瞬間、「うあああー！」と奇声を上げて、真柴が這うように逃げ出した。

『おい、逃がすな！』

クロの言霊に『当然だ！』と答えた私は、芝生を蹴って真柴を追う。久住を操るより、運動能力の高い私自身が捕まえる方が遥かに楽だ。

足を縺れさせながら逃げる真柴に瞬く間に追いついた私は、速度を落とすことなく飛び上がると、真柴の右前腕に嚙みつき、思い切り体をひねった。

加速された私の体重で振り回された真柴の体が均衡を失い、芝生の上にもんどりうつ。開いた右拳から、銀色のおいるらいたあが零れた。

倒れた体に乗り、首筋に牙を軽く立てると、真柴は「ひぃ」と情けない悲鳴を上げた。

『おいおい、そんな下衆《げす》でも殺しちゃダメだよ。いくらこの世界で実体を持っているとはいえ、さすがに直接人の命を奪うのは絶対のタブーだ。重大な違反行為だよ』

『そのくらいわきまえている。あとのことを考えて、この男の心を折っているだけだ』

『雑な犬だけあって、乱暴だね。しかし、君がタブーを破ろうとしているわけでなくてよかったよ。いくら君でも、さすがに罰を受けて消滅でもしたら寝覚めが悪いからね』

するすると樹から降りたクロは、私の代わりに久住を操り、引きつれながら近づいてきた。

久住は倒れ込んだまま動かなくなっている真柴の両手を背中で束ねると、その手首に手錠を嚙ませた。がちゃりという金属音が響く。

「お前には黙秘権がある。お前がこれから発言することは、裁判で不利な証拠となることがある。お前には弁護士をつける権利がある。もし弁護士を雇う余裕がなければ、国選弁護人を……」

滔々《とうとう》と久住が語り出すのを見て、私はクロに湿った視線を浴びせかける。

『これ、よく刑事どらまとかで見るが、実際にやるものなのか？』

『さあ、どうだろうね。けど、一度やってみたかったんだよね』

はしゃいだ調子のクロの言霊に呆れつつ、私は真柴の体から降りると、その頭側に移動していく。

私は『伏せ』をして、腹ばいに倒れたままの真柴の顔を至近距離で覗き込んだ。その顔は表情筋が弛緩していて、ほんのわずかな間に十歳以上、齢《とし》を取ったかのようだった。目はこちらを向いてはいるが、焦点は定まっていない。

うむ、いい具合に心が消耗しているな。まあ、それも当然だろう。このあと、放火と殺人未遂の罪により、この男は長い間、塀の中で臭い飯を食わなくてはならないのだから。

こんな男がどうなろうと、知ったことではない。それよりも、私にはまだ大切な仕事が残っている。

私は「おん！」と腹の底に響く重低音で吠えた。私の咆哮を間近で浴びた真柴の瞳に恐怖の色が浮かび、一瞬、焦点を取り戻す。その隙を逃さず、私は真柴と視線を合わせると、一気に霊的存在としての力を解放した。

私の命令を聞け！

真柴の目の焦点が、再びぶれる。絶望によるものではなく、私の『催眠術』によって。この男は、私欲のために親族の三人を犠牲にしようとしたほどあくどく、厚顔無恥な人物だ。こういう輩《やから》は、普通の状態ではなかなか『催眠術』にかからない。この男から自由に情報を引き出すためには、完全に心を折る必要があった。

そして、私の素晴らしい計画により、それは成し遂げられた。あとは、雑巾を固く絞るように、全ての情報を絞り出すだけだ。

そしていま最も知りたい情報は……。私は大きく息を吸うと、言霊を飛ばした。

『柏木穂乃花はどこにいる？　無事なのか？　生きているのか？』

「……分からない」

熱に浮かされたかのような口調で、真柴が答える。

『ふざけるな！』「わおん！」

怒りのあまり、言霊と鳴き声が重なってしまう。

『お前にとって、穂乃花が一番邪魔だったはずだ。雄大の遺産を相続する権利を持っていたし、彼女にとって大切な場所になったからこそ、裏の山を売ってもらえなくなったんだからな。お前が穂乃花をどこかに隠した。そうなんだろ！』

「ちがう。そんなことはしてない。私はストーブにライターをセットしただけだ。しっかりと家が燃えるよう、灯油にガソリンを混ぜたりしたが、穂乃花に直接危害を加えたりはしていない」

『嘘だ！　柏木家が燃える前も、この街では放火事件が相次いでいた。それは全て、柏木美穂にゆかりのある場所だ。お前は、母親の思い出を追ってそれらの場所に行った穂乃花を火で傷つけようとしていたんだ』

「そうじゃない」

平板な声で真柴は答える。

「それらの放火に私は無関係だ。ただ、美穂に関係のある場所で誰かが放火をしていることには気づいていた。だから、この家を火事にすることを思いついたんだ。そうすれば、放火だと警察に気づかれても、連続放火犯に罪を擦《なす》りつけられると考えたから」

なにを言っているんだ？　連続放火犯は真柴ではなかった？　この男はたんなる模倣犯だった？　そんなわけない。

『でたらめだ。全部お前の仕業だ。お前が柏木穂乃花を誘拐して、どこかに監禁しているんだ。正直に……』

そこまで言霊を放った瞬間、私と真柴の間に、黒い物体がにゅるりと侵入してきた。

『熱くなりすぎだよ』

クロは呆れた調子の言霊で言うと、私の顔に前足の肉球を当ててきた。

『なにをするんだ！　やめろ！』

私は顔を振って、大福のような弾力の肉球を振り払う。

『まずは落ち着きなよ。見なって、この男の有様をさ。パーフェクトに「催眠術」にかかっている。こんな状態で嘘を言えるわけがないじゃないか』

私は『うっ……』と言霊に詰まる。

『けれど、この男は穂乃花の行方を知らないなんて言って……』

『本当に知らないんだよ。柏木家の放火事件については僕の推理が完璧に当たっていたし、君の計画のおかげで犯人を逮捕できた。けれど、今回の件の裏には、なにかまだ僕たちの知らない闇があるのさ。……深い闇が』

『なら、どうすればいいというんだ。どうやれば、柏木穂乃花の居場所を見つけられるというんだ』

私が問うと、クロは両前足で自分の頭をぽむぽむと叩いた。どうやら、知恵を振り絞っているようだ。

『この男からこれ以上の情報を得られないとなると、あとは人海戦術、いや獣海戦術しかないんじゃないかな』

『獣海戦術？　なにを言っているんだ、お前は？』

意味の分からぬ発言に苛立つ私の鼻の頭を、クロはぽんと桃色の肉球で叩いた。

『君のご自慢の鼻と、僕の野良猫ネットワークの出番ってことだよ』

『……つまり、私に穂乃花の匂いを探して、街中を歩き回れということか？』

クロは『ザッツライト！』と言霊を放つと、得意げに両前足を合わせる。

『あと、この街のボスネコである僕が、みんなに命令して情報を集めるよ。さて、善は急げだ。さっさとはじめよう。この男が連続放火犯ではないと分かった以上、捜査は最初からやり直しなんだからさ』

クロに急かされた私は、まだ『催眠術』にかかったままの真柴を見下ろす。

『この男はどうする？』

『そんな奴、これ以上の情報が引き出せないなら用済みだよ。あとは久住に任せればいいさ』

『……それもそうだな』

穂乃花の行方が分からなかったという失望でやけに重くなった足を動かし、私はその場から離れていく。

「俺が悪いんじゃない……。悪魔が囁いてきたんだ。俺はそそのかされただけだ……。全部……悪魔が悪いんだ……」

意識朦朧《もうろう》の真柴が口にした卑怯極まりない釈明に、胸の奥が腐っていくような心地になった。

5 クロ

しかし、本当になにが起きているのやら……。

真柴直人を捕まえた翌日の昼下がり、僕は暗く狭い空間で頭をひねっていた。僕のスリムな体がちょうど収まるサイズ。こういう場所はネコにとって心地よく、頭を使うのに最適だ。

昨夜、真柴は久住に逮捕され、署へと連行された。久住の記憶はうまく切り替えて、作戦は全部自分で考えたもので、彼一人で事件の真相にたどり着いたと思い込ませている。さらに、真柴にも自分の罪を全て自白するように強めに『催眠術』をかけておいたので、柏木家の放火事件はこれで解決だろう。

今回のことで久住は昇進するかもしれない。自由自在に操れるあの男が警察の中で偉くなっていくのは、僕の仕事にとって大きなプラスだ。彼には存分に手柄を立ててもらおう。これぞ、WIN-WINの関係ってやつだね。

ただ現状の問題は、柏木家の放火事件の真相が判明したにもかかわらず、謎が深まっていることだ。

昨夜からレオと野良猫ネットワークが必死に探しているが、半日以上経ったいまも、未だに柏木穂乃花は行方不明のままだ。それに、連続放火犯の正体もまったく分からない。

この街でなにかよくないことが起きている。とてもよくないことが。それはもはや確信に近かった。

昨夜、レオと記憶を共有した際に、彼が森の中で上司と同僚から告げられたことを思い出す。僕たち高貴な霊的存在の存在意義にかかわる出来事とはいったい何だというのだろう。柏木家を中心として起きている不可解な事件の裏に、いったいどんな恐ろしい真実が隠されているというのだろう。

僕が身震いをしていると、ガラガラというドアを開ける音が聞こえてくる。

おや、ようやく着いたかな。丸くなっていた僕が顔を上げると、ゆっくりとこの空間の天井についているジッパーが開き、壮年の男が顔を覗かせた。僕はこの男を知っていた。それどころか、この男の一人娘にいろいろと世話を焼いてやったこともある。ネコになってこの地上に降りる前、この一帯を担当する『道案内』だった頃に。

「……着いたぞ」

壮年の男、レオの仕事場であるホスピス『丘の上病院』の院長は、相変わらずの平板な声でつぶやいた。

今朝、真柴からなにか新しい情報を聞き出していないか確認するため、警察署の前で久住を待ち伏せして、出てきた彼に軽く『催眠術』をかけて話を聞いた。すると、柏木雄大の状態が安定したので、すでに人工呼吸管理から離脱して話せる状態になっているということだった。

一瞬、また久住を操って病院に行かせようかとも思ったが、二日続けて完全に操り人形にするほどの強い『催眠術』をかけるのは、久住の精神に悪影響を与える可能性がある。それに、強力な『催眠術』をかけるのはこちらの負担も大きかった。

どうしたものか悩みながらブロック塀の上を伝って街を徘徊していた僕は、ふらふらと歩道を歩いている馬鹿犬を見つけた。昨夜、久住を長時間操ったうえ、その後、徹夜で穂乃花を探し続けただけあって、その足取りは重く、毛並みは悪くなっていて、疲れ果てているのが見て取れた。

さすがに野垂れ死にされては寝覚めが悪いので、僕は『少しは休みなって』と彼の前に着地したうえで、雄大が目を覚ましたことを告げた。すると彼は、『いい方法がある』と弱々しく口元を綻ばせたのだった。

……これがいい方法？

院長と視線を合わせながら、僕は内心で馬鹿犬に対する文句を言う。

僕たちみたいな高貴な霊的存在が地上に降りていることは、人間には内緒にするのが基本だろ。それなのにあいつ、なに普通に正体バレてるんだよ。

ネットサーフィンをしていることを麻矢に疑われているので強くは言えないが、それでもここまで完全に、僕たちが普通の存在ではないと知られているのはよくないのではないか。まあ、この男が世間に言いふらすとは思わないけどさ。

二時間ほど前、僕を連れて丘の上病院に戻ったレオは、「どこに行ってたの⁉　心配したじゃない！」と駆け寄ってきた若いナースからドッグフードをもらったあと、言霊で院長を呼び出した。

唖然とする僕の前で院長に言霊でなにか話しかけると、レオは『うまくやってくれ』と適当なことを告げて、庭にある桜の樹の根元へと移動し、そこでいびきをかいて眠り出したのだった。

かくして、僕はちょうど体が収まる小さなバッグに入って院長に運ばれ、柏木雄大が入院している病院までやって来ている。この街で一番の規模を持つ総合病院で、かつて院長はここで外科医として働いていたらしい。だからこそ、いろいろと便宜《べんぎ》を図ってもらうことができ、スムーズに雄大の個室病室まで到達することも可能だということだ（ここまで来る間、院長がぼそぼそと話してくれた）。

しかしあの馬鹿犬、なにが『うまくやってくれ』だ。思い出すと怒りが湧いてきて、僕はバッグの内側の生地で爪を研ぎはじめる。人間に正体がバレているだけでなく、僕を預けるなんて。おかげで、僕も普通のネコでないことが院長にバレてしまったじゃないか。

「雄大さんの病室まで連れてきたぞ。これでいいのか」

僕を見つめながら、院長が声をかけてくる。

そもそも、この男、なにを考えているか分からなくて、ちょっと苦手なんだよね。悪人ではないんだろうけどさ。

僕は院長に答えることなく、にゅるりとバッグから出る。六畳ほどの簡素な病室、その窓際に置かれたベッドに雄大が横たわっていた。その眉間には深いしわが刻まれ、瞳は固く閉じられている。どうやら寝ているようだ。これは都合がいい。麻酔から覚めてそこまで時間が経っていないので、いまなら簡単に『催眠術』をかけて情報を得られるだろう。

さっさと終わらすことにしよう。山の上までのぼったりで、疲労が血流にのって全身を巡っている。朝、麻矢の部屋に戻って自動給餌器から出るカリカリを食べただけなので、とってもハングリーだ。さっき、丘の上病院の庭で見たスズメを、思わず狩りそうになったくらいに。

空腹になると人は、もとい、ネコをはじめとするありとあらゆる動物は凶暴になる。それは、普段はジェントルでエレガントな僕だって例外ではない。さっさとこのわけの分からない事件を解決して、麻矢の母親の隙をついてキッチンの棚に隠してあるネコ用おやつを盗み食いしよう。うん、そうしよう。

僕が大股でベッドに近づこうとすると、「ああ、待ってくれ」と背後から声がかけられた。

『にゃんだよ！』

思わず言霊で反応してしまう。慌てて前足で口を押さえるが、もう遅かった。能面を被っているかのように普段無表情な院長の目が、ほんのわずかに大きくなっていた。

「うちのレオが言っていたとおりだな。本当に君も特別な動物なのか」

すぐに普段のニュートラルな表情に戻った院長は、いつもより気持ち柔らかい口調で言った。

いや、それは……、なんというか……。

なんとかごまかしたいところだが、言霊で釈明したら、僕が『特別』であることを証明してしまうというジレンマに囚われ、僕は視線を泳がせる。

「レオから聞いたよ。君はうちの娘によくしてくれたらしいな。それを聞いてぜひ礼をしたかった。レオに相談したところ、これが一番喜んでもらえると聞いたのだが、どうかな？」

院長は手にしていたビニール袋の中に手を入れた。そこから取り出されたものを見て、僕は思わず言霊と鳴き声をシンクロさせてしまう。

『おしゃしみ！』「んにゃー！」

院長が手にしているもの、それは僕の大好物、本マグロの赤身の刺身が入ったパックだった。病院に来るまでやけに時間がかかるなと思っていたが、そんな素晴らしいものを買っていたとは。

「んなー！　んにゃー！　んにゃにゃにゃあー！」

ネコの本能に支配された僕は、院長の足にしがみついて立ち上がる。

「……あまり大きな声で鳴かないでくれ。看護師に見つかるとやっかいだ」

たしなめつつ、院長はパックのラップを外して僕の前に置く。

僕は飛び掛かるようにパックを両前足の爪でホールドすると、中の刺身にむしゃぶりつく。柔らかい赤身を咀嚼《そしゃく》するたび、芳醇《ほうじゅん》な旨味が口腔内に広がり、甘美な刺激が脳天まで突き抜ける。

「みゃい、んみゃ、んみゃい……」

必死に刺身を貪っていると、頭上から院長の呆れ声が聞こえてくる。

「……あまり『特別』には見えないな」

ほっとけ。内心で言い返しながら、僕は食事に集中する。獣の体に封じられることは、すなわち物理的法則に縛られることで、不便なことこのうえないが、この『食事』だけは素晴らしい経験だ。特におしゃしみを食べるときは。

優雅におしゃしみを堪能した僕は、大きく満足の息をつくと、口元を前足で拭った。

ごちそうさまでした。

「君たちが『特別』なのか、それともそういう妄想に私が囚われているだけなのか、もはや分からないよ。なんにしろ、他言はしないから安心してくれ。誰も信じてくれないだろうし、私の正気が疑われてしまうからな」

ん、そうか……。だとしたら、あんまり気にしなくていいのかな。

「それより、雄大さんになにか用事があるのだろう。できれば急いでくれ。一応、娘さんの件で彼と大切な話をするという名目で人払いをしてもらってはいるが、あまり時間をかけると不審に思われる」

たしかにそうだね。院長の件はひとまず棚上げにして、僕は窓際のベッドに近づき、軽くジャンプをしてそこに飛び乗る。院長が「やはり、完全に言葉を理解しているな……」とかひとりごつが、聞こえないことにする。

僕は苦悶《くもん》の表情で目を閉じている雄大の胸の上に立った。胸が押されて苦しかったのか、眉間のしわが深くなったが、まあそこは我慢してもらおう。

さて、眠っているなら夢の中に入り込んでもいいのだが、それはかなり霊的エネルギーを消費する。この数日で、大河の夢に入り込んだり、久住を操ったりしているので、かなり能力を使いすぎた。ここは省エネといこう。

僕は両前足で雄大の口元を押さえる。柔らかい肉球に口鼻を塞がれ、雄大が苦しげに唸り出す。十数秒後、雄大の瞼が開いた。その瞬間、僕は前足を引くと同時に、雄大と視線を合わせた。

まだ眠りから覚めきっておらず、意識が朦朧としている状態なら、『催眠術』をかけるのなど赤子の手を捻るほどイージーだ。すぐに雄大の表情が弛緩し、その口が半開きになった。

さて、尋問をはじめよう。

『僕の声が聞こえるね？』

言霊で問いかけると、雄大は緩慢な動きで頷いた。

『よし、それでは質問だ。火事になったときのことを覚えているか？』

雄大の体が大きく震え、呼吸が荒くなる。どうやら、死に瀕《ひん》した恐怖でトラウマになっているようだ。

『落ち着け。お前は助かった。他の家族も死亡を確認されている者はいないよ』

雄大の表情がかすかに緩む。それを見て、罪悪感が胸に湧いてくる。たしかに死亡は確認されていない。しかし、柏木穂乃花は生存も確認されていないのだ。

いや、これは穂乃花を見つけるために必要なことなんだ。僕は自分に言い聞かせると、『覚えているかい?』と同じ質問をする。

「覚えて……いる……」

人工呼吸管理のために気管内チューブを入れられていた影響か、雄大の声はかすれて聞き取りにくかった。

「居間にいたら、急に黒い煙が部屋の中に入り込んできた。すぐに火事だと思ったので、奥のキッチンにいる妻を助けに行った。二人で逃げようとしたら、廊下は黒い煙でほとんど何も見えなくなっていた。ただ、そこしか逃げ場がないので、床を這うようにして何とか玄関へと向かった。途中、左右から炎が迫ってきて……、あまりの熱さに息も吸えなくて……」

『分かった。もういいもういい。もう大丈夫だから、深呼吸をしなよ』

再び雄大がトラウマに襲われるのを見て、僕は慌てて言霊をかける。数十秒、彼が落ち着くのを待って、僕はさらに質問をする。もっとも知りたかった質問を。

『柏木穂乃花はどうしたんだ?』

「……穂乃花?」

問いの意味が分からなかったのか、雄大は呆けた声で言う。

『お前は火事になってすぐ、妻を助けに向かった。では、なぜ孫も助けようとしなかったんだい。大切な存在だろ』

「穂乃花は……、家にいなかったから……」

『家にいなかった？』

「煙が入ってきたとき、穂乃花は庭で遊んでいた。……プーちゃんと一緒に」

『プーちゃん？』

「カラスだ。……ペットのカラス。穂乃花が名前を付けた」

ああ、なるほど。庭で穂乃花と遊んでいたカラスが客間のライターに気づき、それを取ってしまい、真柴の仕掛けた『時限発火装置』が作動してしまったということか。しかし、『プーちゃん』とは、なんだかクマのような名前だな……。

つまり、火事が起きたとき穂乃花は外にいた可能性が高い。ならば、なぜいまだにあの少女は発見されていないのだろう。あまりの恐怖に、どこか遠くに逃げて隠れているとでもいうのだろうか。いや、六歳児がそんな迷いネコのような行動を取るだろうか？

どうにもよく分からない。他に訊ねるべきことは……。

『穂乃花が行きそうな場所に心当たりは？』

「分からない。……あの子は最近、とても活動的になっていたから」

『活動的？　母親を喪って、ふさぎ込んでいたんじゃないの？』

「美穂が……逝ってしまってから一週間ほどは本当につらそうだった。けれど、庭でプーちゃんを見つけ、飼いはじめてからは、とても朗らかになった。いつも一緒にいたよ。だから私たちも安心していたんだ」

一羽の傷ついたカラスとの出会いが、穂乃花の心の傷を癒したということか。しかし、かけがえのない存在になっていたそのカラスは、真柴が仕掛けた罠にかかり焼け死んでいる。短期間にかけがえのない存在を続けざまに喪った穂乃花のショックは、途轍《とてつ》もないものだっただろう。

だからこそ、彼女は身を隠した。残酷な現実から目を背けるために。そう考えるのが自然だが、だからといって六歳の子供が何日も一人で隠れていられるものだろうか。もしかしたら、どこかで事故に遭っているのかもしれない。

やはり、レオの鼻と野良猫ネットワークで、この街を隅々まで探すしかないのだろうか。けれど、いくら田舎とはいえ、それなりに大きな街だ。やみくもに探すのはあまりにも効率が悪い。少しでも探索範囲を絞る情報が欲しいものだ。

『あー、最近、穂乃花についてなにか気づいたことはなかった?』

いや、こんなぼんやりした問いで重要な情報など得られるわけがない。もっと、なんというかピンポイントな質問をしないと。僕が頭を絞っていると、雄大が「あった」と頷いた。僕は前のめりになる。

『あった⁉ あったってなにが?』

「あの子は最近、『天使と話せる』と言うようになったんだ。……『天使と話せるから、もう寂しくない。お母さんとまたすぐに会えるから』、そんなことを手話で言っていた。それが少し不安だったが、あの子がだんだん明るくなっていくのを見て、それでいいと思うようになった。きっと、……寂しさを紛らわすための、あの子なりの方法だと思うようにした」

ああ、それか……。期待を裏切られ、僕はうなだれる。その『天使』の正体はあのレオだ。あいつが、穂乃花を慰めようと『天使』を名乗って言霊で適当なことを宣《のたま》った影響だ。

まったくあの馬鹿犬、穂乃花に勘違いさせてしまったじゃないか。穂乃花が美穂に会えるのは、決して『すぐ』ではない。何十年もあと、彼女が与えられた時間を十分に生き、その肉体が朽ちたあとの話だ。全く無責任な奴だ。

さて、他に訊ねるべきことは……。気を取り直して再び質問の内容を考えようとした瞬間、僕は勢いよく顔を上げて窓の外を見る。遥か遠くから、ぼんやりとしたイメージのようなものが伝わってきた。この感覚は知っている。野良猫ネットワークが探していた情報を見つけたことを僕に伝えるものだ。

仲間の一匹が穂乃花を見つけたのかもしれない。しかし（おしゃしみで少しは回復したとはいえ）、疲労したネコの足で行くにはあまりにも遠すぎる。

数瞬、考え込んだあと、ベッドから素早く降りた僕は、院長の足元まで移動して「んなー！」と一鳴きする。もういまさら正体を隠しても仕方がない。

『柏木穂乃花を助けるために、行かないといけない場所がある。悪いがそこまで僕を運んでくれないかい』

院長はいつも通りの冷めた目で僕を見つめると、床に置かれている小さなバッグを指さし、ほんの少しだけ唇の片端を上げた。

「毒を食らわば皿までってやつだな」

『君、外見に似合わず、話の分かる男だね』

院長に倣って片側のウィスカーパッドを上げた僕は、バッグの中へと飛び込んだ。


「ここでいいのか？」

院長の声が聞こえてくる。バッグに入った僕はわずかに開いたジッパーの隙間から外の様子をうかがう。

高い金網に覆われた敷地の中に、コンクリート製の直方体の建築物が建っている。フェンスには『危険　高圧電流　関係者以外立入禁止』と大きく記された看板が設置されていた。

「変電所だな。この街の電力はここを通って供給されている。ここになにかあれば、街全体が停電する」

なるほど、だからかなり厳重に管理されているのか。僕はジッパーの隙間から出る。地面に着地した瞬間、横殴りの風にあおられ、思わずバランスを崩しかける。しゃがんだ院長が慌てて支えてくれた。

『あ、ありがとう』

もう、いまさら隠しても仕方がないので、僕は言霊で礼を言った。

「強風警報が出ている。これから夜にかけて、さらに風が強くなるらしい」

となると、馬鹿犬と違ってウェイトが軽い僕だと飛ばされる危険があるな。風がさらに強くなる前に、できるだけのことをしなくては。

さて、野良猫ネットワークがなにかを見つけたのは、あの建物の中のようだ。早く調べるとしよう。あそこに柏木穂乃花がいるかもしれないのだから。

僕はフェンスの下にある隙間から敷地に入ろうとする。そのとき、「わん！」という声が聞こえた。振り返ると、黄金色の毛をした大型犬がこちらに向かって駆けてきていた。

ここに向かう前、丘の上病院で休憩をしているレオに言霊を飛ばして連絡をしておいたのだ。どうやら、それを聞いて全力で走ってきたようだ。ここから病院まではかなり距離があるというのに、犬の持久力というのは侮れない。

『ここに……、穂乃花が……、いるのか……』

僕たちのすぐそばまで走ってきたレオは、激しく酸素を貪り、出した舌からだらだらと涎をこぼしながら言う。

長時間の全力疾走で息切れしているせいで、言霊もとぎれとぎれだ。

『はっきりは分からない。野良猫ネットワークのメンバーはあくまで普通のネコでしかないからね。しっかりと会話できるわけじゃないんだよ。なにか発見したっていうイメージが送られてくるだけさ。ただ、あの建物の中になにか手がかりがあるのは間違いないよ』

僕はあごをしゃくって、フェンスの中に建つコンクリート製の建物を指す。

『なら、すぐに行くぞ』

間髪《かんはつ》を入れず、レオはフェンスの下にある隙間に体をねじ込もうとして……つっかえた。

頭と前足はなんとか通過したものの、腹辺りがフェンスと地面の間に挟まり、苦しそうに身をよじっている。

『……君さ、ダイエットした方がいいんじゃないかな。シュークリームは控えめにしなよ』

「ダイエットが必要かもな。当分、三時のおやつは与えないよう、看護師たちに言っておこう」

僕と院長に同時に減量を指示されたレオは、『ご無体《むたい》な！』と言霊で叫びながら必死に体を隙間にねじ込んでいく。

なにをしているのやら。僕は呆れつつ、見せつけるようにするりとフェンスの下を抜けて敷地へと入った。

「さすがに私の体では、そこを潜《くぐ》り抜けるのは無理だ。ここで待っているよ」

僕と（なんとかフェンスを潜り抜けた）レオに院長が言う。僕たちは頷くと、ゆっくりとコンクリート製の建物へと近づいていった。

『警戒しなよ。中の状況は全く分からないんだからね』

僕の警告に、レオは『ああ』とあごを引いた。

柏木家の火事については解決したものの、一連の事件はまだ分からないことだらけだ。少なくとも、美穂にゆかりのある場所に火をつけて回った連続放火犯はまだ野放しになっている。その犯人が、ここに穂乃花を監禁している可能性も否定はできないのだ。

建物には正面の入り口があるが、あそこには鍵がかかっているだろう。だとしたら……。

僕は建物の側面の高い位置に、わずかに開いている小さな窓を見上げる。三メートル近い高さにあるあの窓まで、さすがにジャンプでは届かないだろうが、幸いそのそばに雨水管《うすいかん》が通っている。あれをよじのぼれば、建物の中に侵入できるだろう。

『まず、僕があの窓から入って内側から錠を外す。そうしたら、君も中に入ってくるんだ。もし、敵がいたら、二匹で制圧するよ』

『敵というのは連続放火犯のことか？　そいつが、穂乃花を誘拐したのか』

レオは建物の入り口に厳しい視線を注ぐ。

『あくまでその可能性もあるってことさ。あんまり決めつけるとよくない。状況に応じて、二匹で臨機応変に対処する。アンダースタン？』

『分かった』

レオはわずかに牙を剝きながら答えた。

本当に分かっているのかな？　先走って変なことしないでおくれよ。僕は一抹《いちまつ》の不安をおぼえつつ、雨水管に飛びつき、するすると窓の近くまでのぼっていくと、わずかに開いた隙間に向かってジャンプし、音もなく窓枠にしがみついた。

そっと建物の中を覗き込む。窓から差し込む夕暮れのわずかな明かりしか光源のない薄暗い室内には、いくつもレバーが付いた巨大な機械が並んでいた。これが変圧器なのだろう。そのレバーをいじれば、この街全体を一時的に停電にすることもできるのか。そんな場所に、柏木穂乃花に繫がるどんな手がかりがあるというのだろう。

警戒しつつ観察していると、「んなー」という野太い鳴き声が聞こえてきた。見ると、大柄な長毛種のオスネコがこちらを見上げていた。僕の前にこの地域のトップに君臨していた、前ボスネコだ。

『ああ、君が見つけてくれたのか。さすがは僕のライバルだ。助かったよ』

言霊で労《ねぎら》うと、彼は得意げにふわふわの毛に覆われた胸を反らした。言霊は言葉ではなく精神の振動のようなものなので、言語を持たない獣にも十分に通じて便利だ。

窓枠から変圧器に飛びうつると、僕は息を殺しながら床まで下りていく。いまのところ、穂乃花の気配も、そして連続放火犯の気配もない。

『それで、君が見つけた手がかりっていうのはなんだい？』

僕が訊ねると、前ボスネコは『こっちだ』とでもいうように首を動かし、部屋の奥へと移動する。もし、敵意を持つ者にいきなり襲われても大丈夫なよう、僕は臨戦態勢のまま彼についていく。

一番奥にある変圧器と壁の間にある、一メートルほどの通路に前ボスネコは入っていく。変圧器の陰から覗くと、通路の突き当たりに毛布が置かれていた。人影は見えない。拍子抜けした僕は、顔をしかめる。

『あれが手がかり？　たんに毛布があるだけじゃ……』

そこまで言ったところで、僕は息を呑む。毛布のそばに絵本が落ちていた。『マッチ売りの少女』の絵本。レオの記憶の中で、柏木穂乃花が大事そうに抱えていた本。

やはり、柏木穂乃花はここにいた。しかし、なぜこんなところに？　そしていまはどこに？

そのとき、背後からバンッという大きな音が響いた。

連続放火魔⁉　尻尾をぶわっと膨らませながら振り返った僕は、口を半開きにする。入り口の扉が開き、レオが大股で中に入ってきていた。

『なんで君が？』

『なんでじゃない！　待っていたのに、お前がいつまで経っても合図をしないからだ！』

苛立たしげに、レオが言霊を放つ。

『ああ、ごめんごめん。君のことを完全に忘れてた』

『……忘れていた？』

レオの言霊が危険な色を帯びる。僕は慌てて話を逸らした。

『それより、どうやってドアの錠を外したんだ。僕はまだ開けてなかったんだよ』

『別になにもしていない。待ちきれなくなって取っ手にしがみついたら、勝手に開いた。お前がやっていないというなら、最初から外れていたんだろう』

『外れていたって、こんな重要な施設のドアの鍵が？』

いや、それも当然か。穂乃花の痕跡があるということは、彼女はあの扉から出入りしていたということだ。けれど、最初はどうやって入ったのだろうか？　もしかして、ここの鍵を持つ関係者が連れ込んだ？

僕が頭を働かしていると、レオが顔で僕を押しのける。

『そこに穂乃花がいるのか？』

通路を覗き込んだレオの顔が歪んだ。僕は彼の隣に並ぶ。

『見ての通りさ。あの子がここにいた痕跡はある。けれど、いまはいない』

『じゃあ、どこにいるというんだ』

『それをこれから調べるんだよ』

僕は通路の奥に進んでいく。レオもついてきた。

『この絵本は、柏木穂乃花が持っていたもので間違いないよね』

『ああ、間違いない。穂乃花が持っていたものと同じ個所に油汚れがある。お菓子を食べた手で持った跡だったはずだ』

『ということは、ここに彼女がいたことは確実か。いや、誰かが絵本だけをここに持ち込んだ可能性も……』

僕が口元に手を当てると、レオが『穂乃花はここにいた』と毛布に近づいていく。

『なんでそう断言できるんだい？』

『ここにはあの子の匂いが濃く残っている。穂乃花は間違いなくここに何日もいたんだ』

『連続放火犯に監禁されていたということか？』

緊張しつつ僕が訊ねると、レオは毛布やその周囲に鼻を近づけ、念入りに匂いを嗅いだあと、首を振った。

『違うな。ここには穂乃花以外に人間の匂いはほとんど残っていない。少なくとも、この数日間でここに入ったのは、穂乃花だけだ』

『え？　ちょっと待ってくれよ』

僕は必死に情報を整理する。

『つまり、柏木穂乃花は家が火事になったあと、一人でここで過ごしていたということかい？なんでそんなことを？』

『分からない。誰かから隠れていたのかもしれない』

レオは毛布を嚙むと、勢いよくめくった。そこには、ポテトチップスやチョコレート、そして空のペットボトルなどが散乱していた。それだけあれば、火事のあとここで過ごすことも可能だっただろう。しかし、まだ六歳の穂乃花がいったいどうやって、食料を調達したというのだろう。

混乱で頭痛をおぼえた僕は軽く頭を振る。そのとき、闇を見通す僕の瞳が通路の端に落ちている物をとらえた。それがなにか気づき、僕は混乱する。

『レオ、ちょっとこれ見てくれるかい？』

『なんだ？　なにかあったのか？』

駆け寄ってきたレオは、床に落ちている『それ』を見て目を丸くする。

『これは、まさか……』

『うん、羽だね。カラスの羽』

そこには濡れたかのように深い色の、漆黒の羽が一枚落ちていた。

『からすは三日前の火事で死んだはずだ。なのに、なんでここに羽が落ちているんだ？』

レオは鼻先を羽に近づける。

『ああ、分かった』

ようやく状況を咀嚼した僕は、失望しながら言霊を放つ。

『きっとここは、もともと柏木穂乃花の遊び場の一つだったんだよ。火事になる前も、彼女はペットのカラスを連れて、ここで遊んでいたんだ。羽はそのときに落ちたものさ。つまり、火事のあとではなく、前に柏木穂乃花がいた痕跡を見つけてしまったんだ』

『そうじゃない』

レオは首を横に振る。

『たしかに、からすの羽が落ちているということは、もともと穂乃花はここを遊び場にしていた可能性が高いだろう。しかし、火事のあともここに来ていた』

僕は『なんでそんなこと分かるんだい?』と、小首をかしげた。

『あの子の匂いが濃く残っているからだ。これは何日も前の残り香じゃない。あの子は二、三時間前まで、間違いなくここにいたんだ』

『んー、だとしたら、火事のあと柏木穂乃花は二日間もここに一人で隠れていたということ? なんでそんなことを? 他の人間の匂いがしないということは、連続放火犯に監禁されていたわけでもないようだし。家が燃え、ペットのカラスまで焼け死んで怖くなったということかな』

レオは険しい顔でしきりに辺りを嗅ぎ続ける。

『分からない。なにかがおかしい。状況からすると穂乃花は連続放火犯に狙われていた可能性が高い。けれど、私の鼻とお前の情報網をもってしても、その犯人に繋がる手がかりがまったく摑めない。そんなことがあり得るのか？　まるで、幽霊でも探しているかのようだ』

『幽霊ねえ……。それってさ、なんか感覚の鋭い人間が「地縛霊」の気配を感じ取ったものでしょ。彼らが地上に火を放つなんてできるわけがないだろ。彼らは現世になんら物理的な干渉ができないいんだからさ。連続放火犯は間違いなく人間だよ。僕たちがなにかを見落としているんだよ』

そのとき、少し離れた位置から「んにゃー」という野太い鳴き声が響いた。振り返ると、前ボスネコが通路の入り口辺りでこちらを見ていた。

『ああ、ごめんごめん。君のことを忘れていたよ。本当にご苦労様だったね。もう帰って大丈夫だよ。お礼に今度、おしゃしみでも差し入れするよ』

言霊で労うが、彼は帰ることはなく、訴えかけるような眼差しを僕に注ぎ続けた。ネコは人間とは違い、鳴き声ではなく体勢や目つき、尻尾の動きなど、全身から醸し出される雰囲気でコミュニケーションを取る。彼はいま、僕になにかを伝えようとしていた。なにか、重要なことを。

僕が軽くあごを引くと、彼は『ついてこい』とでもいうように身を翻した。僕が早足で追っていくと、通路から出た彼は入り口近くの部屋の隅、天井から床に延びている数本の太いパイプの陰まで移動し、「なー！」と一声鳴いた。

そこに落ちている物を見て、僕は息を呑む。全身の毛が逆立ち、体が一回り膨らむ。

『レオ、こっちに来い！　すぐに！』

僕が強い調子で言霊を飛ばすと、レオは『どうした⁉』とすぐに走ってきた。

『……それを見ろ』

パイプの陰に落ちているものを見て、レオは絶句する。そこには大量の新聞紙が落ちていた。大部分が焼けて、煤と化している新聞紙が。そして、そばには大量のマッチが散乱している。

『どういうことだ⁉　なんでここに放火しようとしたような痕跡がある⁉』

レオの息が荒くなる。

『……決まっているだろ。連続放火犯がここで火をつけようとしたんだよ』

『そんなわけない。さっき言っただろ。ここには穂乃花以外に人間の匂いは残っていないんだ』

『ああ、そうだね。ここには柏木穂乃花しかいなかった。けれど、ここには連続放火犯がいた。その二つのことから導き出されるアンサーは一つしかない。僕ほどではないとはいえ、それなりに聡明《そうめい》な君はもう気づいているはずだ』

僕はレオの目を覗き込むと、静かに告げた。残酷な真実を。

『柏木穂乃花こそが連続放火犯だ』

6　レオ

『おーい、もう少し急げないのかい？』

背中から言霊が降ってくる。地面に鼻を近づけ、必死に匂いを探っていた私は振り返って、背中に寝そべっている黒い毛玉を睨みつけた。

『気が散るから黙っていろ。風が強いから、匂いをたどるのは大変なんだ』

『ラジャーラジャー、そんなにカリカリしないでよね』

クロは前足の肉球を向けてくる。

『そもそも、なんで当たり前のように私の背中に乗っているんだ。足が付いているんだから自分で歩け』

『何度も言ってるでしょ。ネコは長距離の移動は苦手だってさ。だから、こうやって体力を温存しているのさ。……これから、なにがあるか分からないからな』

クロの表情が引き締まる。私は『ああ』と軽く答えると、再び地面に鼻を近づけた。

『院長を連れてこなくてよかったのかい？　大人の人間がいると、なにかと便利だと思うよ』

ああ、本当にうるさい奴だ。集中させてくれ。

『私たちについてきてもらうより、あの変電所の近くに待機してもらった方がいい。もし穂乃花が戻ってきたら、保護できるからな』

『とかなんとか言って、できるだけ彼を巻き込みたくないんでしょ。君の親友が大切にしていたあの病院には、院長が必要だからね』

ああ、そうだ。今回はなにかおかしなことが起きている。院長を危険に晒したくはなかった。

『なにか文句があるのか？』

『いいや、文句なんかないよ。僕も麻矢を危険に晒すようなことは絶対に避けるだろうからね。柏木穂乃花の居場所が分かったら、この事件にかかわるべき「大人」に、院長が連絡を入れてくれることになってもいるしさ』

クロは大きく息を吐く。

『それに……、今回は僕たちで解決するべき事件なんだと思う』

『上司たちの言っていたことか』

私は一昨日の夜、森の中で上司と会ったときのことを思い出す。

『そう、わざわざ自分たちは一切かかわらないと宣言したり、僕たち霊的存在の存在意義にかかわる問題だとか言ったり、普通じゃないよ』

『ああ、普通じゃない。なにかがおかしい。ただ、私はいま全神経を嗅覚に集中させているから、それについて考えている余裕はないんだ。いいから、少し黙っていてくれ』

『はいはい。背中に乗せてもらっているお礼に、僕が頭脳労働を担当しておくよ。君よりインテリジェンスの高い僕がね』

いちいち気に障る奴だ。背中の毛玉を振り落としたいという衝動に耐えつつ、私は必死に穂乃花の匂いを追い続ける。日は完全に落ちている。冬の足音が聞こえはじめる季節、夜風は刺すように冷たかった。

『こんな寒さでは、穂乃花が凍え死んでしまうかもしれない』

『凍え死んで……？』

背中からまた言霊が聞こえてきた。私は振り返って阿呆猫を睨みつける。

『黙っているんじゃなかったのか』

『ああ、ごめんごめん。ちょっと、気になったことがあって……。大丈夫、ちょっと黙って頭を整理するから、君は追跡に専念して。凍死……、マッチ……』

なにを言っているんだ、こいつは？　呆れつつ、私は穂乃花の匂いを追って歩き続ける。少しずつだが、確実に穂乃花に近づいている。その確信があった。

穂乃花が連続放火犯だった。信じられないことだが、状況からすればそれは間違いないだろう。

なぜ、穂乃花はそんなことをしたというのだろう。

頭に湧いた疑問を、私は首を振って掻き消す。まずは穂乃花を保護することが最優先だ。そうすれば、きっと真実が分かるだろう。この事件の裏に隠された、なにかとてつもなく大きく、恐ろしい真実が。

不吉な予感を抑え込みつつ、私はただ懸命に穂乃花を追って進み続けた。

『こっちって……』

数十分ぶりにクロの言霊が聞こえてくる。

『……黙っているという約束は？』

『一時間近く黙っていたでしょ。僕にとってはすごいことだよ。それよりも、ここって柏木家の近くだよね。もしかして柏木穂乃花は家に戻ったってことかな？　だとしたら、警察に保護されているかも』

『いや、違う』

私は大きくかぶりを振る。

『柏木家に行くためには、そこの十字路を左に曲がる必要がある。けれど、穂乃花の匂いは右の方に続いている』

『右の方ってもしかして……』

『そう、柏木家の裏山、あの「展望台」へと続く階段の入り口がある方だ』

私は前方に暗くそびえ立つ山を見上げた。

『あの子は、「展望台」に向かったってこと？　なんでわざわざ』

『この街で連続して起きた放火事件は、全て柏木美穂にゆかりのある場所で起きている。そして、あの「展望台」は美穂にとって最も大切な思い出の場所だ』

『じゃあ、柏木穂乃花は「展望台」に火をつけようとしているってことか⁉』

クロが言霊で叫ぶ。私は『ああ』と答えると、階段の入り口へと急いだ。

『そう考えるべきだろうな』

『おいおい、それは危ないって。今夜はすごい風だし、空気が乾燥しきってる。それに山は落ち葉でいっぱいだ。下手をすれば、大きな山火事になりかねないよ』

『ああ、だから急がないと』

入り口にたどり着いた私は、闇に覆われた階段をゆっくりとのぼりはじめる。本当なら駆け上がりたいところだが、今回の事件にはあまりにも不可解なことが多すぎる。慎重にいかなくては。

『で、お前なにに気づいたんだ？　さっき、頭を整理するって言っていただろ』

辺りを警戒しつつ訊ねると、背中でクロが立ち上がる気配がした。

『どうして柏木穂乃花が母親に関係がある場所に放火をして回ったか。その理由が分かったような気がするんだよ』

『本当か⁉』

私は振り返って、クロを見る。

『ああ、本当だよ。キーワードは、凍死、マッチ、そして……絵本さ』

『こんな状況でもったいつけるな。さっさと説明しろ』

『相変わらずせっかちだね。ちょっと考えれば分かることだろ。あの子が大切にしていた絵本、そのタイトルはなんだい？』

『たいとる……、題名……』
記憶をたどった私は、目を見開く。
『まっち売りの少女！』
『ザッツライト。母親を喪って以来、あの子はずっと「マッチ売りの少女」を大切に持ってい
た。そして、あの童話の中ではマッチを擦《す》って火をつけることで、少女は幸せな幻を見ること
ができた。最期に少女は全てのマッチを擦ったあと、おばあさんに連れられて天国へと行き、
亡くなった母親と再会するんだ』
『まさか、美穂と会うために穂乃花は放火をくり返していたというのか？　そんなことあり得
ない！』
『あり得ない？　そうかな。あの子はまだ六歳だ。そういう常識的な判断力がまだ備わってい
なくてもおかしくない。それに、あの子は「天使の声」を聞いている。ずっと「天使」と話し
ていると雄大に告げていたんだ』
『天使の声……』
私の息が乱れていく。
『そう、君の言霊だよ。そんな超常的な声を聞き、さらに「マッチ売りの少女」をくり返し読
んでいたあの子は、火を放つことで母親に会えると信じ込んでしまったのかもしれない』
『そんな……、私のせいで穂乃花は……』
じゃあ、上司が言った私たちの存在意義にかかわる問題というのは、私が少女を惑わし、そ

の身を危険に晒したことを言っているのだろうか……。

すべて、私の責任……。

足場が崩れていくような心地になり、私は体勢を崩す。

『ああ、なにやっているんだよ、危ないな。そんなにショックを受けるなって。それだけでは説明できない点がいっぱいあるんだからさ』

『説明できない点？』

『そう。たとえば……。ああ、一つ一つ説明するのは面倒だ。ほら、気乗りはしないけど、また精神をリンクさせるよ。「展望台」に向かいながら、二人……、もとい、二匹で知恵を絞るんだよ』

クロが私の後頭部に額をつける。私は仕方なく、足を再び動かしつつ、クロと精神を同調させた。クロがいんたあねっとと雄大から情報を得ている光景が、私に流れ込んでくる。

私たちは意識を融合させながら、議論をしていく。

――まずさ、今回の件って柏木穂乃花だけじゃ不可能だと思うんだよね。あの子は難聴で、他人とのコミュニケーションが難しい。それなのに、あの変電所には十分な食料があった。誰か協力者がいるはずだ。

――しかし、その痕跡はなかった。変電所でも穂乃花以外に人間の匂いはしなかったぞ。

――そもそもさ、どうやってあの子は変電所に忍び込んだんだろ？

――穂乃花の体格なら、私たちと同じようにふぇんすの下を潜れるんじゃないか？

――フェンスはね。けれど、あの建物の鍵を開けた方法が分からない。あの変電所はとても重要な施設だ。扉が施錠《せじょう》されていなかったってことはあまり考えられないと思うんだ。

――あの施設の鍵を持っているような人物が協力していたっていうことか。

――うーん、それもいまいちしっくり来ないんだよね。

――私が気になったのは、穂乃花が『天使の声』をこの三週間ほども、ずっと聞いていたということだ。私があの子に言霊で話しかけたのは、うちの病院にいたときだけだ。

――あれ？　病院から遠隔操作で言霊をかけたりは……？

――していない。他にもおかしいことがある。穂乃花が何度も放火事件を起こしていることだ。あの子はたしかに難聴だが、かなり聡明だ。これまでの放火の際、とくに何も起こらなければ、あくまで『まっち売りの少女』は現実ではないと気づき、火を放つのをやめるはずだ。

――もしかしたら、なにか起こったのかも。

――なにか？

――そうだよ。例えば火を放つたびに、そこに母親の幻を見たりさ。だからこそ、柏木穂乃花は放火をくり返した。

――母親を亡くした哀しみを癒すため、自ら幻覚を生み出したということか。

――自らか、それとも他の何者か……。

――だから、思わせぶりな言い方はやめろ。なにが言いたいんだ。

――あの家で、超常的な声を聞いていたのは、柏木穂乃花だけじゃないかもしれないってことだよ。

——まさか、真柴直人のことを言っているのか？　あの男が言っていた『悪魔の囁き』というのは、比喩ではなく、本当に『悪魔』に囁かれたとでも言うのか。あの家に『悪魔』がいたとでも言うのか。

——そう考えれば、母親が死んでからずっと『天使の声』が聞こえていたことにも説明がつくでしょ。

——いったい、誰がそんなことを？

——分からない。けど、ヒントは『人魂』にあるんじゃないかな。あれは真柴が天然ガスを試験採掘した際、燃やした炎だった。そしてそれは二ヶ月前からはじまっている。その頃から『悪魔』は活動をはじめたんじゃないかな。

——たしかに、どうやって真柴がこの裏山に天然ガスが埋まっていることに気づいたのか気になっていた。しかし、その『悪魔』が入れ知恵をしたのだとしたら、合点がいかなくもない。

——けど、やっぱりその『悪魔』が誰なのか、いまどこにいるのか分からない。それが判明しない限り、この話は単なる仮説でしかないよ。

——二ヶ月前……。

——ん？　なにか思いついたのかい？

——クロ、お前は野良猫たちを意のままに操れるんだよな。

——まあ、意のままにってほどじゃないけど、ある程度はね。同じ動物同士、なんというか共鳴するものが……。

背中に乗っているクロの体が大きく震えた。精神の同調が外れる。

『まさか！』

最後の最後で私の思いついたことを共有したクロが、大きな言霊を放った。

『ああ、そのまさかだ。そう考えれば、すべて辻褄《つじつま》が合う』

『け、けれど、そんなことしてあいつになんの得があるっていうんだよ。意味が分からない』

『それについては、私もはっきりと分からない。けれど、あいつが「悪魔」であることはほぼ間違いない』

そう言霊を放ったとき、私は階段をのぼりきり、『展望台』へと到着した。

『とりあえず、推理は終わりだ。まずは穂乃花の保護を最優先にしよう』

『でも、彼女の姿はどこにも見えないよ。本当にここに来たのかい？』

私の背中から下りたクロが、きょろきょろと辺りを見回す。

『ああ、穂乃花はここに来た。そしていま、……あそこにいる。あの子の匂いがはっきりと漂ってくる』

私は鼻先で、『展望台』の奥の岩壁に開いている巨大な穴、廃坑の入り口を指した。

『あの炭坑って……、たしか天然ガスが……』

『そうだ、もし引火したりしたら大変なことになる。急ぐぞ』

私とクロは、『立入厳禁』と看板のかかった入り口の柵を潜ると、廃坑へと侵入する。湿ったかび臭い空気に顔をしかめつつ、とろっこ用の線路が延びている坑道をどんどん下っていく。外から明かりが全く差し込まないこの空間は、夜行性である犬の目でもはっきりとは辺りが見えないほど、深い闇に満たされていた。必死に目を凝らして歩かなくてはならないので、なかなか進まない。

こんな危険な場所に、穂乃花は入っていったのか。母親に会えるという『悪魔』の囁きに騙《だま》されて。

激しい怒りが胸を焦がす。早く進みたいのだが、速度を上げることができない。このままでは、穂乃花が危険だ。

焦れる私の鼻先が、びろおどのように、柔らかく艶やかな感触の物体に触れた。

『見えないのかい？』

言霊をかけられてようやく、鼻先にあるものがクロの尻尾だと気づく。

『……ああ、ほとんど見えない。お前は見えているのか』

『もちろんだよ。やっぱり夜のハンターといえば、犬じゃなくてネコだよね。というわけで、僕が先導するから君は僕の匂いと、尻尾の感触を追ってきなよ。このままじゃ、柏木穂乃花が危ないからね』

『助かる』

私は礼を言うと、クロの尻尾にひたすら意識を集中させる。数分、クロに先導されて進んでいくと、前方にかすかな光が見えた。それに伴って視界が回復してくる。

『懐中電灯の光だ。急ぐよ！』

クロが駆け出す。私もすぐそれに倣った。

坑道を抜けると、どおむ状の広い空間に出た。私は息を呑む。

十数めえとるほど先に縄が渡された柵があり、その向こう側には巨大な穴が口を開けていた。おそらくは地下深くの石炭の鉱脈へと続く竪穴《たてあな》で、かつてはその底から石炭を掘り出していたのだろう。そして、柵の前に少女が立っていた。

『穂乃花！』

私が言霊を投げかけると、穂乃花がびくりと体ごと振り返った。その足元には懐中電灯が置かれている。

穂乃花が手にしているものを見て、全身の筋肉がこわばった。それは、まっちだった。十数本のまっちと、着火用のやすりが付いた箱を持った穂乃花が、怯えた表情でこちらを見ていた。

『病院の……ワンちゃん……？』

穂乃花の心の声が伝わってくる。私は彼女を刺激しないように、できるだけ優しく言霊をかける。

『ああ、そうだよ。君を迎えに来たんだ。そんなところに立っていたら危ないよ。おじいちゃんたちも心配しているから、私と一緒に帰ろう』

『……どうして、ワンちゃんが「天使」の声を使っているの？』

『それは……、私こそが「天使」だったからだよ。黙っていて悪かったね』

私は慎重に穂乃花に近づいていく。クロも闇にまぎれながら、気づかれないように遠回りをして、穂乃花との距離を詰めていた。

試験採掘で容易に天然がすが出たことから考えると、あの巨大な竪穴の底は、可燃性のがすで満たされている可能性が高い。もしそこに火を投げ込んだりしたら……。

恐ろしい想像に心臓の鼓動が加速していく。

『違う！』

唐突に、穂乃花から強い拒絶が伝わってきた。

『あなたは「天使」じゃない。「天使」は犬なんかじゃない。だって、病院で聞いたとき、違うって言ったじゃない』

たしかにそうだった。あのとき、私は自分が彼女の『天使』であることを否定してしまった。もしあのとき、私こそが『天使』だと伝えていたら、この子が『悪魔』などにつけ入られることはなかったのに。

激しい後悔が身を焼く。

『すまない。君をだましてしまって。けれど、私こそがあの病院で君に声をかけた「天使」なんだ。君はたしかにいつか柏木美穂に会える。けれど、それは火をつけるなんて方法じゃない。君が多くの人たちに愛されて、君の人生を全《まっと》うしたあと、ままときっと仲良く過ごすことができる。「まっち売りの少女」がそうであったようにね』

『でも、私の「天使」が……』

『病院から帰ったあと、君が家で聞いた声は「天使」のものなんかじゃない。あいつは君をだまして、君の家を火事にした。そしていま、君を危険な目に遭わせようとしている。どうか私を信じて欲しい。どうか私に君を助けさせてくれ』

私はただ必死に、ただ誠実に、穂乃花に言霊で語り掛ける。警戒に溢れていた穂乃花の表情に、わずかに迷いが生じる。

『レオ、いつでも飛び掛かってマッチを叩き落とせるぞ』

気づかれず穂乃花に接近したクロが、言霊で伝えてくる。

『だめだ。ここで強引にやめさせても、穂乃花は救えない。この子は母親を喪って深く傷つき、哀しみ、苦しんでいるんだ。あの「悪魔」はそこにつけ込んだ。いま大切なのは、彼女の哀しみに寄り添いながら、ゆっくりと母親の死を受け入れさせることだ。そしてそれは、柏木美穂を「未練」から解放した私の仕事だ』

いまにも飛び掛かりそうな体勢を取っていたクロの顔に、激しい逡巡が浮かぶ。数秒後、『分かった。君に任せる』と言霊を飛ばし、クロは臨戦態勢を解いた。

私は一歩一歩、穂乃花に近づいていく。

『君のままは、最期の瞬間まで君を愛し続けていた。彼女の願いは、君が幸せな人生を送ることだ。柏木美穂はそのためにすべてを捧げたんだ。君が自分の元に来ることを、彼女はまだ望んではいない。この世界にはまだ、君を心から愛している人がいる。その人たちを悲しませないでやって欲しい』

『愛してくれる人？』

『君のおじいちゃん、おばあちゃん、そして……ぱぱだよ』

　私は穂乃花の目の前まで近づく。

『パパ……』

『そうだよ。君のぱぱ、平間大河はいま君を必死に探している。君のお母さんに頼まれて、君を幸せにしたいと、君と一緒に人生を過ごしたいと心から願っている。もし、まっちに火を灯し、穴の中に落としたら、君はぱぱと会えなくなる。だから、もうやめよう。ままの思い出を胸に、ぱぱと一緒に幸せに生きるんだ』

『パパと一緒……』

　穂乃花の心の声が柔らかく伝わってくる。こわばっていたその顔が、穏やかになっていく。小さな手に持ったまっちが、ゆっくりと私に向かって差し出された。

『ありがとう』

　心からの感謝を伝えた私は、まっちを咥えて受け取ろうとする。次の瞬間、体が震えるほどに強い言霊が響き渡った。

『火をつけろ！　すぐに火をつけるんだ！』

　小さく「ひっ」と悲鳴を上げ、穂乃花が後ずさる。

『その犬の言うことを聞くな！　そいつは「悪魔」だ。母親に会いたければマッチを擦れ！』

『なんだよ、これ⁉　誰の言霊だ？』

クロの悲鳴じみた言霊を聞きながら、私は泣きそうな表情を浮かべた穂乃花が何者かに操られるようにまっちを擦るのを、ただ呆然と眺めることしかできなかった。

やすりでこすられた十数本のまっちに紅い炎が灯る。

『穴の底へ投げ込むんだ！』

再び誰のものかも分からない言霊が響き渡る。身をこわばらせた穂乃花の手から、火のついたまっちが零れ、どこまでも深く昏《くら》い穴へと吸い込まれていった。

そして数秒後……、紅蓮《ぐれん》の火柱が噴き上がった。

巨大な穴から天井に向かって炎が噴きつけ、息をすることも躊躇われるような輻射熱《ふくしゃ》が私たちに襲い掛かる。

『レオ、逃げるよ！　その子を！』

『分かっている！』

私は恐怖に固まって立ち尽くしている穂乃花の足元に体当たりをすると、前のめりに倒れる彼女を背中で受け止める。

『しっかり摑まって！』

言霊を放つと、私の首元に回された穂乃花の両手に力が込められる。

……ちょっと喉が締まって苦しいが、これなら落ちないだろう。

穂乃花を背中に乗せた私はクロとともに、坑道を戻っていった。広場から溢れた炎が背後から追いかけてくる。自慢の毛が縮れるほどの熱気に耐えながら、私は全力で駆け続けた。

『もうすぐだ！　レオ、大丈夫かい？』

すぐ前を走るクロが言霊をかけてくる。

『大丈夫だ！　穂乃花の体重が軽くて助かった』

坑道の入り口へと近づく。私は背中にしがみついている穂乃花に『顔を伏せろ！』と指示を出した。

クロが木製の柵の下を通り抜けるが、穂乃花を背負った私があの隙間を潜るのは無理だ。柵ごと壊すしかない。

覚悟を決めた私は、あごを引き首に力を込めると、腐りかけた柵に向かって全力で頭突きをくらわせる。柵が砕け散る音と同時に、頭頂部に激しい衝撃が走り、視界に火花が散った。

子供を一人背負っての全力疾走で限界を迎えた足が縺れ、私は穂乃花とともに『展望台』の地面に横倒しになる。

頭を振った私はすぐに立ち上がると、覆い被さるようにして穂乃花を守りつつ、廃坑の入り口を見る。そこから炎が噴き出してくることはなかった。

『どうやら、ここまでは火は届かないみたいだね。なんとか焼きネコにならずに済んだよ』

そばにやって来たクロが、おどけた調子の言霊を放った。

『これで……、終わりか？　……助かったのか？』

『どう考えてもそうだよ。だって、炎はここまで来ないんだからさ』

クロは大きく体を伸ばすと、横目でこちらを見る。

『けど、さっきの言霊、やっぱりあいつだったね。君の推理が正解だ』

『だとしても、あいつはいったいなにがしたかったんだ？　なぜ、こんな手間をかけてまで、穂乃花を殺そうとしたんだ』

私は体の下に横たわっている穂乃花を見る。気を失ったのか、その目は固く閉じられていた。

『さあね。けど、その子を助けられたんだから、結果オーライ……』

そこまで言霊を放ったところで、クロが固まった。

『ん？　どうした？』

『後ろ……、山が……』

振り返った私は目を疑う。山に火が灯っていた。この街を囲うようにそびえる山々に、こちら側から順に深紅の炎が上がりはじめている。

『なんなんだ……、これは……？』

呆然と立ち尽くしていると、クロが『……人魂』と小さく言霊を放った。

『なんだ？　「人魂」がどうしたんだ？』

『「人魂」が目撃されていたのは、この山だけじゃなかった。二ヶ月前から、この街の周りにある山、いたるところで青い炎が上がっていたんだ』

『ということは、もしかして……』

恐ろしい想像に、私の喉から笛を吹いたような音が漏れる。

『天然ガスが埋蔵されているのは、この山だけじゃない。きっと、この街の山全体にガスは埋まっているんだ。そしてさっきのマッチが、そのガスに引火したんだ』

『では、いま火の手が上がっているのは……』

『きっと、真柴が部下を使って試験採掘をさせた場所だ。それが何故か、ガスが出ている状態にされていて、地下の炎がそこから噴き出している。きっと一昨日の夜、君が山の中で見つけた男も、装置をガスが噴出する状態にしようとしていたんだよ。多分、あいつに「催眠術」で操られて』

　クロはまくし立てるように言霊を飛ばす。

『なんであいつがそんなことを!?』

『分からないけれど、最悪の状況だよ。空気は乾燥しているし、風は強い。そして山が大量の落ち葉で覆われている。このままだと、とんでもない山火事になって、最悪……街が全滅する』

『全滅……』

　そんなわけない。そんな恐ろしいことが起こるわけが。私は必死に言い聞かせるが、それをあざ笑うかのように、山に灯った炎は燃え広がり、夜の街を、そして夜空を赤く染めはじめた。

　次の瞬間、山々から突然、大量の黒い影が夜空に向かってのぼっていった。雷雲のように集まったその黒い影の集団は、まっすぐにこっちにやって来る。

　それは、からすの群れだった。何百羽というからすが、それ自体が一つの生命体であるかのように固まってこちらに飛んでくると、『展望台』の真上で旋回《せんかい》しはじめた。

群れの中から一羽のからすが急降下してくる。『展望台』の縁にある、かつて平間大河が首を吊ろうと縄を引っかけた鉄製の手すりへとそのからすは降り立った。

『よう、お前ら、相変わらず貧相な恰好してやがるな。まあ、そりゃ俺もか』

からすはどこか小馬鹿にするように首を傾けると、言霊を放ってきた。聞き覚えのある言霊を。

『やはり、お前か。お前が穂乃花を操り、こんな大それたことをしたのか』

『ああ、その通りだ。俺がプロデュースした最高のショーへようこそ。この街の終わりを、特等席でご覧あれ』

からすは、いや、からすの体に封じられた霊的存在、二ヶ月前までこの街を担当していた『道案内』は、漆黒の翼を大きく広げた。

7　クロ

レオの推理は当たっていたのか……。

手すりに止まり、勝ち誇るように羽を広げるカラスを見て、僕は毛を逆立てる。

『久しぶり、――。たった二ヶ月会わないうちに、君はだいぶ姿が変わったね』

僕の後任として、一年ほどの間、この街で亡くなった人間の魂を導く『道案内』を担当していた霊的存在の真名を呼ぶ。人間には発音はおろか、知覚すらできないその名を呼ばれた奴は、威嚇するかのように「カァー！」と甲高い鳴き声を上げた。

『真名で呼ぶんじゃない。その名は、俺が美しく輝く霊的存在だったときのものだ。こんな醜い鳥になって地上に堕ちたこの姿は、本当の俺じゃない。肥溜《こえだ》めのようなこの世界での俺の名は、……プルートだ』

『ぷるうと？』

レオが小首をかしげる。西洋文化に疎《うと》い彼にはピンと来ないようだが、長い時間、ヨーロッパで『道案内』をしていた僕には、その名前が孕む不吉な意味がすぐに理解できた。

『プルート、神話に登場する死神の名前だね。……響きがかっこいいから名乗っているわけじゃないよね』

『当然だ。この地上において、俺は文字通りの死神になる。その意思表示だ』

『死神？　それは人を殺すという意味か。そんなこと、私たちには赦されていない。「我が主様」の御心《みこころ》に背くものだ』

レオが一歩前に出ると、カラスは、プルートは小馬鹿にするように首をくいっと反らした。

『いいや、違うな。「我が主様」の指示は、たとえ獣の体を借りて地上に実体を持っても、「直接人間の命を奪うことは赦されない」というものだ』

『……間接的なら問題ないと言いたいのか』

レオの目つきが鋭さを増す。

『そうだ。俺たちは間接的に人を殺すことは禁じられていない。たとえば、俺の眷属《けんぞく》であるあのカラスどもを操って、この街の人間たちを襲い、殺すことも厳密には禁止されていないんだよ。まあ、そんなことをしても意味がないから我慢したけどな』

『我慢って、なんで君は人を殺したいなんて思うんだよ。意味が分からない』

僕が大きくかぶりを振ると、プルートは突然羽を大きく広げ、こちらに向かって飛んできた。顔面に向かって飛んでくる嘴を、僕はぎりぎりで身を伏せて避ける。空中で弧を描いて飛んだカラスは、もといた手すりの上へと戻る。

『なにするんだ！』

『それはこっちのセリフだ。全部、お前たちのせいだ！』

プルートは血走った目で僕たちを睨む。

『僕たちのせい？』『私たちのせい？』

僕とレオの言霊が重なった。

『そうだ。お前たち、上司にくり返し、俺を現世に派遣するように推薦しただろ！　そのせいで二ヶ月前、あのクソ上司は俺をこんな醜い体に封じ込めて、地上に堕としやがったんだ。ふざけやがって！』

プルートは怒りで飽和した言霊をぶつけてくる。

『お前らと違って優秀な「道案内」である俺が、なんで地上なんかで人間の面倒を見ないといけないんだ。あんな欲と悪意にまみれたサルどもなんかを救うなんて、まっぴらごめんだ。あいつらがくたばったあと湧いてくる魂を運ぶ、それが俺の存在意義だ』

『……その気持ちは分からないでもないよ』

僕は静かに言霊を飛ばす。僕たちは人間の魂の『道案内』として『我が主様』に生み出された存在だ。このネコの体に封じられて地上に降り立った（というか落下した）とき、自分のアイデンティティーが崩壊したような気がした。ただ……。

『たしかに人間は醜く悪意に満ちている存在だよ。この地上を我が物顔で蹂躙《じゅうりん》する、寄生虫のような生物だ。ただ、その一方で、どこまでも優しくて、温かい生物でもある。その二つを同時に併せ持つ不思議な存在。それこそが人間なんだよ』

『クロの言う通りだ』レオが僕に同調する。『私は地上に降りてからこの方、ずっと人間たちを観察してきた。その中で吐き気がするほどに邪悪な一面と、心が震えるほど高潔な一面が、一人の人物の中に同居しているのを何度も見てきた。お前も怪我をしているところを人間に救われて、気づいたんじゃないのか』

そうだ、プルートは柏木家に助けられている。そしてきっと、穂乃花と心の交流を持ったはずだ。ネットで見た写真には、幸せそうに寄り添う穂乃花とプルートが写っていたのだから。

次の瞬間、プルートの口から、「カカカカカッ！」という金属を打ち合わせたかのような奇声が上がった。僕とレオは思わず身を震わせる。

『バカかよ、お前ら！　脳みそ腐ってんじゃねえか』

プルートから言霊で罵倒《ばとう》され、ようやくいまの音が笑い声だったことに気づく。

『救われた？　俺が本当に巣から落ちて怪我をしていたとでも思ってるのか？　なわけないだ

ろ。演技だよ。すべては俺の計画を実現するためだ』

『計画って、……なんのことだよ?』

嫌な予感をおぼえつつ、僕は言霊で訊ねた。

街を囲う山々で発生した山火事は、細胞分裂をするかのようにみるみる大きくなっている。

プルートは哄笑《こうしょう》したまま、赤く染まる夜空を仰いだ。

『この腐った世界からおさらばするための計画に決まっているだろ。二ヶ月前、この体になってから、俺はずっとこの仕事から解放されることだけを考えていた。お前らと違って優秀な俺の知性を、すべてそれに注いできたんだ。そして、この街を取り囲む山に、大量の天然ガスが埋まっていることに気づいたとき、俺の完璧な計画がはじまった』

プルートは得意げに語りはじめる。

『まず俺は、柏木家にやって来ている真柴に目をつけた。あいつは柏木家にまだ財産があるんじゃないかと思って、潰れかけている自分の会社に融資を受けるつもりだったんだ。そのために末期がんの女を甲斐甲斐しく介護して、取り入るつもりだったわけさ。あの家にゃ、とっくにそんな金なんかなくなっているのに馬鹿な奴だよな。だから、俺はあいつの夢に侵入して、天然ガスのことを教えてやったんだ。単純なあいつはちょっと精神に干渉しただけで、天然ガスのことをすぐに信じて、調べ出しやがった。最高の操り人形だったよ』

二ヶ月前から街で噂になっていた『人魂』は、プルートに操られた真柴が部下などに命じて秘密裡《り》に試験採掘をしていたものというわけか……。

『そして時間をかけて、この街を取り囲む山々のいたるところで、がすを掘らせたんだな』

四肢に力を込め、戦闘態勢を取りながら、レオが言霊を飛ばす。

『その通りだ。二ヶ月の間で、あいつは会社に残っていた資金のほとんどをつぎ込んで、山のいたるところで試験採掘のための穴を開けてくれた。まあ、ときどき俺が「催眠術」をかけて、そそのかしていたんだけどな。そうやって俺は、じっくりと準備を進めていったんだ』

プルートは得意げに目を細めた。

『そして一ヶ月前、柏木美穂がくたばったところで、俺の計画が本格的にスタートした。怪我をしているふりをして、柏木家に入り込んだんだ。これで、いくらでも穂乃花に「催眠術」をかけられるようになった。いやあ、お前のおかげでやりやすかったよ』

プルートはレオに視線を向けた。

『柏木美穂が死んだあと、お前が言霊で「天使の声」をかけていてくれたおかげで、ちょっと言霊をかけただけで、穂乃花は俺を「天使」だとすぐに信じ込んでくれた。俺が「死神」とも気づかずに、駒になってくれたっていうわけだ』

嘲笑するようにプルートが言霊を放つ。レオは牙を剝き、唸り声を上げた。

『おお、怖い。そんなに睨むなって』

プルートはおどけるように羽を振る。

『本当に感謝しているんだぜ。いくら「催眠術」をかけても、自分に危険が及ぶような行動を取らせることは困難だ。動物には生存本能があるからな。だから、俺はあるものを使ったんだよ』

『絵本だな。「まっち売りの少女」の絵本』

レオの指摘に、プルートは「カァ」と鳴いた。

『気づいていたのかよ。つまらねえ。せっかくのネタばらしだったのに。そうさ。穂乃花に「思い出の場所に火を放てば、母親と会えるかもしれない」ってくり返し暗示をかけたのさ。大変だったぜ。犯行を目撃されないよう、周囲を監視しながら放火のタイミングを指示したり、火を放つたびに「催眠術」をかけて、母親との思い出を見せたりな。まあ、その甲斐があって、そこで寝ているガキは、火を放つことで母親と会えるという確信を強めていったんだ』

まだレオのそばで気を失っている穂乃花に、僕は視線を向ける。廃坑を進んだときに転んだのか、その手足にはいくつもの擦り傷があった。こんな幼い少女の心を弄《もてあそ》び、自らの計画の道具にするなんて……。

プルートに対する嫌悪と怒りが湧き上がってくる。

『……真柴が柏木家に放火したのにも、君がかかわっているのか』

僕が問うと、プルートは「カカッ」と笑い声を上げた。

『そうさ。美穂が死んだあと山を買い取って大儲けをするつもりだったあいつは、当てが外れてパニック状態だった。だから、ちょっと夢の中で「時限発火装置」の入れ知恵をしてやったんだ。そうしたら、すぐに実行したよ』

『火災現場で焼け死んでいたカラスは、君が操ったものだね。カラスの体に封じられている君は、僕が野良猫を操れるように、カラスを自在に操ることができる。哀れなカラスに「時限発火装置」を作動させ、焼き殺すことによって、君は自分が死んだように見せかけた。そうしないと、事件の真相に近づいている僕たちが、君の存在に気づくかもしれないから」

『……ああ、そうだ』

プルートは苛立たしげに嘴を鳴らした。

『お前たちは本当に邪魔だった。必死に練り上げた俺の計画が水の泡になるところだった。だから、どうしても時間を稼いで、俺と穂乃花が身を隠す必要があったんだ』

『時間を稼ぐ？　お前はいったいなにを待っていたんだ？』

レオが訊ねる。プルートは勢いよく羽ばたいて空へと舞い上がると、両翼を広げた。

『この風だ』

吹き荒れている強い風のためか、翼を動かさなくてもその体は宙に浮いていた。

『嵐のように吹き荒れるこの強い風。そして大量の落ち葉と乾燥した空気。俺はずっとこの状況を待っていた。これなら、山火事が起これば一気に広がるはずだ。そして、天気予報で今夜その条件が満たされることを知った俺は、もともと見繕っていた「催眠術」にかかりやすい数十人の住人たちに命令を下し、試験採掘の装置を壊させた。そうすれば、地下深くに眠っているガスを地上へと噴き上げさせることができるからな』

プルートはからかうように、僕たちの頭上で旋回しはじめた。彼のさらに上空には、数百羽のカラスが渦巻いている。それはまるで黒い竜巻のようだった。

『そして、俺は最後の仕上げに入った。穂乃花をそこの炭坑の中へと導いて、地獄の穴へ火のついたマッチを投げ込ませたのさ。そうすれば、死んだ母親に会えるって「催眠術」で思い込ませてな。嘘は言ってないぜ。焼け死ねば、「我が主様」の元で母親に会えるだろうからな。この街に住む人間全員と一緒にな』

プルートが言霊で上げる笑い声を聞いて、胸郭の中身が腐っていくような心地になる。僕たちは高貴な霊的存在だった。僕たちは人間とは違い、清らかな存在だと思っていた。けれど、それは間違っていた。僕たちも人間と同じく、善良な顔と邪悪な顔、両方を持ち合わせているんだ。

上司たちがレオに伝えた言霊を思い出す。

――自由意思による選択を尊重し、その結果を見る。

――我々の本質を見極めようとなさっているのだろう。

なるほど、たしかにこれは僕たちを見極めるテストだ。僕たちがどのような存在なのかがいま試されている。

僕たちとプルート、どちらが僕たちの本質なのか。

『お前の計画は分かった。しかし、一つだけ理解できないことがある』

レオは怒りを押し殺した言霊を放つ。

『なぜ、この街の住民を皆殺しにしようとする。そんなことをして、お前になんの得があるというんだ？』

『馬鹿が！　そんなことも分からないのか！』

轟《とどろ》き渡るような言霊が僕たちにぶつけられる。

『獣の体に封じられた俺たちの任務は、「この街の人間の未練を解き、地縛霊化を防ぐこと」だ。なら、「この街の人間」を消し去ればいいじゃないか。そうすれば、俺たちの地上での仕事はなくなり、また「道案内」の仕事に戻れる。それがおれの計画だ』

あまりにも衝撃的な告白に思考が凍りつく。地上での仕事をなくして『道案内』に戻るために、救う対象である人間たちを皆殺しにする？　見ると、隣にいるレオも口を半開きにして、呆然とプルートを見つめていた。

『そんな馬鹿なことを……』

それ以上、僕は言霊を続けることができなかった。

『馬鹿はお前らだ。俺はしっかりと指示を守っている。直接人間に危害を加えてもいないし、この街の奴らの「地縛霊化」を防いでやるんだ』

『なにを言って……、もし住民が全滅したら、大量の「地縛霊」が……』

『いや……、「地縛霊」は生じない』

厳かな言霊をレオが放つ。僕は『どういうことだよ⁉』と大きくかぶりを振った。

『人間は普段は傲慢にふるまっているが、心の底では大自然に対する畏怖《いふ》を持っている。とくにこの国の人間はな。だから、……自然災害で命を落とした場合、「地縛霊」になることはほとんどない』

激しいめまいに襲われて、僕はバランスを崩す。

『じゃあ、自然災害で死んだと思わせるために……、「地縛霊化」を防ぐために、わざわざ山火事を……』

『その通りだ！』

プルートは急降下してくると、また手すりに止まった。

『俺はきわめて合理的に与えられた仕事をこなしただけだ。それのなにが悪い』

あまりの衝撃に僕が絶句していると、プルートは「カァ」と一鳴きした。

『なあ、よく考えてみろ。これはお前たちのためでもあるんだ』

『僕たちのため？』

意味が分からず聞き返す。プルートは翼を開いた。

『この計画が成功すれば、お前たちもその獣の体から解放される。病院やこの街自体が消え去るんだ。またすぐに「道案内」に戻れるんだ』

『道案内に……』

人間の魂を『我が主様』の元へと導くという任務、そのために生み出された僕たちにとって、それはとても誇らしく、幸せな仕事だった。

この肉の檻から解放され、再び『道案内』に戻れる。その誘惑は抗《あらが》いがたいものだった。

『だから、俺の邪魔をするな。黙ってこの街が消えるのを見ていろ。そうすれば、みんな幸せになるんだよ。迷うようなことじゃないだろ』

プルートは諭すような言霊を放ってくる。

なにもしなければ、すぐに『道案内』に戻れる……。

『……たしかに、迷うようなことじゃないね』

『……ああ、その通りだ』

僕とレオは静かに言霊を放つと、ゆっくりとプルートに近づいていく。

『理解したみたいだな。なら、俺とともにこの街の最期を見届け……』

そこまでプルートが言霊で言った瞬間、僕は「ンニャー！」という気合とともに思い切りジャンプした。鋭い爪を出した前足を、小さな目を見開いているプルートに向けて思い切り振り抜く。

プルートは羽ばたいて空に逃げようとするが、爪の先が翼の先をとらえた。羽を一枚はぎ取られたプルートは、バランスを崩して地面に着地する。

『レオ！』

僕はさっきまでプルートがとまっていた手すりにしがみつきながら、言霊を飛ばす。

『おう！』

レオは着地したプルートに牙を剝いて飛び掛かった。鋭い牙が突き刺さる寸前、プルートは大きく羽を動かし、体を浮かせてよけると、爪でレオの顔を引っ掻いた。

苦痛の声を上げてレオが顔を背けると同時に、プルートは羽をせわしなく動かし、上空へと逃れる。

奇襲は失敗だ。僕は手すりから降りると、目元の毛が血で赤く染まったレオに近づく。

『大丈夫かい？』

『ああ、眼球は逸れている。それより、とどめを刺せなくてすまなかった』

『気にするなよ。それより、どうやって空にいるあいつを引きずり下ろすか考えないとね』

僕はカラスの大群が渦を巻く空を見上げる。

プルートは翼を動かしてホバリングしながら、僕たちを見下ろしていた。

『正気かお前たちは！　これが「道案内」に戻るための最短で最善の方法だ。そんなことも理解できないのか！』

怒りに満ち溢れた言霊が降ってきた。僕は大きく鼻を鳴らす。

『たしかに最短の方法かもしれないね。けれど……、それは最悪の方法だ！』

『その通りだな』レオが頷いた。『そのような方法が赦されるわけがない。私たちはお前の作戦を、いや、お前という存在を拒絶する』

『人間に飼いならされて、高貴な霊的存在としてのプライドを失ったか。この犬どもめ！』

『犬でなにが悪い！』『僕はネコだ！』

レオと僕の言霊がまた重なる。

『私たちは人間に飼いならされたんじゃない。彼らとともに歩み、彼らを理解し、そして彼らの友人になったんだ』

『一緒に生活してみると分かるけどね、人間も捨てたもんじゃないんだよ。その欠点、美点、合わせて僕はなかなか気に入っているのさ。少なくとも、お前なんかに殺されるのを、指を咥えて見ている気はないね』

『私たちは決して人間を見捨てない。彼らのそばに寄り添い、そして支えるのが、「我が主様」から課せられた、私たちの大切な使命だからな』

僕とレオは、戦闘態勢を取る。さて、あまり気乗りはしないが、一年ぶりの共闘といこう。

『見捨てない？　どうやってだ？』

プルートは嘲笑するように言う。

『空にいる俺に、飛べないお前たちが手を出せるとでも思っているのか？　そもそも、俺を殺したところで意味はない。火は十分に燃え広がった。あとは街を呑み込むのを待つだけだ。もうチェックメイトなんだよ。お前らにできることは、大切な人間が無惨に焼け死ぬのを眺めることぐらいだ』

悔しいが、プルートの言う通りだった。僕たちにはもはやプルートを捕まえることも、火を止めることもできない。なんとかしなくてはと気は急くが、どうすればいいのか分からなかった。

『ただな、安心しろ。人間たちが死ぬのをただ見ているのは忍びないだろ。だから……、その前に殺してやるよ！』

プルートが「カァーッ！」と甲高い鳴き声を上げる。それとともに、雷雲のように漂っていたカラスの大群が、一斉にこちらに向けて急降下してきた。無数の黒鳥が、僕たちに向かってくる。

『私の下に隠れろ！』

レオが指示を出す。僕は慌てて、黄金の毛に覆われた腹の下に隠れた。次の瞬間、漆黒の嘴が雨となって僕たちを襲った。僕は両前足の爪を出すと、レオの腹の下から、それを無我夢中で振るう。レオも牙を剥きながら応戦していった。

カラスの暴風が通過していく。レオの腹の下から出た僕は、言葉を失った。レオの黄金の毛が、背中から噴き出した血液で紅く染まっていた。周囲には、僕とレオの攻撃を受けたカラスが数羽、バタバタと苦しそうに羽を動かしている。

『レオ！　大丈夫か⁉』

『ああ……、大丈夫だ……』

そう言霊を飛ばすが、レオが大きなダメージを受けたのは間違いなかった。

カラスの群れが夜空で大きく旋回して、こちらに向かってくる。

もう一度、攻撃を受けたら、レオの命が危ない。そう思った僕は「ニャアアー！」と大声を上げて先頭のカラスの注意を引きつけると、肉球で地面を蹴って走りはじめた。

計算通りカラスの群れは僕を追ってくる。なんとかレオから攻撃対象をうつすことができた。あとは……。

僕は背中でカラスたちの羽音を聞きながら、『展望台』の奥にある岩壁へと走っていく。引きつけて……、できるだけ引きつけて……。

廃坑の横にある岩肌まで走って近づいた僕は、すぐ後ろにカラスたちが迫っているのを気配で感じ取りつつ、固い岩に向かって大きくジャンプする。目の前に岩壁が迫ってくる。僕は空中で姿勢を変えると、四本の足の肉球を壁に向ける。衝突の衝撃を肉球と、四肢の柔軟な関節で吸収した僕は、思い切り壁を蹴って三角飛びをして、ひらりとカラスたちの攻撃を避けた。

襲い掛かる直前で身を躱《かわ》された先頭の一羽から次々と、十数羽のカラスが岩に激突していく。

成功だ！　胸の中で歓声を上げた次の瞬間、僕は顔を引きつらせる。激突を逃れた後続のカラスが次々と方向転換し、僕に襲い掛かってきた。空中にいるので、逃げることもできない。

一羽のカラスが鉤爪を向けて飛び掛かってくる。僕は思い切り前足を振って、刃物のように鋭い爪で、羽毛に覆われたその体を薙《な》いだ。カラスは悲鳴のような鳴き声を上げて僕にのしかかってくる。鉤爪が僕の腹に食い込み、そのまま僕たちは落下していく。

地面に叩きつけられる寸前、体勢を立て直して着地した僕に向かって、嘴の雨が降り注いだ。レオほど体重がない僕は、勢いよく吹き飛ばされる。

カラスたちが通過していったあと、地面に倒れ伏していた僕は、なんとか立ち上がった。体のいたるところから出血している。

なんとか二十羽くらいのカラスを戦闘不能にしたが、焼け石に水だ。まだ数百羽が残っている。対して、僕もレオもすでに満身創痍《まんしんそうい》だった。

『哀れな姿だな』

勝ち誇るように、プルートは言霊を放つ。

『俺が最高の方法を考えて誘ってやったっていうのに、それを拒否しやがったな。なら、逆にお前たちが一番嫌がることをやってやろう』

一番嫌がること？　困惑しつつプルートの視線の先を見た僕は息を吞む。いつの間にか、穂乃花が立ち上がり、不安そうに辺りを見回していた。

プルートが嘴を開く。あまりにも醜く、残忍な笑みがその黒い顔に広がっていた。走ろうと足に力を入れた瞬間、激痛が走る。見ると、後ろ足の付け根辺りの肉がえぐれ、ピンク色の筋肉が露わになっていた。

『レオ！　穂乃花が！』

僕は言霊を飛ばす。事態に気づいたレオが穂乃花に駆け寄ろうとするが、ダメージが大きいのか、足が縺れて倒れてしまう。

天高く舞い上がったカラスの大群は、プルートの「カァ！」という号令と同時に、穂乃花に向けて一直線に襲い掛かった。穂乃花はただ立ち尽くして、自分に向かってくる大量の嘴を眺める。

ダメだ。僕が目を固く閉じたとき、「穂乃花！」という声が響き渡った。聞き覚えのある声。瞼を開けると、懐中電灯を手にした平間大河が階段を駆け上がってきていた。展望台に着いた彼は迷うことなく、愛する女性との間に生まれた一人娘に駆け寄ると、勢いのままにその体を抱きしめて地面を転がる。

カラスの群れがそのそばを通過していった。

間に合った！　僕は内心で快哉を叫ぶ。

穂乃花が『展望台』にいる可能性が高いと分かったとき、レオが遠くにいる院長へと言霊を飛ばした。『展望台』にすぐに来るよう、大河に伝えて欲しいと。

レオから聞いた電話番号（僕が大河の記憶の中で見ていた）に院長は連絡を取り、大河はいきなりかかってきた怪しい電話を信じてここに来た。二人の人間の協力が、幼い少女の命を守ったのだ。

嘴の雨から娘を守った大河は、倒れたまま胸の中にいる穂乃花と目を合わせた。

「こんばんは、穂乃花ちゃん。君の……パパだよ」

「ぱぁぱ？」

舌ったらずの声で、穂乃花がつぶやく。

「そうだ、君のパパだ。もう離さないからね。パパがずっと守ってあげるからね」

瞳に涙を溜めながら優しく微笑む大河に、穂乃花は「ぱぁぱ！」としがみつき、大声で泣きはじめた。

『逃げろ！』

僕は言霊で大河に向かって叫ぶ。大河は体を震わせると、不安げに辺りを見回した。その視線が僕をとらえる。

「あのときの黒猫……？　まさかいまの声……」

『そんなことはどうでもいいんだよ。娘を守りたいなら、愛する女性との約束を守りたいなら、いますぐ全力で山を下りるんだ！』

『そうだ、早くしろ。穂乃花はお前に任せる。柏木美穂が命がけで遺したその子を、お前が守ってやれ！』

レオが同調する。

いきなりネコと犬から言霊をぶつけられた大河は一瞬躊躇《ちゅうちょ》するが、すぐに穂乃花を強く抱きしめて立ち上がると、階段に向かって走りはじめる。

『そいつを逃がすな！』

上空にいるプルートが命令する。カラスの大群が大河のあとを追う。そのとき、レオが「うおぉおーん！」と腹の底に響く遠吠えを放った。僕の十倍はあるであろう体軀から発せられる咆哮に、群れの先頭のカラスが振り返る。カラスたちのスピードが一気に落ちた。

『そんな死にかけの駄犬、放っておけ！』

プルートの怒りのこもった指示で、カラスたちは再び大河を追いはじめる。しかし、レオが稼いだ時間が生きた。群れに追いつかれる寸前、階段を駆け下りた大河は暗い森へと吸い込まれていく。びっしりと生えた枝が飛行の邪魔だったのか、カラスたちは森に入ることをせず、上空へとのぼっていった。

『この役立たずどもが！』

プルートの罵倒を心地よく聞きながら、僕は肉をえぐられた後ろ足を引きずってレオに近づく。

『ひどい恰好だな、ぼろ雑巾のようだ』

そばまでやって来た僕に、レオが言霊をかけてくる。

『人の……もとい、ネコのことは言えないだろ。君はトマトジュースを拭いたモップみたいだよ』

『お互い獣どころか、掃除道具にまで身を落とすとはな』

僕たちは顔を見合わせると、弱々しい笑い声を上げる。

『さて、掃除道具ならしっかり役目を果たさないとね。空に舞っている、あの黒くて汚いゴミをしっかり掃除しないと』

『その通りだな。それが私たちの最後の仕事になりそうだな』

僕たちは上空で旋回を続けるプルートを見上げた。

『俺を掃除するだと？　どうやってだ？　翼もないお前たちが俺に手を出せるとでも思っているのか』

プルートが僕たちを見下ろしてくる。

『まあ、なんとかするよ。君なんてしょせん、子供一人の命も奪えない雑魚《ざこ》でしかない。爪で引き裂いて、火で炙って、焼き鳥にしてやるさ』

『それなら、私は骨をいただくことにしよう。まあ、鳥の骨はお前と同じですかすかだから、歯ごたえはないだろうがな』

僕とレオの答えを聞いたプルートは、「カァア！」と怒りの声を上げた。

来るか⁉　僕たちは満身創痍の体に鞭打って、戦闘態勢を取る。しかし、嘴の雨が降ってくることはなかった。

『とどめを刺すのはまだだ。子供を殺せないだと？　あの親子も、一時間もしないうちに焼け死ぬさ。お前らは何もできず、守ろうとしたこの街が住民ごと炭になるのを目撃したあと、嬲《なぶ》り殺されるんだ。自分たちの無力さに絶望しながら死んでいけ！』

本当に腐っているな、あいつ。内心で悪態をつきながら、僕は焦る。たしかに山火事をなんとかしなくては、穂乃花たちだけでなくこの街が消えてしまう。ここに住む多くの人々、私の部下のネコたち、ただ懸命に生きている無数の命が炎に呑み込まれてしまう。いったいどうしたら……。

『……無力などではない』

小さいが、なぜか力強い言霊が響く。僕は隣に立つレオを見た。

『なにか手段があるのかにゃ？』

『私の記憶を見ただろ。それを思い出してみろ。上司がなにを伝えてきたかを』

僕たちはプルートに気づかれないよう、お互いだけに聞こえる言霊で話した。

上司が伝えてきたこと……。そこまで考えた僕は、目を見開く。

『もしかして、あの意味って』

『ああ、そうだ。あのときはなんのことか見当がつかなかったが、こうなることを見越しての助言だったんだろうな』

『けれど……、それをしたら僕たちが……』

『ああ、霊的な力を使い果たし、……消え去るかもな』

レオは穏やかな表情を浮かべる。いかにもゴールデンレトリバーらしい、柔らかい表情。そこには、殉教者《じゅんきょうしゃ》の覚悟が浮かんでいた。

僕は迷う。このネコの体はあくまで地上で活動するための仮のものだ。たとえ肉体が朽ちても、霊的存在である僕自身は存在し続ける。けど、もし霊的なエネルギーを、僕たちの本質をすべて使い果たしたら……。

消滅する恐怖、無になる恐怖が体の奥底から湧き上がり、血流にのって全身の細胞を侵していく。体ががたがたと震えはじめた。

『心配するな』

レオは優しく言霊を飛ばしてくる。

『お前まで付き合わせる気はない。私が一人で……もとい、一匹でやる』

『君はそれでいいのか？　怖くないのか？』

全身を細かく震わせながら訊ねると、レオは『怖いさ』と、肩甲骨をすくめるような動作をした。

『消えるのは怖い。けれどな、やるしかないんだ。大切な友達のためにな』

レオは懐かしそうに目を細めた。

『彼女の遺した病院。それを守ることは、私の存在意義だ。「我が主様」から賜ったものではなく、自ら手に入れた存在意義。そのためなら、私はどうなってもかまわない』

レオは大きく息をつく。

『それでは阿呆猫、さらばだ。お前とのけんかもなかなか楽しかったぞ。できれば私が消えたあと、丘の上病院を……』

滔々と言霊で語っていたレオの横面に、僕はネコパンチを叩き込む。肉球を当てたので大した威力はないだろうが、レオはぽかんと間抜け面を晒した。

『な、なにをするんだ、この阿呆猫が！』

我に返ったレオが、言霊で怒鳴った。

『なにをするんだじゃないよ！　なに一匹でかっこつけて、自分に酔っているんだ、このナルシストめ！』

『なるしすと？』

意味が分からなかったのか、レオは小首をかしげる。

『自惚《うぬぼ》れ屋ってことだ』

『う、自惚れ屋？　私のどこが自惚れていると言うんだ』

『勝手に自分だけ犠牲になろうとしているところに決まっているだろ！』

僕が言霊で怒鳴り返すと、レオの顔が引き締まった。

『まさか、……お前もやるというのか？』

僕は肺の底に溜まっていた空気をすべて吐き出すと、レオと目を合わせた。

『当然だろ。大切な友人からこの街を頼まれているのは君だけじゃない。僕にも友達がいたんだ。とっても大切な親友がね』

脳裏に、麻矢の顔に、麻矢ではない表情を浮かべるレディの微笑が浮かんだ。

そう、彼女が愛したこの街を守る。それは僕が手に入れた『存在意義』だ。

『いいんだな？』

レオの問いに僕は『もちろん』と答える。もう迷いはなかった。胸に巣食っていた恐怖とともに、さっき吐き出してしまった。

レオはシニカルな笑みを浮かべる。僕はそれに、片側のウィスカーパッドを上げて答えた。

『それじゃあ……、やるぞ、阿呆猫！』

『ああ、やろう、馬鹿犬！』

僕たちはそう言霊をかけ合うと、お互いに精神集中をする。自らの本質である霊的エネルギーをこの世界の物理エネルギーに変換するために。

これまでに体験したことがない激しい脱力感が襲い掛かってくる。肉体の疲労ではなく、『僕』が急速に削り取られていく感覚。ふと見ると、隣のレオも苦しげな表情を浮かべていた。

『なにをしているんだ、お前たち？』

上空からいぶかしげにプルートが声をかけてくるが、それに答える余裕などなかった。

本当にこれで大丈夫なのか？　本当にこれでこの街を救えるのか？

不安をおぼえかけた頃、重い音が内臓を震わせた。僕は目を見開くと、振り返る。星々が煌《きら》めいていた夜空が、山の稜線からじわじわと深い闇に侵食されはじめていた。

再び轟音が響き渡る。それとともに、目が眩むような雷光がその闇の正体を浮き上がらせる。

それは雲だった。漆黒の雷雲が、空をじわじわと覆っていっていた。

できた！　本当にできた！

息を乱しながら、僕は『自分』をひたすらに削り続ける。火焰の包囲網に炙られるこの街を覆い尽くすほどに、雲を成長させるために。

『なんだ、この雲は？　今日はずっと晴れているはずだ！』

プルートが動揺の言霊を発すると同時に、僕の鼻先で水滴が弾けた。僕は天を仰ぐ。漆黒の雷雲に覆われた空から、大粒の雨が落ちてきていた。

『クロ！　あと少しだ！』

『分かってるよ！』

レオに答えると同時に、僕はその場に倒れる。もはや、体を支えていることすらできなかった。

けれど体は動かなくても、心は、『僕自身』は動かせる。

自らの存在をエネルギーへと変え、僕は、僕たちは雲を成長させ続ける。立て続けに雷鳴が大気を震わせ、そして滝のような雨が街に、そして炎の絨毯に覆われた山々へと降り注いでいった。

『やめろ！　降るな！　火が消える！』

狂ったかのように空を飛び回りながらプルートは叫ぶが、巨大な雷雲と一羽のカラスなど、まさにゾウとアリのようなものだ。

天空から注がれる豪雨が、街を呑み込まんばかりに山々を覆い尽くしていた炎を小さくし、そしてついには完全に消し去った。

僕は倒れ込んだまま「にゃおおーん！」と勝鬨《かちどき》を上げる。レオも「おおおーん！」と遠吠えをしながら、その場にへたり込んだ。

これで街は救われた。これだけ雨が降れば、たとえもう一度地下の天然ガスに火を灯したところで、山火事が燃え広がることはないだろう。

『……クロ、まだ生きているか？』

地面に伏せたままレオが弱々しい言霊を飛ばしてくる。僕は『なんとかね……』と答えた。

『お前たちか……』

怒りに満ちた言霊が飛んでくる。眼球だけ動かして空を見ると、プルートが僕たちを睨んでいた。

『ああ、そうだよ。僕たちだよ。僕たちがやったんだ』

血液が水銀になったかのように体が重く、思考にも霞がかかっていたが、気分は爽快だった。

『……俺が間違っていた』

プルートは独白するように言霊を発する。

『まず、最初にお前らをぶっ殺しておくべきだった』

『後悔先に立たずってやつだね。もう、君のプランは破綻した。あとは大人しくカラスとして生きなよ』

『たしかに、今回の計画はお終《しま》いだ。ただ、俺は絶対に諦めない。どんな手段を使ってもこの街の奴らを根絶やしにして、一刻も早く「道案内」に戻ってやる。そのためには……、まず邪魔者をこの場で消してやる』

空を覆う黒雲と同化するように、カラスの大群が上空を旋回しているのが、かすかに確認できる。もはや肉体も、そして霊的存在としても虫の息のこの状態で襲われたら、ひとたまりもない。

『これは、さすがにチェックメイトかな?』

僕たちが発生させた雲が霧散していき、星空が顔を出すのを眺めながらレオに言霊をかけるが、彼からの返事はなかった。気を失っているのか、それとも……。

まあ、どちらにしても結果は同じか。君の存在が消滅していたとしたら、僕もあとを追ってあげるよ。

僕はともにこの街を守った戦友に胸の中で告げた。

約束通り、僕はこの街を守ったよ……。記憶の中にある大切な女性に語りかけた瞬間、全身に寒気が走った。

なにかがいる。なにかよくないものが。

おそるおそる背後を見た僕は、「ヒャン」と小さな悲鳴を上げる。そこに『奴ら』がいた。

コールタールのようにぬめぬめとした闇が、地面から滲むように湧き出していた。黒く光沢のある無数のミミズが蠢いているかのようなおぞましい光景に、吐き気をおぼえる。

あれがなんなのか、僕たちは詳しく知らない。知っていることは『奴ら』の習性だけだ。生前、罪を犯しすぎたものが命を落としたとき、僕たち『道案内』が触れられないほどに穢《けが》れた魂を食い尽くす。それが『奴ら』だった。

いまここには人間はいない。なのに、なぜ『奴ら』が出てくるんだ。

体の芯から湧き上がってくる恐怖に震えていると、空から「カカカカ」という笑い声が聞こえてきた。

『お前を食おうとしているようだな。「奴ら」は穢れた魂だけでなく、弱った霊的存在も襲うんだな』

僕はこいつらに食われるのか？　それだけは嫌だ。

逃げようと、僕は必死に立ち上がる。

『逃がすと思うか？　俺の計画を台無しにしたことを後悔しながら、「奴ら」に貪り食われろ！』

その言霊とともにプルートが「カァ！」と号令をかける。空を舞っていたカラスの大群がこちらに向けて降下をはじめる。

……終わりか。

諦めかけたそのとき、視界が黒く染まった。一瞬、意識を失ったのかと思う。しかし、すぐにそれは違うと気づいた。闇を見通す僕の瞳は、こちらに向かっていたカラスの大群が統率を失い、撚《よ》り合わさった糸がほどけるように散らばっていくのを完全にとらえていたから。

『間に合ったぁ！』

唐突に上がった大きな言霊に、僕は「んにゃ⁉」と驚き声を上げる。見ると、レオがよろよろと立ち上がっていた。

『レオ⁉　死んだんじゃなかったのか？』

『勝手に殺すな！　あいつを倒す作戦を実行していただけだ』

レオは空を見上げる、プルートがまるでエンジントラブルに見舞われた飛行機のように、落下と上昇をくり返していた。

『作戦って、これ、君がやったの？』

『正確には私ではなく、あそこにいる仲間だな』

レオはあごをしゃくる。街を見下ろした僕の喉から「ニャニャ？」という声が漏れた。

さっきまで煌々と光っていた街の明かりが、完全に消え去っていた。人工的な明かりは消え、いまこの場所を照らす光源は、満天に広がる星の瞬きだけになっている。

『もしかして、仲間って……』

『そう、院長だ』

レオは力強く言霊を飛ばす。

『さっき、平間大河を追ったからすの群れが、森まで追いかけなかったことを見て気づいたん

だ。あれは枝が邪魔だったからではなく、森の中までは追跡できなかったからじゃないかと
な』

『それって、カラスは鳥だから……』

『そうだ。鳥目で暗い中ではなにも見えないんだ』

レオの推理を裏づけるように、カラスの群れは次々と森の中へと墜落していた。

『だから、院長に変電所に忍び込んで、停電にしてもらうように言霊で伝えた。ぎりぎりで間に合ったな』

簡単に言うけれど、変電所のフェンスには有刺鉄線が付いていた。あれを越えるには、それなりの怪我を覚悟しなくてはならない。それを、あの院長はやってくれた。

この街のために戦っているのは僕たちだけじゃない。

『からすたちは闇の中では活動できない。それに対して私たちは……』

『夜行性のハンター。闇の中こそ、僕たちのフィールドだ！』

僕は空を見上げる。上下の感覚を失っているのか、プルートがこちらに落下してきていた。

『展望台』の地面に叩きつけられる寸前、僕たちの気配に気づいたのかプルートは翼を羽ばたかせて、空へと逃げようとする。

逃がさないよ。

僕は体を沈め、足に力を込める。肉を削ぎ落とされている後ろ足の付け根に激痛が走るが、僕は歯を食いしばって全力でジャンプする。

「にゃおおおーん！」

雄叫びとともに、僕は刃物のように鋭い爪を出した前足を、プルートのがら空きの腹に向かって振りぬいた。

皮膚と肉を裂き、その奥の内臓まで爪の先が達する手応えが伝わってくる。「クアァア!?」という悲痛な鳴き声を上げながら、プルートは地面に叩きつけられた。

のたうち回りながら、その黒く醜い鳥は羽を狂ったように動かし、飛び立とうとする。

『レオ！』

空中で僕は言霊を放つ。黄金の毛を持つ大型犬は、その祖先である狼《おおかみ》のごとき唸り声を上げながら、プルートに襲い掛かる。

『やめろ！　やめろ！　来るんじゃない！』

言霊で悲鳴を上げるプルートの首筋に、レオはその鋭く巨大な牙を立てると、首を勢いよく振った。骨が砕ける音とともに、プルートの首があり得ない方向へと曲がった。

その光景を見ながら、僕は肩から地面に叩きつけられた。もはや、体勢を整える力さえ残っていなかった。残っている力をすべて使い果たし、だらりと地面に横たわる。プルートの頸椎をかみ砕いたレオも、僕と同じようにその場に倒れ込んだ。

そして……、命を失ったカラスの体から、プルートの本体がゆっくりと浮かび上がった。その姿を見て、僕は目を疑う。

それは、醜かった。泥と動物のフンと炭を混ぜ合わせたかのような汚い縞模様をしており、ナメクジのようにぬめぬめとした光沢を放っている。それは僕たちが触れないほど穢れた人間の魂のよう、……いや、その姿はまさに『奴ら』そのものだった。

『なんだ？　俺はどうなったんだ？』

カラスから解放されたプルートは、戸惑いの言霊を上げる。二ヶ月前まで、彼は他の『道案内』と同様に、淡く、美しい輝きを孕んでいた。しかし、その面影はいまや完全に消え失せている。

もはや、プルートは僕たちと同じ高貴な霊的存在ではなく、異形のものへと変わり果てていた。

ああ、そうか……。ようやく、僕は理解する。

『奴ら』の正体を教えてもらえないわけだ。あれは僕たち『道案内』が、穢れて堕ちた姿なのだから。

僕たちはよく人間から『天使』と呼ばれる。なら、『奴ら』は堕ちた天使、つまりは『悪魔』なのだから。または、『奴ら』こそが『死神』と呼ばれる存在なのだろう。

薄れゆく意識の中で、僕はそんなことを考える。

『こんなの俺じゃない！　高貴な「道案内」の俺が、なんでこんな醜い姿に!?』

言霊で叫んでいるプルートが、ゆらゆらと漂いはじめる。蠢く『死神』の方へと。

『なんで動けないんだ？　なんで引き寄せられるんだ？　おい、助けてくれ。俺は「奴ら」に食われたくなんかない』

プルートは必死に助けを乞うが、もはや僕たちにできることなどなかった。

『君は「奴ら」に食われるんじゃないよ』

僕は静かに告げる。

『君自身が「奴ら」に、本当の「死神」になるんだ』

もはや意味をなさない悲鳴を言霊で放つだけになったプルートが、『死神』の真上まで来たとき、醜いその体が融けるように崩れていった。断末魔の絶叫が言霊で発せられる。

ぼとぼとと落ちていくプルートだったものが、『死神』に混ざり、その一部と化していく。

そして、プルートのすべてを呑み込むと、『奴ら』は地面に吸い込まれるようにその姿を消した。

辺りに、静寂が下りた。

『終わったな……』

レオの弱々しい言霊が聞こえてくる。

『ああ、終わったね』

『お前は大丈夫か？』

『大丈夫では……、ないかな。たぶん、もうすぐこの体は生命活動を停止するだろうね』

『奇遇だな。私もだ』

僕とレオは倒れたまま目を合わせる。

『まさか、死ぬときまで君と一緒だとはね。これが腐れ縁ってやつかな』

『腐れ縁か。お前が「道案内」としてこの一帯の担当になったと知ったときは、辟易したものだ。あの訳の分からない船来の言葉をまた聞くことになるのかとな』

『それも奇遇だね。僕も君みたいに融通が利かない頑固者と仕事をすることになるなんて、まっぴらだったよ』

『それは気が合うな』

『そうだね』

僕たちは言霊で少しだけ笑い声を上げた。

『けど、君が推薦したせいで、僕が地上に堕とされたことは忘れてないからね』

『本当にしつこい奴だな。ただ、地上も悪くはなかっただろ』

『まあね。おしゃしみは美味しかったし、貴重な経験ができた。人間と一緒に生きるという貴重な経験がね』

僕の頭に麻矢と、彼女の体に憑《つ》いて、僕とともに連続殺人犯に挑んだレディとの思い出が蘇る。

『私も、しゅうくりいむの味の記憶と、大切な友達との思い出ができた。きっと、「道案内」に戻るとき、それは有意義なものになるだろう』

『……僕たち、「道案内」に戻れるのかな？』

『どうだろうな。体だけでなく、私の存在自体が薄くなっているのを感じる。もしかしたら、このまま消滅するかもしれない。だから、その前に、一つだけお前に伝えておく』

レオは僕に顔を向けたまま「わん」と吠えた。

『一緒に闘えて光栄だった。お前は最高の戦友だ』

その言霊を聞いたとき、もう心臓が止まりかけている胸に、温かいものが広がった。

『こちらこそ光栄だったよ。ありがとう、マイフレンド』

言霊を飛ばすが、レオから返事はなかった。

『……レオ？』

まばたきをくり返すと、かすんだ視界がわずかに焦点を取り戻す。レオの大きな目は、瞳孔が開ききっていた。

ああ、逝っちゃったのか。でも安心してよ。僕もすぐに逝くからさ。

もはや言霊を放つ力さえ残っていない。僕は仰向けになると、星が瞬く夜空を見つめる。

舞台に幕が下りるように、視界が上から暗くなっていった。

8　上司

『お前たち、お疲れ様だったな』

私が言霊を放つと、目の前にいる霊的存在、ほんの少し前までレオとクロと名乗っていた二匹は、動揺したように揺れた。

『ここって……』

クロと名乗っていた霊的存在……、ああ面倒だ、もうクロでいいだろう。

クロが言霊を放ってくる。

『見ての通り、君たちが担当していた街の上空だよ。そして、私は君たちの上司だ。ちゃんと分かるかな？』

『それは分かりますが……』

レオがおずおずと揺れる。

『私たちは消滅したのではないのですか？』

『消滅？　いや、していないぞ。かなり消耗していたが、私が回復させてやったんだ。感謝しなさい』

『えっと……、それは感謝しますけど、天候を変えるほどに霊的エネルギーを使ったら、消えるんじゃないんでしたっけ？　そんなこと、レオに言ってませんでした？』

クロの言霊は拍子抜けしたかのようだった。

『あまりやりすぎるとそうなる可能性もあったというだけだ。大雨とはいえ、短時間降らせただけだし、そもそもお前たちは二匹で力を合わせてやったからな。消滅するまではなかったよ。消えそうだと感じたのは、たんに獣の肉体が死にかけていたからじゃないか。まあ、消滅しないでよかったじゃないか』

――相変わらず、適当だなこの上司。

――それならそうと、最初から言ってくれないかにゃ。

『……私はお前たちよりもハイレベルの霊的存在だぞ。お前たちの考えていることくらい分かるんだからな。あと、お前たちのこれからの配属先を決めるのも私だということをゆめゆめ忘れるんじゃないぞ』

私の警告に、二匹は焦ったように揺れた。

さて、それじゃあそろそろ本題へと入るとするか。

『今回の件はご苦労だった。「我が主様」もお喜びだ』

『我が主様』の御名が出てきて、どこかだれていた二匹の態度が一気にかしこまる。

『お前たち、そしてプルートと名乗った奴の行動を、干渉することなく観察することで、我々に自由意思を持たせたことが正しかったのか、「我が主様」は判断された。プルートはその自由意思により、邪悪なたくらみを企て、どこまでも穢れていった』

堕天《だてん》したプルートのことを思い出しネガティブな感情を抱いたのか、二匹の輝きが弱くなる。

『もしお前たちが奴のたくらみを受け入れ、自分たちが「道案内」に戻るために多くの人間を犠牲にするという選択をしたなら、「我が主様」は自由意思は我々を堕落させるだけだと判断し、それを消し去ったかもしれない』

『自由意思……』

レオが小さく言霊でつぶやく。

『「我が主様」の御心を実現するために生きている私たちは、人間たちほどの勝手なことはしない。それでも、我々には自由意思が与えられている。そして今回、プルートの自由意思に対し、お前たちの自由意思がどのような反応をするのかを見守っていたんだ。そして……』

私は柔らかく告げる。

『自らの危険を顧《かえり》みることなく、他の存在を救おうとしたお前たちの選択は素晴らしかった。それはプルートの邪悪な行為を打ち消してなお余りあるものだ。自由意思は我々を堕落させる以上に、昇華させもする。それが「我が主様」の御判断だ』

二匹は一瞬、戸惑ったような気配を見せたあと、同時に嬉しそうに瞬く。

『さて、ここからが本題だ。今回の見事な働きに報《むく》いるために、お前たちに「選択」を与えることになった』

『選択？』

クロが不思議そうに聞き返す。

『そうだ。地上での体を失ったお前たちの今後の仕事を、お前たち自身が決めていい。元の「道案内」に戻ることもできるし、私のように多くの「道案内」を統括する立場になることも可能だ』

数瞬、間を空けたあと、私は二匹に訊ねた。

『さて、お前たちの選択を聞かせてもらおうか』

エピローグ

クロ

「ただいま！」

大きな声とともに、ドアが勢いよく開く。

にゃんだよ、せっかく気持ちよく眠っていたのに……。

キャットタワーの頂上に寝そべっていた僕は、大きなあくびをしながら起きる。見ると、麻矢が息を切らせながら僕を見つめていた。

やあ、麻矢。ディズニーランドとやらは楽しかったかい。おみやげに、生きたネズミとか買ってきてくれた？

寝ぼけ眼《まなこ》でキャットタワーから降りた僕は、麻矢の足元に頰を擦りつける。

「クロ、大丈夫だった？　なんか、すごい山火事があったって聞いて、急いで東京から戻ってきたんだよ」

大丈夫じゃなかったよ。昨日の夜、一回死んだしさ。

僕は毛づくろいをする。上司が新しく用意してくれたボディは、前とまったく同じ姿をしているだけでなく、最近の悩みだったお腹辺りの毛づくろいをしすぎて少し禿《は》げていた場所も治っていて、なかなか快適だった。

「ああ、なんかいつも通りだね。よかったよかった」

麻矢は僕の頭を撫でてくる。

いつも通りじゃなくて、一応違う体なんだけど……。まあ、いっか。

温かく柔らかい麻矢の掌の感触に、僕はゴロゴロと喉を鳴らした。

「あ、そうだ。留守番していてくれたから、ご褒美に赤身のお刺身買ってきたんだ」

『おしゃしみ！』「ンニャー！」

僕が言霊と鳴き声で歓喜を示すと、麻矢は嬉しそうに微笑んだ。

「キッチンに置いてあるから、ちょっと待っていてね。いま、盛りつけてくるから」

『早くしてね！』

僕が（人間には聞こえないようにした）言霊で急かすと、麻矢は部屋から出ていった。

足音が遠ざかっていくのを聞きながら、僕は体を山なりにして背骨を伸ばし、デスクに飛び乗って街を眺める。

早くおしゃしみ来ないかな。それがまたこのネコの体で地上に降りるとすぐに決めた理由の一つなんだから。

それにもう一つの理由は……。僕はデスクの上に置かれている、麻矢ともう一人のレディが並んでいる写真に視線を向ける。

君との約束だからね。この体が朽ち果てるまでは、麻矢とルームシェアしながら彼女を守っていくよ。

僕は窓から夕陽に染まる街並みを眺めた。

さて、あらためて自己紹介といこうかにゃ。

僕はネコの体に宿り、この街で人々の営みを見守る『天使』だ。

名前はクロという。

いまは亡き親友からもらった、大切な名前だよ。

レオ

『それではよろしく頼むぞ』

満開の桜の樹の下で、私は空中に浮かぶ『道案内』に言霊をかける。

『オッケーオッケー、任せておいて』

いつものように、明るい調子の言霊が返ってくる。

数十分前、入院していた患者が息を引き取った。『道案内』は、その患者の魂を導きに来ていた。

『けれど、もうあれから半年経ったのだねえ』

感慨深そうに『道案内』が言霊を飛ばしてくる。私は『あれ？』と首をひねった。

『あなたとクロがまた地上に戻るって選択してからよ』

『ああ、あのことか』

私は数ヶ月前の出来事を思い出す。

山火事については、あくまで地下の天然ガスが爆発した自然現象とされた。柏木家は採掘権を大きな会社に売って、間もなく採掘がはじまるということだ。

穂乃花は大河に引き取られ、この春、小学生になる。また先日、大河のれすとらんも、ようやく開業した。最初の客は、柏木雄大と聡子だったということだ。

孫を守ってくれたことで、二人も大河を認め、少しずつだが交流がはじまっているらしい。

あの夜起きた停電に関しては、あくまでも山火事の影響とされており、院長が罪に問われることはなかった。

私の正体を知った院長とは、それなりにうまくやっている。患者の精神的な治療について私に意見を求めてくることも多く、もはやこの病院のぺっというより、『かうんせらあ』に近い存在になっていた。

『クロもあなたも、すぐに地上に戻るって決めたらしいわね。私たちの間じゃ、かなりの衝撃だったのよ』

『ああ、そうか』

私は適当に受け流す。この『道案内』、仕事は優秀なのだがやけに話し好きなので、まともに相手をすると何十分も話すことになり、導かれる魂が困惑し出したりするのだ。

『ねえ、なにが決め手だったの。そんなに地上っていいの？』

『いいや、よくはないな。肉の体に封じ込められるなんて不便なこと極まりない。ただ、……おやつは最高だ！』

私が熱く言霊で語ると、『道案内』が『そんなにいいものなの？』と食いついてきた。

『もちろんだ！　特にしゅうくりいむは最高だ。あのさくさくとした生地に牙を通した瞬間、口の中に広がる濃厚で上品なくりいむの甘味。まさに天にも昇る気持ちだ』

『本当に一回死んで、天に昇ったことがあるから、説得力凄いわね』

けらけらと『道案内』は言霊で笑う。

『そんなにいいものなら、私も一度くらい体験してみようかしら』

『いい経験になるぞ。なんの動物が希望だ？　私が上司に推薦しておいてもいいぞ』

『そうねえ……。チーターとか、しなやかで綺麗よね』

『……それは、人間のそばにはいられないだろう』

私たちが馬鹿なことを話しているうちに、痺《しび》れを切らしたのか魂が点滅し出した。

『ああ、待たせてごめんなさい。すぐに連れていくわね。それじゃあレオ、またね』

魂を連れて『道案内』が空へとのぼっていく。やれやれ、ようやく行ってくれるか。

『けど、おやつだけが理由じゃないでしょ。今度、それについて詳しく話してね』

その言霊を残して『道案内』は魂とともに消えていった。

理由か……。私は桜の根元に寝そべる。あのとき、即座に地上に戻ると選択したことに我ながら驚いた。

さて私はなんのためにここに戻ったのだろう。

そんなことを考えていたら、車の音が響いてきた。たくしいが病院の前に停まり、大河と、らんどせるを背負った穂乃花が降りてきた。どうやら、今日が入学式だったようだ。

嬉しそうに微笑みながら駆け寄ってきた穂乃花は、私の背中を撫ではじめる。

私は身を任せつつ、色とりどりの花が咲き乱れる庭と、その奥にそびえる洋館、私の仕事場である丘の上病院を眺めた。

そう、ここを素晴らしい病院として残すことが私の最初の、そして最高の友達の願いだった。

ここが素晴らしい病院であるためには私は不可欠だ。

だから、私はここで人々を癒し続けよう。優しい彼女の記憶を胸に秘めながら。

私は目を細めて、満開の桜の花を見上げる。

さて、それでは自己紹介といこう。

私は犬の体に宿り、この病院で人々を癒す『天使』である。

名前をレオという。

いまは亡き親友からもらった、大切な名前だ。

二〇二二年五月　光文社刊

光文社文庫

死神《しにがみ》と天使《てんし》の円舞曲《ワルツ》

著　者　知《ち》念《ねん》実《み》希《き》人《と》

2024年11月20日　初版1刷発行

発行者　三宅貴久
印　刷　萩原印刷
製　本　ナショナル製本

発行所　株式会社 光文社
〒112-8011　東京都文京区音羽1-16-6
電話 (03)5395-8147　編集部
8116　書籍販売部
8125　制作部

© Mikito Chinen 2024
落丁本・乱丁本は制作部にご連絡くだされば、お取替えいたします。
ISBN978-4-334-10492-4　Printed in Japan

R <日本複製権センター委託出版物>
本書の無断複写複製（コピー）は著作権法上での例外を除き禁じられています。本書をコピーされる場合は、そのつど事前に、日本複製権センター（☎03-6809-1281、e-mail : jrrc_info@jrrc.or.jp）の許諾を得てください。

組版　萩原印刷

本書の電子化は私的使用に限り、著作権法上認められています。ただし代行業者等の第三者による電子データ化及び電子書籍化は、いかなる場合も認められておりません。

光文社文庫　好評既刊

少女を殺す100の方法　白井智之
ミステリー・オーバードーズ　白井智之
絶滅のアンソロジー　真藤順丈 リクエスト！
神を喰らう者たち　新堂冬樹
動物警察24時　新堂冬樹
ブレイン・ドレイン　関俊介
孤独を生きる　瀬戸内寂聴
生きることばあなたへ　瀬戸内寂聴
腸詰小僧　曽根圭介短編集　曽根圭介
正体　染井為人
海神　染井為人
成吉思汗の秘密　新装版　高木彬光
白昼の死角　新装版　高木彬光
人形はなぜ殺される　新装版　高木彬光
邪馬台国の秘密　新装版　高木彬光
「横浜」をつくった男　高木彬光
刺青殺人事件　新装版　高木彬光

呪縛の家　新装版　高木彬光
ちびねこ亭の思い出ごはん　黒猫と初恋サンドイッチ　高橋由太
ちびねこ亭の思い出ごはん　三毛猫と昨日のカレー　高橋由太
ちびねこ亭の思い出ごはん　キジトラ猫と菜の花づくし　高橋由太
ちびねこ亭の思い出ごはん　ちょびひげ猫とコロッケパン　高橋由太
ちびねこ亭の思い出ごはん　たび猫とあの日の唐揚げ　高橋由太
ちびねこ亭の思い出ごはん　からす猫とホットチョコレート　高橋由太
ちびねこ亭の思い出ごはん　チューリップ畑の猫と落花生みそ　高橋由太
ちびねこ亭の思い出ごはん　かぎしっぽ猫とあじさい揚げ　高橋由太
女神のサラダ　瀧羽麻子
退職者四十七人の逆襲　建倉圭介
あとを継ぐひと　田中兆子
王都炎上　田中芳樹
王子二人　田中芳樹
落日悲歌　田中芳樹
汗血公路　田中芳樹
征馬孤影　田中芳樹

光文社文庫　好評既刊

風塵乱舞　田中芳樹
王都奪還　田中芳樹
仮面兵団　田中芳樹
旌旗流転　田中芳樹
妖雲群行　田中芳樹
魔軍襲来　田中芳樹
暗黒神殿　田中芳樹
蛇王再臨　田中芳樹
天鳴地動　田中芳樹
戦旗不倒　田中芳樹
天涯無限　田中芳樹
白昼鬼語　谷崎潤一郎
ショートショート・マルシェ　田丸雅智
ショートショートBAR　田丸雅智
ショートショート列車　田丸雅智
おとぎカンパニー　田丸雅智
おとぎカンパニー　日本昔ばなし編　田丸雅智

令和じゃ妖怪は生きづらい　田丸雅智
優しい死神の飼い方　知念実希人
屋上のテロリスト　知念実希人
黒猫の小夜曲　知念実希人
神のダイスを見上げて　知念実希人
白銀の逃亡者　知念実希人
或るエジプト十字架の謎　柄刀一
或るギリシア棺の謎　柄刀一
槐　月村了衛
インソムニア　辻寛之
エーテル5・0　辻寛之
ブラックリスト　辻寛之
レッドデータ　辻寛之
エンドレス・スリープ　辻寛之
焼跡の二十面相　辻真先
二十面相暁に死す　辻真先
サクラ咲く　辻村深月